王空騎士団と救国の少女

世界最速の飛翔能力者アイリス

著――守雨
イラスト――松尾葉月

oukishidan to kyukoku no shojo
sekaisaisoku no hishonoryokusha iris

II

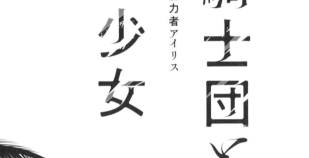

contents

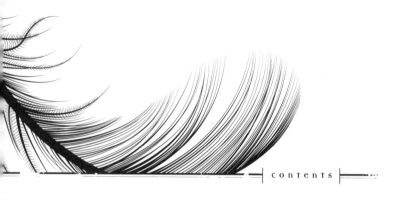

グラスフィールド島詳細

☆は主要都市

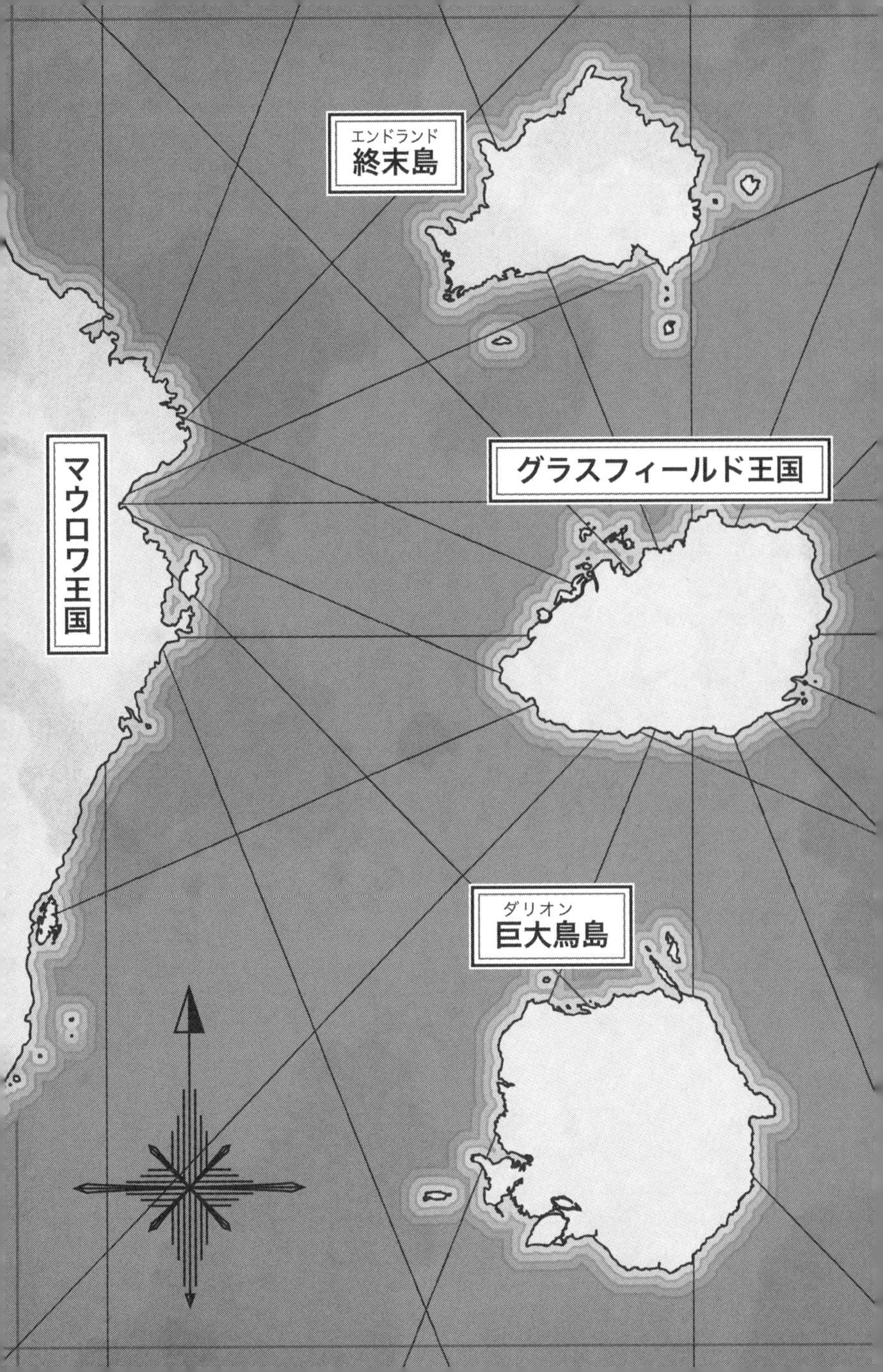
終末島《エンドランド》
マウロワ王国
グラスフィールド王国
巨大鳥島《ダリオン》

character

アイリス

700年ぶりに生まれた女性の飛翔能力者。空を飛ぶのが大好き。王空騎士団第三小隊の囮役。

実家のリトラー家は商会を営んでおり、父ハリー、母グレース、姉ルビーと仲がいい。

サイモン

王空騎士団の訓練生。アイリスの同級生でジュール侯爵家の養子。真面目な努力家。

オリバー

アイリスの一歳下の従弟《いとこ》。人付き合いが苦手な天才少年。

ヒロ

王空騎士団のトップファイター。思慮深いベテラン。

ケイン

王空騎士団のトップファイター。ヒロの弟分。大柄で陽気。

マイケル

王空騎士団第三小隊のトップファイター。侯爵家の三男。女性に人気。

カミーユ

王空騎士団副団長。温厚で落ち着いている。

ウィル

王空騎士団団長。冷静沈着。騎士団員からの信望が厚い。

ギャズ

王空騎士団第三小隊長。熱くなりやすい性格。

マリオ

王空騎士団の訓練生。アイリスを妬んでいる。

マヤ

王空騎士団の事務員。騎士団員紅一点のアイリスを優しく見守る。

巨大鳥《ダリオン》

超大型の猛禽類。
渡りのときに群れを作り、
アイリスたちの住む
国を中継する。

story

「フェザー」と呼ばれる板に乗って空を飛ぶ飛翔能力者の集団、王空騎士団。
彼らは春と秋に飛来する巨大鳥《ダリオン》からグラスフィールド王国を守る要である。貧しい平民の少女アイリスは自由に空を飛んでみたいと夢見ていた。飛翔能力は男性の1万人に1人の確率で目覚めるもので、諦めかけていたが謎の熱に見舞われた直後、飛翔能力が開花した。
アイリスは現役のトップファイターをしのぐ能力をみとめられ、「聖アンジェリーナ」以来となる700年ぶりの女性能力者として、王空騎士団の養成所に迎え入れられた。
アイリスの入所を快く思わない訓練生が多いなか、サイモンの協力やケインを救った功績などから飛び級で騎士団員に、しかも囮《デコイ》役という大役を担うことになった。

第一章　アイリスの初出動

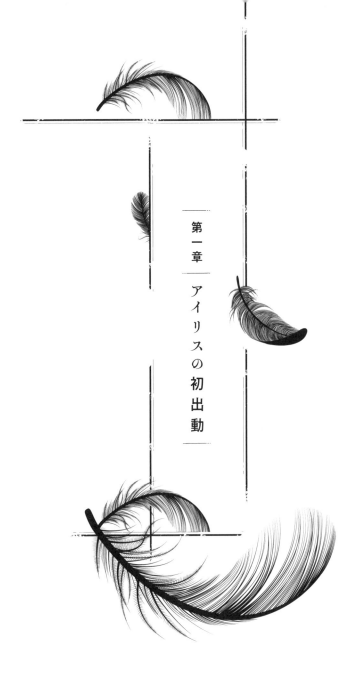

団長ウィルを先頭に、王空騎士団員が続々と夜明け前の外へと出て行く。

どの騎士団員の背中からも巨大鳥《ダリオン》に向かい合って飛ぶ気迫が伝わってくる。

アイリスもその集団に同行しようとして後ろから呼び止められた。

「アイリス！」

「マイケルさん。今日から囮役《デコイ》を務めます。よろしくお願いします」

「僕も第三小隊だよ。僕が食べられそうになったら、巨大鳥《ダリオン》の引き離し、よろしくね」

どこからが本気でどこまでが冗談かわからないマイケルの言葉に、アイリスは黙ってうなずいた。

トップファイターは巨大鳥《ダリオン》に一番近い場所で飛び、巨大鳥《ダリオン》の動きを封じて人間を守る騎士だ。

彼らは各小隊に二名。最多でも三名。王空騎士団全体でも毎年八人か九人しかいない最高レベルの飛翔能力者だ。

ふと見ると、マイケルは自分のフェザーを持っている。

（しまった！　騎士団員は自分のフェザーを使うんだった！）

アイリスは慌ててギャズのところに走った。

「ギャズさん、私、養成所まで自分のフェザーを取りに行ってきます」

「ああ、行かなくていい。もうケインが用意してあるそうだよ」

「アイリス、これだ」

声のほうを振り返ると、杖をついたケインの隣でフェザーを二枚抱えたヒロが笑っている。

「俺からの贈り物だ」

「それ……私のフェザーそっくりの青！　黄色のラインも入っているんですね」

「アイリスの子供用フェザーを真似てみた。これを使ってくれ」

そこまで言ってケインが姿勢を正した。

「囮役《デコイ》の初出動、おめでとう」

「全力を尽くします。素敵なフェザーをありがとうございます！」

笑顔で差し出されたフェザーを受け取るアイリスに、ケインが真顔で告げる。

「生き残れ。死ぬな」

「はい！」

東の空が明るくなってきた。

アイリスは新品のフェザーを抱えて走る。最後尾にいたマイケルが笑顔で振り返り、「リラックスしてね」と声をかけてくれた。

訓練場に到着すると、マイケルが小声で話しかけてきた。

「アイリス。君は僕たちより上空で全体を見下ろすんだよ。ファイターの制御に従わない巨大鳥《ダリオン》がいたら、それを引き離すんだ」

「はい。マイケルさん、ありがとうございます」

第三小隊の二十数名が、掛け声もなしに一斉に飛び上がった。

他の小隊もほぼ同時に上昇して広場を目指す。

ファイターたちは広場をざっくりと四分割した場所の上空にそれぞれ陣取り、その中から一人だけが集団から離れて更に上空に浮かんでいる。

「あれが囮役《デコイ》ね」

アイリスは他の囮役《デコイ》が浮かんでいる高さまで上昇し、広場を見下ろした。柵の中にたくさんの家畜。その周囲五十メートルの辺りにたくさんのファイターが浮かんでいる。浮かんでいる高さは微妙に違うし、フェザーの上での姿勢はまちまち。まっすぐ立っている人もいれば、今にも飛び出しそうに構えている人もいる。

「私、ろくな知識もないままで大丈夫なのかなぁ」

不安に思い始めた頃、西の方からたくさんの巨大鳥《ダリオン》が飛んできた。

「ギャアッ、ギャアッ」「ギイィィィィッ！」と大きな鳴き声を響かせながら、巨大な鳥の集団がどんどん広場に近づいてくる。

巨大鳥《ダリオン》たちは、慣れた様子で広場の上を飛び回り、一羽ずつ下降して家畜をつかんでは飛び上がる。

一人の囮役《デコイ》がスッと下に向かった。

(なんで？)とアイリスが目で追っていると、広場の上空を回っている群れから一羽が外れて市街地のほうに向かっていた。

下りて行った囮役《デコイ》の他に、第一小隊のファイターが数人、巨大鳥《ダリオン》に近づき、その個体の進路を妨害し始めた。まだ煙は使っていない。

四人のファイターが巨大鳥《ダリオン》を誘導し、その個体はまた集団に戻った。それを確認して囮役《デコイ》も上空に戻ってくる。

（なるほど。ファイターの手に負えなくなったら、囮役《デコイ》の出番てわけね）

今度は群れから一羽が急上昇してきた。あきらかにアイリスに向かってくる。

（私の出番だ）

ガッと湧き上がってくる恐怖心に無理やり蓋をして、自分を奮い立たせる。

フェザーの上に立った姿勢から腰を落とし、いつでもうつ伏せで飛び出す準備をした。

「目を狙ってるぞ！」

誰かが叫んで注意してくれた。ゴーグルをしていても隙間から目に入れば、自分もヘインズのように目を傷めてしまう。アイリスはいつでも顔を背けられるように心がけながら、巨大鳥《ダリオン》を見つめた。

その巨大鳥《ダリオン》が、アイリスの少し上を通り過ぎざまに、ピッと首を振った。急いで顔を背けたが、ピシャッと温かい液体が首の後ろ側にかかった。

唾液が首を伝い、襟《えり》から中に入ってくる。その巨大鳥《ダリオン》が上空で向きを変え、もう一度アイリスに向かってきた。

（二度も同じ手はくわないからね！）

フェザーの上で、自分目がけて急降下してくる巨大鳥《ダリオン》に向かい合う。その巨大鳥《ダリオン》がまた追い越しざまに首をピッと振った。アイリスはその場でくるりと回転して唾液を避ける。

「私にちょっかいを出したいの？　それなら私を追いかけてくればいい！」

フェザーにうつ伏せになり、斜め上へと飛ぶ。後方を振り返ると、すぐ後ろに巨大鳥《ダリオン》がいる。

アイリスと巨大鳥《ダリオン》はどんどん上昇した。

「ギィィィエェエ」という鳴き声が、すぐ背後から聞こえてきた。

（どこに逃げればいい？　もっと上？　それとも森のほう？）

『囮役《デコイ》の一番大切な役目は死なないこと』と言っていたヘインズの言葉が頭の中に甦る。

（逃げるだけじゃだめよ。主導権は私が持たなきゃ）

アイリスは全力で上に昇った。次第に空気が薄くなっていくのを感じる。

（息苦しい。でも減速したら巨大鳥《ダリオン》に捕まる）

大きく縦に回転し、逆さまになりながら相手の位置を確認したが、巨大鳥《ダリオン》がいない。

（あれ？　いない？　あの個体は戻った？）

慌てて高速で降下する。囮役《デコイ》がいないと、ファイターに余計な負担がかかってしまう。急降下しながら見回し、自分に二度唾液を吐きかけた相手を見つけた。

首を一周している白い飾り羽が他の巨大鳥《ダリオン》よりも少し長い。

「白首！　あれが特別な巨大鳥《ダリオン》。どれだけ特別なんだろう」

白首は今は大人しく広場の上を旋回している。アイリスは自分が細かく震えていることに気がついた。自分の意思とは無関係に手が震え続けている。

「震えてる。でも仕方ない。巨大鳥《ダリオン》に追いかけられたんだもの」

やがて白首も豚を捕まえて巨大鳥《ダリオン》の森へと飛び去った。

次々と巨大鳥《ダリオン》の群れが入れ替わり、全ての巨大鳥《ダリオン》が獲物をつかんで帰ったときには、太陽はずいぶん昇っていた。太陽が出ている間、王空騎士団員たちは巨大鳥《ダリオン》が家や人を襲わないか見張り続けた。


日が暮れて、アイリスの初仕事はやっと終わった。

騎士団の建物に入り、歩いていると小隊長のギャズがアイリスのところにやってきた。

「よくやった。アイリスが上空まで誘導してくれたおかげで、白首はおとなしく群れに戻ったよ」

「あれで大丈夫でしたか？」

「初出動なのに冷静に対処できていた。合格だ」

ホッとして、思わず笑顔になった。

「昨日はすごい数が来ていましたけど、今日、そんなに来ていませんよね？」

「一度家畜を食べると、数日はここに来ない。巨大鳥《ダリオン》たちはこの国で休んでいる間、広場に来るのは数日に一回だ」

なるほど、とうなずいていると、「ああ、そうか」とギャズが納得した様子。

「アイリスはまだ座学を受けてないのか」

「養成所の講義は、渡りの最中に私だけまとめて受けることになっていたんです」

「講義を受ける前に囮役《デコイ》が決まったか」

「はい」

そこでやっとアイリスは後頭部と首の違和感に気がついた。

「ギャズさん、あの、白首に唾液をかけられた場所がヒリヒリするので拭いてきます」

「かかったのか！　ちょっと見せてもらっていいか？」

後ろを向いて襟を緩めて見せると、ギャズが慌てだした。

「かなり赤くなっているな。すぐに医務室に行こう。ヘインズの顔を見ただろう？　そのままにしておくと広い範囲がただれる」

そこから先は結構な騒ぎになった。

アイリスの首の後ろを見た医師が濡らした海綿で唾液を拭きとり、軟膏を塗ってくれた。診察が終わるのを待って、ギャズが部屋に入ってきた。

「アイリス、肌は大丈夫か？」

「今は少しヒリヒリするだけです。ギャズさん、明日以降、注意すべきことはありますか？」

「あの調子で飛べば問題ない。そうだ、アイリスは囮役《デコイ》に選ばれたことをご両親には伝えてあるんだろう？」

「いえ。まだ……。申し訳ありません」

ギャズは驚いた顔になり、それから小さくうなずいた。

「言い出せなかったか。わかった。では君の直属の上司として俺からご両親に話をするよ」

「いえ、そんなお手間をかけるわけには」

「アイリスはまだ成人してない。俺の役目だ、気にするな」


こうしてアイリスはギャズと一緒に家に帰ることになった。馬車の中、アイリスはこれから両親がどれだけ驚くかを想像すると気が重い。

（囮役《デコイ》の話をしたら、お父さんもお母さんもショックを受けるだろうな）

両親や姉の悲嘆を思うと申し訳なさに胸が痛い。

アイリスとギャズを乗せた馬車が家に着くと、父のハリーが出迎えてくれた。

「こんばんは。王空騎士団第三小隊長のギャズと申します。突然お邪魔して恐縮です」

「小隊長様でしたか。娘がお世話になっております。さあ、どうぞ。お入りください」

アイリスにちらりと視線を向けたハリーは、早くも心配そうな表情だ。

ハリーの後ろには母のグレースと姉のルビー。居間の椅子に全員が腰を下ろしてすぐ、ギャズが話を始めた。

「アイリスが本日から囮役《デコイ》を務めることになりました。まだ家族に報告していないと聞きましたので、小隊長の私がご挨拶を兼ねてお知らせに伺《うかが》いました」

「囮役《デコイ》とは、なにをするのでしょうか」

ハリーの顔に色濃い不安が浮かぶ。

ギャズが淡々と囮役《デコイ》について説明するにつれて家族は恐怖の表情になっていく。

「囮役《デコイ》の役割については以上です」

「そんな……娘が巨大鳥《ダリオン》の前に飛び出すんですか？　失敗したら食われてしまうではありませんか！」

「お父さん、私は王空騎士団の中でも速く飛べるし、それに……」

「アイリス、お前は黙っていなさい。小隊長様、娘は能力が開花したばかりです。なぜうちのアイリスなのでしょうか。ベテランの騎士団員さんたちが大勢いらっしゃるのに」

「アイリスはどの騎士団員よりも速く飛べるからです。非常に稀なことですが、本日からアイリスは王空騎士団員になりました」

ハリーは絶望したように目を閉じ、額に手を当てる。次に口を開いたのはルビーだ。

「小隊長様、それはどうやって決めたのですか？　騎士団員と訓練生の全員で競争して決めたのでしょうか？」

そこからギャズはアイリスが選ばれた経緯を説明した。母のグレースはずっと沈黙している。

ハリーは納得いかない表情で食い下がる。

「では小隊長様は、アイリスが特別な能力者だと？」

「はい。私だけではなく、団長、副団長、その他多くの王空騎士団員がそう考えています。ご心配はわかりますが、この決定は覆《くつがえ》りません。受け入れてください」

ギャズはそう言って頭を下げ、帰った。誰も声を出せないまま、少しの時間が過ぎた。

明るい声を出したのは母。

「アイリスは明日に備えて早く寝なくてはね。さあ、夕食にしましょう」

「お母さん……」

「囮役《デコイ》を断ることができないのなら、あなたはよく食べて、よく寝て、自分の命を守るよう気をつけなくては」

「お母さん……。ごめんね」

「謝らないでいいの。あなたは胸を張って堂々としていなさい」

夕食の席で、グレースだけがいつも通りの笑顔。ハリーとルビーは暗い顔をして無言で食べている。アイリスも黙々と夕食を食べながら、自分の気持ちを確認した。

（お父さんが悲しんでもお姉ちゃんが憤慨しても、私は自分に与えられた役目を果たしたい。相手は恐ろしい巨大鳥《ダリオン》だけど、囮役《デコイ》は人に譲りたくない）

翌日の夜明け前。

起こしに来てくれた母の目は赤い。泣いたんだなと思うが口には出さず、黙って王空騎士団に向かう準備をした。起きてきたルビーがむすっとした顔で何かを差し出してきた。

「アイリス、これをポケットに入れておきなさい。飛んでいるときにおなかが空いて力を出せなくなったら大変だわ」

渡されたのは三粒の蜂蜜飴だ。姉の気持ちがありがたくて、泣きそうになる。

「ありがとう、ルビーお姉ちゃん」

「今日も必ず無事に帰ってくるのよ」

「もちろんよ」

アイリスはどうにか泣かずに笑顔で家を出ることができた。

護衛のテオと共に王空騎士団の建物に到着すると、見たことがない豪華な馬車が停められている。

「あれは王家の紋章ですね。王族のどなたかがいらっしゃっているようです。何のご用ですかね」

首をひねるテオに手を振り、アイリスはフェザーを抱えて馬車を飛び降りた。するとマヤが慌てた様子で走って近づいてくる。

「大変よ、アイリス。ジェイデン殿下があなたを見にいらっしゃったの。早くいらっしゃい！」

「私？　なんで私を？」

「もう。あなたは自分が特別な存在だという自覚を持ちなさい」

手を引っ張られるようにして騎士団の建物に入る。

（いくら私が七百年ぶりの女性能力者だとはいえ、こんな夜明け前にわざわざ王子様が？）

事情がわからないまま建物に入ると、ホールには騎士団員たちが整列していた。訓練生たちも整列していて、サイモンが気づかわし気な視線をアイリスに送ってくる。

第一王子のジェイデンは長身で、金色のウエーブのある髪は肩まで届き、深い青色の瞳。引き締まった体格の持ち主だ。

（たしか、年齢は十八歳だったかな。見るからに王子様ね）

そんなことを考えながら王子を見ていると、ウィルと話をしていたジェイデンの視線がアイリスに向けられた。ジェイデンはカッカッカと長靴の音を立ててアイリスに歩み寄る。

「君がアイリス・リトラーか。これから出動するのだろう？」

「はい」

「では君の働きを見学させてもらう」

「光栄でございます」

短い会話を終えると、ジェイデンは裾《すそ》に金糸でツタの刺繍が施された濃い赤色のマントを翻し、団長の隣へと移動した。

副団長のカミーユが皆に声をかける。

「もうすぐ日の出だ。準備はいいか」

「はい！」

「それでは出発！」

全員がフェザーを抱えて足早に外へ出る。次々とフェザーに乗り、アイリスを含めた全員が広場に向かって飛び立った。

その日も巨大鳥《ダリオン》たちは獲物をつかまえては次々に森へと帰って行く。

特に群れから外れる巨大鳥《ダリオン》は現れず、平和に仕事を終えることができた。

白首も現れず、アイリスは囮役《デコイ》として二度巨大鳥《ダリオン》の前に飛び出したものの、白首のときのように唾液をかけられることはなかった。

完全に日が沈んでから、王空騎士団員たちは、やや疲れが滲む表情で引き揚げる。これが二週間から三週間は続く。アイリスが皆と一緒に騎士団の棟へと帰ろうとした。

「アイリス！」

懐かしい声。サイモンだ。

「サイモン。なんだか久しぶりね」

「ジェイデン王子と、どんな話をしたの？」

「特には何も。私の名前を確かめて、私の働きを見学するっておっしゃっただけ。なんで？」

「少し話をできる？　心配なことがある」

サイモンが指で上を指した。

二人は今、王空騎士団の建物の屋根の上にいる。

「ジェイデン王子は、君を王家に迎え入れるつもりなんじゃないだろうか」

「ジェイデン王子には婚約者がいるじゃないの。たしか、大陸の、ええと」

「マウロワ王国のミレーヌ・マウロワ第二王女。結婚式は来年だけど、すでにお城で暮らしている」

「そうだった、ミレーヌ様」

「だから、君を迎え入れるとしたら、第二夫人だと思う」

サイモンの言っている意味がわからず、アイリスは「んん？」と首をひねった。

「王子は七百年ぶりに誕生した女性能力者を抱え込みたいんじゃないかな。飛翔能力のある子供を望んでいるのかも」

「ええ？　能力者の誕生は親が能力者かどうかに関係しないじゃない」

「そうだけど、それでも君を欲しいんじゃないかな。だって、聖アンジェリーナは結婚する前に死んでいる。この国の歴史に残っている限りで、能力者の女性が子供を産むのは……アイリス、君が初めてだ。それがどれだけ貴重なことか、わかるだろ？」

アイリスはゆっくり首を振った。

「ジェイデン王子とミレーヌ様がとても仲睦まじいこと、国民のみんなが知っているわ。そんな二人の間に私が割り込んで子供を産むなんて絶対に嫌よ。うわ、すごく嫌だ……」

サイモンが心配そうな表情でアイリスを見ている。

「断れるようないい方法がないか、考えてみるよ」

「王家を怒らせてジュール侯爵家に迷惑をかけるようなことはまずいと思うけど」

サイモンはそれを聞いて数秒ほどためらってから口を開いた。

「アイリス。僕と婚約してほしいと言ったら、驚くだろうか。正式に僕と婚約してジュール侯爵家の庇護下に入れば、王家も気楽には手を出せないはずだ」

アイリスは言われたことを理解するのに時間がかかった。

「ええと。それは私が王家の第二夫人にならないように、便宜的にということ？」

「便宜？　いや、違うよ！」

サイモンが慌てて否定してから覚悟を決めた表情になった。

「僕がアイリスと婚約したいんだ。ジェイデン王子に君を奪われたくない。本当は王空騎士団員になってから正式に申し込もうと思っていたけど、そんな悠長なことを言っていられない。アイリス、僕と婚約してほしい。僕じゃ……だめか？」

サイモンが不安そうな目でアイリスを見る。サイモンのそんな表情を見るのは初めてだ。

「それ、本気で言っているの？　急ですごくびっくりしたけど、もちろん嫌じゃない。私、身分が違いすぎて諦めていたけど……ずっとサイモンのことは大切に思っていたわ。だけど私、片思いだとばかり思っていたの」

「本当に？　本当か？　本当だね？　ああよかった！　ありがとう、アイリス。嬉しいよ」

サイモンがアイリスを抱きしめようとしたが、アイリスは待ったをかけた。

「サイモンは貴族の養子だもの、婚約を勝手に決めることはできないでしょう？」

「今夜のうちに侯爵様に頼む。なんとしても説得する。アイリスには唐突に聞こえるだろうけど、僕はアイリスがお菓子をたくさん抱えて話しかけてくれたときから……君のことがずっと好きだった」

「あのときから？　だってサイモン、そんな雰囲気、今まで全然出さなかったじゃない」

そう言われてサイモンはグッと詰まり、次にガックリした。

「そう見えていたのか……。僕、全力で好意を表しているつもりだったけど。そうか、全く気づかれていなかったのか」

「あっ、ごめんね。私が鈍感だったのかも。ごめん」

「ええと、そのことはまた後で話そう。とにかく、僕は侯爵様に話をするよ。君は明日も早いから、もう帰って寝たほうがいい」

「サイモン、侯爵様ともめないでね？」

「大丈夫だ」

そこまで言って、サイモンがふんわりとアイリスを抱きしめた。アイリスは少し固まったものの、サイモンをそっと抱きしめ返した。しばらくして二人で恥ずかしくなり、そそくさと離れた。

「アイリス、また明日」

「ええ。また明日」

アイリスがフェザーで空中に滑り出すのを見てから、サイモンは養成所の玄関へと向かった。

「婚約……私が？」

アイリスは家に向かいながらも、急な婚約話を頭の中で整理しようとするが、心がふわふわして考えがまとまらない。

「ふわふわしている場合じゃないわ。こんな浮ついた気持ちでいたら、巨大鳥《ダリオン》に食べられちゃう」

頬を赤くして独り言を言いながら、自分を待っている馬車に向かった。


ジェイデン第一王子が王空騎士団の棟に来たとき、その目的を怪しんだのはサイモンだけではない。ヒロとケインも王子の目的がアイリスではないかと疑った。マイケルも含みのある表情でヒロに話しかけてきた。

「ヒロさん、ジェイデン王子はアイリスを第二夫人にでもするつもりですかね」

「マイケルもそう思ったか」

「それ以外に王子がアイリスを見に来る理由が思いつきませんね。他の貴族に唾をつけられる前に、アイリスを確認しに来たってところじゃないですかね。で、おそらく合格だったと思いますよ。アイリスは可愛いし」

ヒロが渋い表情でうなずく。

「アイリスが子供を産むためだけに王家に取り込まれたりしたら、あまりに……気の毒だよなあ」

「気の毒ですけど、それ以上に僕は第三小隊から囮役《デコイ》がいなくなるのは困ります。彼女は適任ですからね。そして王家は身勝手ですからねえ」

「おいおい、侯爵家の令息がそんなことを言っていいのか？」

「僕は三男ですから。能力者という点を見込まれて、貴族の家に婿入りさせられる身の上ですよ。ああ、でも、アイリスと結婚したら、僕が当主になれるかも」

「おい！」

「冗談ですよ。サイモンに恨まれて仕事中にフェザーを落とされたらかなわない。僕はアイリスには手を出しませんよ」

そこでヒロが真顔になった。

「サイモンはジェイデン王子の目的に気づいていないんじゃないか？」

「ヒロさんたら、心配性の父親みたいだ。サイモンが王子の目的に気がついたかどうか、僕が聞いてみましょうか？」

「頼む」

「じゃあ、その件は僕が引き受けます。あ、そうだ。ヒロさん」

「うん？」

「アイリスは本物ですよ。速く飛べるだけじゃない。空中で巨大鳥《ダリオン》に唾液を吐きかけられても、二度目はサラリと避けました。その上、陽が出ている間中飛んでも全く疲れを見せない。おそらく疲れを感じてもいない」

「ああ、そんな感じだな」

「あの伝説、僕は信じるようになりました。彼女は数百年先、千年先まで伝説として語られる存在になるでしょうね。アイリスと同じ時代に生まれて共に王空騎士団に所属していること、大変な幸運だと思っています」

「俺もそう思う。アイリスが一人で飛んでいるところに出会えたことも、たった一年とはいえ同時に王空騎士団にいることも。俺の一生の宝になる」

マイケルは「では、ちょっとサイモンと話をしてきます」と言って養成所の建物に向かうと、サイモンの部屋を目指した。

ノックをして返事も待たずに「やあ」と顔を出したマイケルに、サイモンが驚いた。

「サイモン、君に話がある。出られるかい？」

「はい、大丈夫です」

「ついて来て」

マイケルについて行った先は、人けのない建物の裏だった。

「ジェイデン王子が来ただろう？　早く手を打たないと、アイリスはジェイデン王子の第二夫人にされてしまうんじゃないかな？　ヒロさんも心配してたよ」

「やっぱり思ったんですね。僕もそんな気がしました。実はこれから侯爵様に相談しに行こうと思っていたところです」

「そうだったの？　だったら余計なお節介だったね。引き止めて申し訳ない。頑張っておいで」

「いえ、ありがとうございました」

マイケルは「早く行ったほうがいいよ」とそこで話を終わりにした。

マイケルと別れたサイモンは、フェザーに乗って侯爵家に向かった。

フェザーでいきなり玄関に降り立つのは門番の立場をないがしろにするようで憚《はばか》られ、真面目なサイモンは正門の前に降り立った。

「サイモン様ではありませんか。こんな夜分にどうなさいましたか」

「ちょっと侯爵様にお話があってね」

「そうでしたか。さあどうぞ」

門番はすぐにサイモンを母屋の玄関まで案内した。

出てきた執事にも驚かれながら、サイモンは養父である侯爵の執務室に通される。養子縁組をしているとはいえ、サイモンは養子になった時点からずっと養成所生活。養父のオーギュスト・ジュール侯爵とは、今まで親子らしい交流がなかった。

オーギュスト・ジュールは書類から顔を上げると、少しだけ驚いた顔をした。

「どうした。珍しいじゃないか。なにかあったのか？」

「お願いがあってやって参りました。急な話で申し訳ないのですが、婚約したい相手がいます」

「それはまた……急な話だね。お相手は？」

「相手はアイリス・リトラーです。平民ですが、最近能力が開花して、現在……」

オーギュストがサイモンに向かって手のひらを立てた。

「待ちなさい。アイリスっていうのは、あの『聖女の再来』と言われている少女かい？」

「はい」

「それは……。サイモン、相手の了承は得ているんだろうね？」

「さきほど了承してもらいました。実は今朝、ジェイデン王子が視察としてアイリスを見にいらっしゃいました。これは急がなければならないのではと思い、こうしてお願いに上がりました」

「そうか」

オーギュストは腕組みをして「ふぅむ」と言ったきり考え込んでいる。そのまま五分ほどたったろうか。オーギュストが手紙を書き始めた。いつもはゆったりと優雅な文字を書くオーギュストだが、今夜は猛烈に羽ペンの動きが速い。

手紙を書き終え、ペンを置く。蠟《ろう》を溶かして封筒に垂らし、印を押してから呼び鈴を鳴らすと、すぐ使用人がやって来た。

「大公閣下のところまで頼む」

使用人は手紙を預かって出て行った。

オーギュストが表情を緩めて話しかけてきた。

「サイモンは、いつからアイリスと親しかったのだね？」

「話をするようになったのはフォード学院で同じクラスになったときからですが、僕は能力の判定会場で初めて会ったときから、アイリスを好ましく思っていました」

「ほう。そんなに前からか」

「はい」

堅物《かたぶつ》で真面目なサイモンにとって、自分の初恋を養父に語るなど、顔から火が出るほど恥ずかしいことだったが、耐えた。

（ぐずぐずしていたら、アイリスはジェイデン王子のものになってしまう。今、行動に移さなければ、自分は一生後悔しながら生きることになる）

切羽詰まっているサイモンを、侯爵がジッと見ている。

「ご迷惑をおかけしているのはわかっています」

「いや。迷惑というわけではないんだ。ただ、知っての通り、今の我が家には娘が一人しかいない。婿を迎えてこの家を継ぐはずだった長女は病で亡くなり、次女は生まれたときから婚約者がいる。だから君を養子にして、次の跡取りは血縁から養子を迎え入れようと考えていたのだ」

「申し訳ありません。僕の養子縁組は解消されても仕方ないと思っております。今まで母に援助していただいた金額は、何年かかろうとも必ずお返しいたしますので、どうか……」

「ああ、そんなことは気にしなくていい。ただ」

そこで侯爵は少々黒い笑みを浮かべてサイモンを見た。

「私は古い人間でね。『巨大鳥《ダリオン》を殺すな』という、この国の言い伝えを尊重している。大公も同じ考えだ。だが、ジェイデン王子は、数年前から『巨大鳥《ダリオン》を討伐すべし』と唱え始めているんだ」

「それはジェイデン王子個人のお考えでしょうか。それとも王家の意向ですか」

「ジェイデン王子個人の意見だね。陛下は一度もそんな発言をなさっていない。それにしても、ジェイデン王子は貴重な女性能力者を囲い込みたいと考えているのだろうか？」

「まだはっきりとはわかりません」

「大公の五女、アガタ様が以前からお前を気に入っていらっしゃるそうだ。三年前にお会いしただろう？　あのとき、サイモンが穏やかで物静かなのがお気に召したらしい。本来ならアガタ様との婚姻を進めたいところだが、ジェイデン王子がアイリスに興味を示しているのなら、話は別だ」

「別、とは」

「大公家とのご縁を諦めてでも、サイモンとアイリスとの仲を取り持とうじゃないか。私も大公も、巨大鳥《ダリオン》を殺すな、殺せばこの国が亡びる、という言い伝えを信じている。聖アンジェリーナの再来と言われるその少女を、討伐派の王子に渡すわけにはいかない」

「そう言っていただいてありがとうございます」

「ジェイデン王子がアイリスを第二夫人にするつもりがあるかどうかは探りを入れよう」


一方その頃アイリスは家で家族と向かい合っていた。

帰宅してすぐに『婚約を申し込まれました』と家族に報告すると、家族は三人とも一瞬喜びかけたが、『お相手はサイモン・ジュール』と聞いて固まっている。

三人とも「それは無理があるのでは」という不安そうな顔だ。その上、ジェイデン王子の話を聞いて、ハリーが苦悩の表情だ。

「貴族からも縁談は来るのだろうと覚悟をしていたが、まさか王家が……」

「王家が絡む話なら、ここはジュール侯爵様におすがりするほかないわね」

グレースは笑顔でアイリスに夕食を食べさせ、アイリスが寝室に入るまでずっと笑顔だった。

だが、アイリスの部屋のドアが閉まるのを確認すると目を閉じてつぶやく。

「女神エルシア、あなたはなぜ、あの子にこれほどの試練をお与えになるのでしょう」

グレースは沈痛な面持ちで居間に戻り、無言でハリーに抱きついた。

翌日の朝が来た。

サイモンが意を決してアイリスへの恋心を養父に打ち明けたことも、ジュール侯爵が大公と組んでジェイデン王子の思惑を潰してやろうとしていることも知らず、アイリスはいつも通りに家を出て王空騎士団に向かっている。

今朝も太陽が顔を出す前に、アイリスたち王空騎士団は出動した。

白首の動きは気になるが、よそ見をする余裕はない。第三小隊のファイターと彼らが担当している巨大鳥《ダリオン》たちの動きを見ていたら、騒ぎが起きた。

白首が集団から抜け出し、広場の北に位置する王城を目指し始めたのだ。

ファイターたちも城に向かう。いつもよりその数が多いのは、相手が白首であり行先が王城だからだ。

残りのファイターたちが手薄になった部分を補うべく、素早く上空で位置を変えた。

(白首は、なぜ家畜よりも城に向かったのかしら)

アイリスは疑問に思いながら、巨大鳥《ダリオン》たちを監視した。

やがて、アイリスの下で旋回していた成鳥の巨大鳥《ダリオン》が一羽、民家の密集している方面に飛び出した。

すぐにその成鳥の前方を目指して下降する。

ファイターが四人、その巨大鳥《ダリオン》が狙っているであろう人物を保護する配置につく。女性が路地の壁にもたれかかるようにして身体を丸めている。中年の女性だ。

先に女性のいる場所に到着したファイターたちは、煙を撒き、巨大鳥《ダリオン》の前を飛んで邪魔をする。だが巨大鳥《ダリオン》は煙を迂回して女性に向かって進む。

アイリスは全力で飛び出し、その巨大鳥《ダリオン》の前に出た。鋭い嘴《くちばし》の手前二メートルほどの場所で、わざとゆらゆらと心許ない感じにフェザーを動かした。

巨大鳥《ダリオン》は座り込んでいる女性からアイリスへと視線を移す。

「追いかけてきなさい」

今のアイリスは欅《ケヤキ》の下で震えていた五歳のときとは違う。相手を恐れる気持ちは今もあるけれど、飛べるようになった今はもう、一方的な弱者ではない。

フェザーを揺らしていると、巨大鳥《ダリオン》が、こちらに向かって飛んできた。

タッとフェザーに伏せて、アイリスは飛び出した。

上を目指して一気に加速する。背後から羽ばたく音が聞こえる。

(あんまり引き離しちゃうと、またあそこに戻っちゃうか)

ギリギリの距離で巨大鳥《ダリオン》を誘導する。風が耳元でうなり、冷たい空気がマスクの中に流れ込んでくる。

（もうそろそろ戻ってもいいかな）と判断し、広場を目がけて下降を開始した。巨大鳥《ダリオン》もアイリスの後を追ってぐるりと方向を変え、追いかけてくる。

アイリスは広場の地面すれすれの位置を保って広場の端へと移動した。アイリスを追いかけてきた巨大鳥《ダリオン》は家畜に興味を移し、家畜をつかんだ。囮役《デコイ》役の成功だ。

そのころ、白首は城の中央塔の前にいた
白首が広場の上空を飛んでいるとき、この塔の四階部分に光るものがあった。ジェイデン王子が巨大鳥《ダリオン》を見るために小窓から突き出した遠眼鏡のレンズだ。

王城も民たちの家と同じように、巨大鳥《ダリオン》が足場にするようなテラスなどは設けられていない。

白首は仕方なく四階の窓の前に何度も近づき、何が光っていたのかを確かめようとしている。

白首の周囲にはファイターたちと囮役《デコイ》が飛んでいるのだが、白首はファイターたちに一切興味を示さない。四階の窓の前を何度も往復し、窓に近づいては中を覗き込む。城の人間たちは初めて経験する事態に慌てふためいた。

「衛兵！　殿下を急ぎ別室へご案内しろっ！」

「不要だ。私はここにいる」

「殿下！　しかし、万が一ということが」

「万が一などないわ！　相手は大きいだけの鳥だ。この窓から入ることなどできぬ。落ち着け」

侍女たちの中には窓から見える巨大鳥《ダリオン》に驚いて失神する者や腰を抜かして動けなくなる者が

次々現れたが、ジェイデンは強気だ。

窓の鎧戸が開けられているのは、ジェイデンが「見物したいから開けておけ」と命じたからだ。中を覗き込む白首と目が合っても、ジェイデンは下がらなかった。

「大人しく家畜を食っていればいいものを。いまいましい巨大鳥《ダリオン》め」

そうつぶやいたときだ。白首が窓に向かって突進した。

ガチャンッ！　パリン！　という音。侍女たちの悲鳴。衛兵たちがジェイデンに駆け寄るガシャガシャという金属音。

白首は大きな嘴《くちばし》から窓に体当たりをした。ガラスを割り、窓枠につかまって、首の根元あたりまでを城の内側へと突っ込んだ。口を全開にして「ギイエェェェ」と鳴く。

さすがのジェイデンも後ずさりをし、巨大鳥《ダリオン》とジェイデンの間に衛兵たちが立ちふさがった。

「斬れ！　斬り殺せっ！」

「ですがっ！」

衛兵たちが躊躇したのは、『巨大鳥《ダリオン》を殺してはならない』という言い伝えがあるからだ。そもそもそれを徹底したのは代々の王である。

「何をしている！　さっさと殺さないか！　ええい！　腰抜けどもめ！」

ジェイデンが近くにいた衛兵の剣を奪い取り、白首に向かって突進する。「殿下！」「おやめください！」と叫ぶ声を無視して、ジェイデンが巨大鳥《ダリオン》に斬りかかる。しかしジェイデンの剣が白首を傷つけることはなかった。

一連の事態を見ていた団長ウィルが、少し前にアイリスを呼んだのだ。

アイリスはウィルに命じられると、城に向かって突進した。白首が窓を突き破ったのと同時に、城に到着して叫ぶ。

「私はここよ！　こっちを向きなさい！」

白首の体のすぐ脇で、アイリスは声を張り上げた。白首は城の中で叫んでいたが、すぐに顔を窓から引き抜き、自分の隣に浮かんでいるアイリスを見た。

大きな体に似合わぬ素早さで、白首がアイリスに飛び掛かる。アイリスはフェザーの上でタッとジャンプして、逆方向に飛び出した。

条件反射で追いかける白首。そのギリギリ前を飛ぶアイリス。

近くで剣を抜いて飛んでいたヒロに、別の第一小隊のファイターが近寄って話しかけた。

「ヒロさん、今のを見ました？」

「見た。まるでベテランの囮役《デコイ》だったな」

「開花したばかりなのに。アイリスって……化け物ですか？」

「俺に聞くな。それと、十五歳の少女を化け物と言うな」

城の四階、王族の使う居間の窓辺で、ジェイデンは剣を片手に茫然と立ち尽くしている。白首はアイリスを追いかけて、今ははるか上空を飛んでいる。

アイリスは後ろを飛んでいる白首が興味を他に向けないように、白首の速度に合わせて飛んでいる。だが、白首が途中でグン！　と速度を上げたのを見て、自分も速度を上げた。

ぐるぐると渦を巻くように飛ぶアイリス。それを追いかけて同じように回転しながら飛ぶ巨大鳥《ダリオン》。

アイリスと巨大鳥《ダリオン》は絡まり合う二つの螺旋《らせん》のように飛んでいる。アイリスは白首を誘導して飛び、はるか上空へと昇る。

たっぷりと上空まで高速で飛び、ターンして地上を目指す。白首はアイリスを追いかける。

「マイケル、あれ、螺旋飛行だな？」

「ですね。僕はあれができるようになったのは、開花して十年はたってからでした」

「俺は十二年たってからだ。ありゃ、化け物だな」

「まあ、彼女は僕らとは違うレベルの人間ですよね」

初めて出会ったときはあれほど恐怖を感じたのに、今日は楽しい。恐怖は残っているものの、それをはるかに上回る楽しさがある。先輩たちに化け物呼ばわりされているとも知らず、アイリスは白首を誘導しながらも楽しくて顔が緩みそうだ。

重厚な造りの大公の屋敷の中で、大公とジュール侯爵が顔を突き合わせている。

エーリッヒ・グラスフィールド公爵は、国王の弟だ。

民からは『大公様』と呼ばれ、国民からの人気が高い。そして国王である兄との仲も良かった。だから最近のジェイデン王子の討伐派を思わせる行動には驚いている。

大公は、昨夜遅くにジュール侯爵から「サイモンを能力者の少女と婚約させたい」と連絡を受けて驚いていた。

「アガタとサイモン・ジュールを近いうちに婚約させようと考えていたんだが。あの侯爵がねえ。よほどの理由なのだろう」

公爵は、すぐに侯爵を呼び出した。そして今、ジェイデン王子の行動を知ったところだ。

「そうか。ジェイデンがアイリスを見に行ったか」

「伝え聞くところによると、ジェイデン王子は本日、城の中から巨大鳥《ダリオン》を挑発し、王城の窓が破られたそうです」

「私もその報告を受け取った。兄上はジェイデンの育て方を間違えたのだな。それにしても、侯爵よ。『白首』はやはり特別なのだろうか」

侯爵が小さくうなずく。

「王空騎士団にはサイモンとは別に、少々伝手があります。まだ若鳥なので断言はできませんが、やはり他の巨大鳥《ダリオン》とは行動が違うようです。」

「特別な巨大鳥《ダリオン》、特別な女性能力者。まさに言い伝えの通りではないか。なのになぜ、『巨大鳥《ダリオン》を殺せばこの国が亡ぶ』という言い伝えを信じないのか。ジェイデン王子が討伐を口にするようになってから、巨大鳥《ダリオン》討伐派が勢いづいておる」

そこで公爵はテーブルの上を眺めながら、しばし考え込む。

公爵が視線を上げた。

「よかろう。アガタとサイモンを婚約させる話は白紙に戻す。その上でサイモンとアイリス・リトラーの婚約に賛成するよ。私が賛成すれば、ジェイデンも邪魔をしにくいだろう。アガタは可哀想だが、この国の未来を守るためだ」

「ご理解感謝いたします」

そこでドアがノックされる音。

「入れ」と公爵が声をかけ、入ってきたのは五女アガタである。

「ジュール侯爵様、おいでになっていると聞いて、ご挨拶だけでもと参りましたの」

「これはアガタ様、お久しぶりでございます。どんどんお美しくなられますね」

アガタは「ん?」という顔をした。いつもならその言葉の後に「サイモンは幸せ者ですね」という嬉しい言葉が続くところだからだ。だが今日はその言葉がない。

大公が咳払いをしてからアガタに「ここに座りなさい」と声をかけた。

「お父様、なにか私にお話がございますの?」

「アガタよ。お前とサイモンとの婚約の話は白紙に戻すことになった」

「……え?」

「お前にはもっと安全で平穏に暮らす貴族を見つけてやろう」

「それは……。お父様、白紙に戻す理由をお聞かせ願えますか」

「事情は複雑なのだ。ジェイデン王子が、聖アンジェリーナの再来と言われている少女に興味を持ったらしい」

「ジェイデン殿下はご婚約なさっていらっしゃるのに？」

「そうだ。七百年ぶりに誕生した女性能力者を囲い込みたいのかもしれん」

「そんな。それでは婚約者のミレーヌ王女殿下がお気の毒すぎますわ」

「王子が動いたことで、サイモンがジュール侯爵に『婚約したい女性がいる』と願い出たそうだ。相手というのが、『聖女の再来』と言われているアイリス・リトラーなのだよ」

言われたことを理解して、アガタの顔から表情が抜け落ちた。

「お父様はサイモンの申し出を了承なさるのですね？」

「そのつもりだ。この国を守るために聖女は誕生したのだから」

「ジェイデン王子と結ばれても、その娘の能力が消えるわけではありませんのに。なぜ私の婚約が立ち消えるのでしょう」

公爵が痛ましい者を見るような表情で説明をする。

「アガタや。考えてごらん。聖女を抱え込んだ王家が、その聖女を巨大鳥《ダリオン》の前に出すと思うかい？」

「それは……外にも出さずに大切に守るでしょうね」

「その通りだ。聖女には必ず役目があるはずだ。聖女には王空騎士団に在籍し、その役目を果たしてもらわねばならん。そしてこの婚約はサイモンの希望だ」

父親を見つめていたアガタが立ち上がり、潤んだ瞳で父親に頭を下げる。

「気分がすぐれませんので、失礼いたします」

アガタが小走りに部屋を出て行き、しばし室内はシン、とした。

ジュール侯爵は出されたお茶のカップを見て無言。公爵は深いため息のあとで口を開いた。

「アガタには可哀想なことになったが、大事の前の小事。この国が亡びるようなことがあれば、アガタとて無事には済まないのだ。私はまず、陛下のお考えを確認しよう」

「公爵様は討伐反対派の要《かなめ》。王家の怒りを買わねばよいのですが」

「アイリスの婚約に賛成したらジェイデンは怒るだろう。だが引き下がるつもりはない」

話は終わり、と判断して公爵が立ち上がった。

「なあ、ジュール侯爵よ。巨大鳥《ダリオン》を殺せば、どんな道筋でこの国が亡ぶのだろうな」

「それは……私には想像もつきません。七百年ぶりに誕生した聖女が明らかにしてくれるような気がしてなりません」

翌日、養成所にいるサイモンは侯爵からの連絡を受けとった。

『話がある。夜、屋敷まで来るように　父』

昨夜申し出たアイリスとの婚約を、侯爵が賛成するか反対するか。

反対と言われたら次の手を考えねばならない。二人で逃げ出したら、と考えたが首を振る。あんなに家族の仲がいい家だ。アイリスは家族と縁を絶つことは望まないだろうとも思う。

「王家の思惑からアイリスを守るにはどうしたらいいのか」

サイモンは己の力のなさに歯ぎしりしているが、追い風はあちこちで吹き始めていた。

討伐反対派は大公とジュール侯爵家だけではない。王空騎士団副団長カミーユの父、エンデン・ガルソン伯爵だ。

カミーユは実家で、父にことの次第を説明し、父のエンデン・ガルソンは激怒していた。

「王子はお前たちがなんのために巨大鳥《ダリオン》の前で飛んでいると思っているのか。討伐派は王空騎士団抜きで討伐してみればいいんだ！」

「父上。声が大きい。誰かに聞かれては困ります」

「わかっておる。カミーユ、王家は討伐するとなれば、必ずお前たちを頼るだろう。そうなれば、最初に食われるのは王空騎士団だ。お前たちは非能力者を救うことを第一に求められている。自分だけなら逃げられるのに、逃げることを許されない立場だ」

ガルソン伯爵は握り拳を机に叩きつけた。

「六十年前、討伐隊は全滅したんだぞ？　貴重な飛翔能力者を百人近くも失ったのだ。家畜を差し出して済むならそれでいいではないか」

「巨大鳥《ダリオン》を討伐しろ、『あいつら』とも戦えとは、無茶なことなんですがね」

そこでもうひとつの声が会話に加わった。

「討伐を唱えるような王家は、倒す以外に方法がないのでは？」

「ルーラ、気持ちはわかるが、今ではない。聖女は誕生したばかりだ」

「そうでした、伯爵様。やっと聖女が誕生したのです。焦って失敗するわけにはいきませんわね」

学院の教員、ルーラが同意した。


十月に入って数日が過ぎたある日のこと。

巨大鳥《ダリオン》たちが飛び去る準備を始めた。二百羽以上の巨大な鳥が上空で舞っている様子は圧巻だ。一般人は渡りの期間、日中外に出ない。だから、アイリスはその景色を初めて見た。

「うわぁ。空が薄暗くなるほどたくさんいる」

見上げながら思わず声に出してしまった。

今、家畜を食べている巨大鳥《ダリオン》はいない。王空騎士団員たちは広場の端に集まって旅立ちの儀式を見守っている。

上空で巨大な円を描きながら飛んでいた巨大鳥《ダリオン》の集団から、一羽がスッと抜け出して南を目指した。旋回していた他の個体が次々とそれに続く。

次第に円陣がまばらになっていき、最後の数羽が最後尾を守るように加わって南へと飛び去っていった。やがて群れはいくつもの矢印になり、視界から消え去った。

「よし。第一陣はこれで完了だな。他の群れもすぐに旅立つだろう」

ウィル団長の声を聞いて、皆の顔には安堵の色が浮かんでいる。

「アイリス、渡りの儀式を見るのは初めてか？」

「副団長。はい。初めてです。すごい迫力で圧倒されました」

「俺も初めて見たときは、感動して震えたよ」

副団長のカミーユは落ち着いた温厚な人で、普段は口数も多くない。こんなふうに仕事中に話しかけてくることは珍しかった。カミーユが話しかけてきたのをきっかけに、何人かのファイターがアイリスに話しかけてきた。

「アイリスは活躍したな。飛び級で団員になったとは思えない、いい動きだった」

「初日からうまく誘導できていた。俺は驚いたよ」

「残りの群れももうすぐいなくなる。最後まで気を抜くなよ」

最後にヒロが声をかけてきた。

「白首が旅立つまでは気を抜けないな。あれは他の巨大鳥《ダリオン》とは確かに違う」

「私もそう思いました。気を引き締めて見張ります」

「アイリス、とにかく命を大切にしろよ」

「はい」

日が落ちるまで次の旅立ちはなかった。アイリスが着替えを終えて帰ろうとしたとき。ウィルが近寄って、小声で話しかけてきた。

「アイリス、ちょっといいか。話がある」

「はい、団長」

団長室に入ると、そこには見知らぬ初老の男性と老人が座っていた。ジュール侯爵と大公である。

アイリスに続いてカミーユとギャズも入ってきた。続いてサイモンも。

（サイモンがなぜここに？）

驚くアイリスに、サイモンは視線を合わせて小さくうなずくだけ。ウィルが皆に声をかけた。

「全員着席してくれ。すぐ本題に入る。手に入れた情報では、王家ではなく、ジェイデン王子が巨大鳥《ダリオン》討伐の方向に動くらしい。時期は次の春。雛を増やす前に手を打ちたいという思惑だろう」

静まり返る室内。

「団長、それは軍も同意しているのかね」

「巨大鳥《ダリオン》の数を考えれば、すでに軍の上層部の同意は得ているはずです」

アイリスは（討伐？　ルーラ先生は前回の討伐隊は軍も騎士団も壊滅って言っていたのに）と驚いた。ウィルが話を続ける。

「そして王子がアイリスを討伐隊から外すよう要求する可能性がある。ジェイデン王子がアイリスに興味を持っているという情報も入っている」

「そんな」

思わず声を出したアイリスを皆が見る。ウィルがアイリスに視線を向けた。

「アイリス、君の本音を聞きたい。君はどうしたいかな。我々に忖度せず、正直な気持ちを聞かせてほしい」

「私は王空騎士団で囮役《デコイ》を務めたいです。王子と関わりたくありません」

「そうか。それを聞いて安心した。では今から計画を説明する。もちろん口外は無用だ」

全員がウィルの言葉を待った。

「次の渡りまであと半年。王家が『巨大鳥《ダリオン》討伐計画』を公にした日に、軍部の反討伐派と我々王空騎士団は手を結び、反旗を翻す。協力者は多岐に及ぶ。大きな商家、数十人に及ぶ貴族、多くの平民。全員が『巨大鳥《ダリオン》を殺すな。巨大鳥《ダリオン》が絶えればこの国が滅ぶ』という言い伝えを信じている。ここまでで質問のある者は？」

ヒロが手を挙げた。

「関わる人数が多いです。情報が洩れる可能性は？」

「漏らす者はいないと思いたいが、相手側と取引に応じる者が全くいないとは言い切れない。現在、我々討伐反対派の仲間に裏切者が出ないかを調べている」

「もうひとつ。養成所の訓練生たちはどうしますか。秘密にしますか」

「その件だが……」

ウィルがチラリとカミーユを見た。カミーユが話を引き取った。

「ここから先は私が説明しよう。現在、不穏な動きをしている訓練生が一名いる。マリオだ。現在、マリオを監視させている」

「マリオの行動は……私を嫌っているからでしょうか」

ヒロが首を振ってアイリスの考えを否定した。

「嫌っているというより、逆恨みだな。アイリスを恨むことで自分の苛立ちを正当化しようとしているのさ。アイリスは気にするな」

それでも、アイリスの気持ちは複雑だ。それを察したヒロがすぐに慰める。

「問題は逆恨みする側にある。アイリスは胸を張れ。顔を上げていろ」

「……はい」

再びウィルが話を進めた。

「巨大鳥《ダリオン》が全て旅立った日の翌日、王家主催で慰労会が開かれる。慰労会までに、ジェイデン王子側から、アイリスに声がかかる可能性がある。ここから先の話はジュール侯爵にお願いします」

「では私から話をさせてもらうよ、アイリス」

アイリスは（この方がジュール侯爵様だったのね）と思いながら目礼をした。

「サイモンから話は聞いた。私はサイモンとアイリスの婚約に賛成しよう。今夜はそれを君に伝えに来た。それだけではない。大公閣下も応援してくれることになっている」

（大公閣下まで？　なんで？）

「大公閣下も巨大鳥《ダリオン》を殺すなという言い伝えを信じていらっしゃるのと……君には少々気が重い話だろうが、アガタ公爵令嬢がサイモンの婚約者候補だったからだ。閣下のご理解と賛同なしに、アイリスとサイモンの婚約話は進められなかった」

アイリスは自分とサイモンの婚約を後押ししてくれる大人たちが少し不思議でもある。そんなアイリスの表情に大公が気がついた。

「不思議そうな顔をしているね。アイリス、私が幸せを願っているのは娘のアガタだけではない。この国の若者や子供たちが幸せに生き、安心して子を産み育てられる未来を守るためには、飛翔能力者がごっそり死ぬような事態は防がねばならない。王空騎士団は巨大鳥《ダリオン》だけから我々を守っているわけではないのだ」

「巨大鳥《ダリオン》の他にもなにかあるのですか？」

アイリスの質問にウィルが答える。

「ある。空賊だ」

アイリスとサイモンは顔を見合わせる。『空賊』という言葉を初めて聞いた。そこから再びウィルが話を続ける。

「巨大鳥《ダリオン》対策だけが国民には知られているが、王空騎士団には空賊から民を守るというもうひとつの役目がある。空賊はどこからかやって来て船を襲い、金目の物だけを奪って逃げる。我が国ではその存在は秘密にされている。なぜなら『国に管理されない飛翔能力者』という生き方を、国民に知らせないためだ」

アイリスはうなずきながら耳を傾けた。

「そんな自由な生き方があると知れば、貴重な能力者が他国に流出してしまう。他国に巨大鳥《ダリオン》はいないが、この国には巨大鳥《ダリオン》が年に二回も飛んでくる。飛翔能力者は何が何でも手放すわけにはいかない、という国の判断だよ。我々王空騎士団員は、その存在を知っても逃げ出す者はほとんどいないがね」

　初めて聞く話に、アイリスとサイモンは言葉もない。ウィルの話は続く。

「私も空賊の存在を知ったのは、騎士団に入団してからだ。そのときやっと、なぜ自分たちが武器を使った対人戦を叩き込まれたのか理解した。訓練生だった私が先輩たちに質問しても、答えはいつも『時期が来ればわかる』だったよ」

　サイモンがウィルに尋ねた。

「団長、そんな大きな秘密を、いったいどうやって隠し続けてこられたんですか？」

「船乗りたちは空賊に関して厳しく口止めされている。口外すれば家族ごと処刑される。それほど国は空賊の存在を隠したがっている。空賊の存在を知られることは、王空騎士団の消滅に関わるからだ」

　サイモンが再び質問した。

「何百羽も飛んでくる巨大鳥《ダリオン》を、討伐派は本当に人間の手で全滅できると考えているのでしょうか。いったいどのような方法で」

「何回にも分けて討伐しようという考えらしい。六十年前の悲劇は『手段が悪かった、段取りが悪かった』と考えているようだ。どんな討伐計画なのかは今、情報を探《さぐ》っているところだ。軍の主導で動くつもりらしく、団長の私も知らされていない」

　そこでドアがノックされて、ケインが顔を覗かせた。

「団長、いらっしゃいました」

「入ってもらえ」

入ってきた人物は明るい栗色の髪を顎のラインで切り揃え、細く赤い縁の眼鏡をかけている。

「ルーラ先生？」

「遅くなり、申し訳ございません。追っ手をまくのに時間がかかりました」

「やはり見張られているのか？」

「はい、侯爵様。男性二人組が昼夜を問わず私を見張っています。私が皆様とこうして集まれるのは、今日で最後かもしれません」

「それはどういうわけかな？　ルーラ」

「侯爵様、私の解雇理由は、表向き『王家主導で行われた巨大鳥《ダリオン》討伐に関して批判的な授業をした』ということでした」

「そんな。先生は正しい歴史を教えてくれただけなのに」

「アイリス、表向きは、なの。本当の理由は、私が討伐反対派だからジェイデン王子に嫌われたのだと思うわ。憶測ですけどね」

ルーラはそこまで言うと穏やかに微笑み、集まっている全員に向かって語り始めた。

「私は教員を解雇されたらすぐ、姿を消して討伐反対派の人々のために動きます」

「先生、それはかなり危険なのではありませんか？」

「アイリスったら。囮役《デコイ》をしているあなたほど危険ではないわよ。可愛い教え子が巨大な肉食の鳥の前で飛んでいるのです。私が黙って大人しくしているわけにはいかない。若い人たちの未来を守るのは、大人の役目だもの」

「気をつけるんだよ、ルーラ」

「あら、団長、励ましのエールを送るときは、そんな心配そうな顔をしないでくださいな」

侯爵がそこで話を引き取った。

「さて、全員が揃ったところで、サイモンとアイリスの婚約の話に進みたい。巨大鳥《ダリオン》が全て飛び去れば、すぐに慰労会が開かれる。その場で私がサイモンの婚約について披露する。いくら浅慮なジェイデン王子といえども、婚約者の前で、『アイリスは自分が囲い込む』と言い出すまい。ミレーヌ王女は大国マウロワの人間だ。怒らせるわけにはいかないはず」

会議はそこで終了となり、カミーユはジュール侯爵の隣に進み、意外なことを言う。

「ではジュール侯爵様、私のフェザーでご自宅までお送りいたします。サイモンとアイリスも一緒に来い」

そう言うと部屋の隅に立てかけてあった愛用のフェザーを手にして、侯爵の足元に置いた。ジュール侯爵がそれに乗るとヒロが窓を開ける。カミーユが操るフェザーはふわりと飛び上がり、カミーユと侯爵は夜空へと滑り出した。

それを見送って、ルーラが声をかけてきた。

「アイリス、サイモン、『歴史は賢明な友人』です。歴史に学ぶことを忘れないで」

「心に刻みます。先生に教わったことは忘れません。ルーラ先生、私、先生の授業が大好きでした」

「僕もです。ルーラ先生、どうかご無事で」

「さあ、もう行きなさい」

「ルーラ先生、またお会いできる日を楽しみにしています」

サイモンとアイリスはそれぞれ自分のフェザーに乗り、するりと窓から外へと滑り出した。

カミーユのフェザーははるか上空を飛んでいる。

サイモンと並んで飛ぶアイリスの頭の中は、さっき聞いたたくさんの情報で熱っぽい。

「空賊なんて人たちがいるなんて。大陸にも飛翔能力者が生まれるのね。私、飛翔能力者はこの国にだけ生まれるものだと思い込んでいたの」

「僕たちは他国のことを何も知らないからね。今夜の話は驚くことばかりだったけど、僕の決心は何ひとつ揺らぐことはないよ。君を守り、国民を守る。それだけだ。今夜から、剣の訓練にもっと力を入れようと思う」

「私も武器の訓練を始めようと思うけれど。今から訓練して、果たして私はどれだけ戦力になるのか不安だわ」

「君が特別な能力者なら、必ず君でなければならないことがあるはずだ。武器の訓練は慌てなくてもいいと思う」

「私に求められるのは、やっぱり白首に関することなのかしら。サイモン、私のせいであなたに迷惑をかけるかもしれないけど、私の気持ちも変わらないわ。あの日、試験会場で飛んでいるサイモンを見た日から、私はずっとあなたに憧れていたんだもの」

サイモンはにっこり微笑むだけだったが、心の中はアイリスを守る決意で熱く燃えている。

眼下にジュール侯爵家の屋敷が見えてきた。窓という窓が暖かい色の光に輝いていて、建物の大きさ、窓の多さが周囲の建物に比べて際立っている。アイリスは今更ながらにジュール侯爵家の財力の豊かさを思い知らされ、思わず両手をグッと握りしめた。そんなアイリスの様子に気づいたサイモンが、風に髪を煽られながら笑いかけた。

「大丈夫だ。僕が必ず君を守る」

「うん。ありがとう。まずは慰労会ね。それと……私は守られるだけは嫌。私も一緒に戦う。家族を悲しませても飛ぶことを選んだんだもの。ただ守られているだけなんて、私を笑顔で送り出してくれた家族に申し訳なさすぎるわ」

「そうか。じゃあ、言い直す。一緒に頑張ろう」

「ええ。そうしましょう」

二人で侯爵家の庭先に着地した。出迎えてくれた使用人に案内されて屋敷に入り、侯爵の執務室までサイモンに案内される。絨毯は分厚く、通路には大きな花瓶が置かれている。もちろんその花瓶には、こんもりと秋の花が飾られている。

「ここが侯爵様の執務室だ」

サイモンがそう言ってドアをノックすると、「入りたまえ」とジュール侯爵の声。部屋の中は紺色で統一した壁と絨毯。家具は白と金で揃えられている。

「あまり時間がない。本来ならアイリスの両親も呼んで華やかに婚約式を開きたいところだが、今、ここで書類にサインをしてくれるか。すまないね、アイリス」

「いえ。覚悟はできているつもりです。不満は何もありません」

オーギュスト・ジュール侯爵は、眩しいものを見るように目を細めた。

「サイモン、お前は偉大な能力と強い意志の持ち主を射止めたのだね」

「はい。侯爵様」

「今後は父と呼びなさい。今まではほとんど顔を合わせることもなく過ごしてきたが、巨大鳥《ダリオン》が全て飛び立ったあとは、もっと親子としての時間を持とう」

「はい。ありがとうございます……父上」

「うむ。それでアイリス。君は慰労会のドレスは用意できているのかね？」

アイリスは少し顔を赤くしながらも、正直に答えることにした。

「ドレスは友人に貸してくれるよう、頼んであります。我が家にそんな余裕はありませんので」

「では我が家がドレスを用意しよう。靴とアクセサリーの心配も無用だ」

そんなに甘えていいのだろうかとためらうアイリスに、侯爵が柔らかく笑いかける。

「なに、ドレスの十着や二十着で我が家は傾かない。では、婚約の書類にサインを」

「はい」

サイモンに続いてアイリスも「婚約の誓い」と書かれた書類にサインをし、侯爵に渡した。ちょうどそのタイミングでドアがノックされ、優雅な雰囲気の女性が入ってきた。柔らかそうな金髪に青い瞳の、少しふくよかな女性だ。

「フラン。ちょうどよかった。このお嬢さんがアイリス・リトラーさんだ」

「アイリスさん、初めまして。フラン・ジュールです。サイモンからあなたのことを聞いて、お会いするのを楽しみにしていたの。巨大鳥《ダリオン》の前で飛ぶ人はどんな勇ましい雰囲気かと思っていたけれど、可憐な方ね」

「ありがとうございます」

「フラン、慰労会で婚約を披露することになった」

「慰労会……もうすぐですわね」

「そうだ。その慰労会にアイリスが着るドレスと靴と……」

「あなた、靴もバッグもアクセサリーも、私が全部手配いたします。ご安心くださいな」

「そうか。頼んだよ」

夫人はツッとアイリスに近寄り、自分と身長を見比べ、アイリスのウエストに手を回す。

「ふんふん。だいたいわかったわ。明日の夜までには一式揃えましょう。サイズ直しは急げば大丈夫。任せて。あなたが一番輝くような品を揃えます」

「ありがとうございます。お世話になります」

「サイモン、素敵な人を射止めたわね」

「はい！」

「ではさっそく、ドレスメーカーを呼ばなくては」

柔らかな外見とは違って、夫人はきびきびと段取りを組んで部屋を出て行った。

「アイリス、家まで送るよ。家に着いた瞬間を狙って拉致されないとも限らない」

「まさか」

そこで侯爵がサイモンに味方した。

「アイリス。世の中には『まさか』と思っていたことが、往々にして起きるものだ。送ってもらいなさい。サイモン、今後は常に剣を携えるように」

「はい、父上」

サイモンは侯爵が壁から外して差し出した剣をベルトに装着し、フェザーを手に取る。

「さあ、送るよ、アイリス」

侯爵家からアイリスの家まで、フェザーで飛べばすぐだ。

二人は上空から周囲を入念に見回し、人がいないのを確認してから下りた。玄関前に立って、互いに言葉を探して沈黙してしまう。

「サイモン、送ってくれてありがとう」

「これから頑張ろう。少なくともジュール侯爵家のことは心配いらない。僕がいるし、侯爵様も応援してくださっている」

「ええ、わかったわ」

サイモンが大切な宝物に触れるように、優しくアイリスを抱きしめた。

「巨大鳥《ダリオン》ももうすぐいなくなる。全てはそれからだ。おやすみ、アイリス」

「おやすみなさい、サイモン」

アイリスが家に入るのを見届けて、サイモンは夜空に向かって上昇する。

アイリスはドアの小窓からそれを確認して、居間に向かう。居間では両親と姉のルビーが待っていた。

「ただいま帰りました。さっき、ジュール侯爵家に行って『婚約の誓い』にサインをしてきたの。お父さんたちを呼べないこと、申し訳ないって侯爵様がおっしゃってた。巨大鳥《ダリオン》がいなくなったら慰労会があるんだけど、その時に婚約発表をすることが決まって、急いでいるの」

「そうか……。婚約おめでとう、アイリス」

母と姉はぎこちない笑顔で「おめでとう」と言う。

（まるで悲しい知らせを聞いたみたいな顔をしている）と胸が痛むが、（今の状況じゃ仕方ない）とも思う。母は夕食を温め始め、運ばれた夕食をアイリスは黙々と食べた。

今日団長室で聞いた打倒王家と空賊の話は家族にも言えない。父は空賊のことを知っているのか聞いてみたかったが、情報を漏らせば処刑と聞いては質問もできない。

自分の意思とは関係なく大きな波に飲み込まれている。その夜アイリスはなかなか眠れなかった。


翌日、巨大鳥《ダリオン》たちの群れが二つ同時に空を旋回し始めた。

昨日よりも空は暗く、「ギイィィィ」「ギャアアア」という鳴き声にアイリスは圧倒される。

今日も巨大鳥《ダリオン》たちは家畜を食べず、上空を十周ほど回ってから南へと去って行ったが、白首は旅立たなかった。

　白首は旋回している自分の群れから降下して家畜をつかみ上げ、巨大鳥《ダリオン》の森に去って行った。

「あいつの群れは旅立ったのに、どういうことだ？　他の群れに合流するのか」

「まさかこのまま居座るなんてことはないだろうな」

　騎士団員たちはあちこちでひそひそと言葉を交わし、皆が最後にアイリスを見る。

（私？　私のせいだって思われてるの？）

　皆の視線に気づいたヒロが注意した。

「おいおいお前ら、アイリスのせいみたいな顔をするな」

「ですけどヒロさん、伝説が本当なら白首はアイリスから離れないつもりかもしれないですよ」

「だとしてもアイリスには何の責任もない」

「ヒロさん、私にできることは、全力で務めますので」

「いいんだ。そう気負うな。アイリスはとにかく自分の命を守れ。いずれきっと、アイリスでなければ果たせない役目がくる」

　その場はそれで収まった。ところが翌日、白首がアイリスに執着していることを証明してしまう出来事が起きた。

　その日の朝、白首は最後の群れに交じって上空を旋回していた。

「今日は一緒に飛んで行けよ」

「引き返すなよ。お前に居座られたら、とんでもなく困る」

その声が聞こえたかのように、白首が群れから離れて降下し始めた。

「行くぞ！」

「はい！」

囮役《デコイ》とファイターたちがフェザーで発進する。アイリスも飛び出した。ファイターたちはきれいに散らばって、白首を取り囲みながら一定の距離で飛ぶ。

突然、白首が体を翻《ひるがえ》し、右側を飛んでいたファイターに向かう。白首の動きの速さに誰も間に合わない。右側にいた中堅のファイターが翼で弾き飛ばされて落下してゆく。

低い位置を飛んでいたマザーが、すかさずファイターの落下地点に向かう。

アイリスは（マザーは間に合う）と判断して白首に視線を戻すと、白首は再び体を翻した。今度は左側にいたファイターを狙っている。アイリスは全力で飛び出した。

「突っ込め！　迷うな！」

声は左前方を飛んでいるカミーユだ。返事をする余裕もなく、アイリスはフェザーに身体を伏せて全速力で飛ぶ。

（一秒でも早く白首の前に！）

はぁはぁと息をしながら白首とファイターの間に割り込んだ。自分の左手には先輩ファイター。すぐ右には白首。一瞬、白首の左目と視線が合った。白首の前を通り過ぎ、急加速して上に向かう。白首の前に出た。

「ギエエエエエッ！」

すぐ近くで聞く白首の声は大きく、音で殴られたかのような衝撃が来た。ふらつきそうになるのを「くうっっ！」と呻きながら奥歯を噛みしめて耐える。

「もう一度！」

アイリスは再び白首の注意を引くために、小さく円を描いて宙返りをしながら白首の顔の前に飛び出した。

「白首！　私を追いかけなさいっ！」

言葉など通じないのは承知の上。それでも叫ばずにいられない。今、ここで自分が白首の妨害をしなかったら、ファイターが次々叩き落されるだろう。

「来いっ！　こっちよ！　私はここ！　追いかけてきなさい！」

アイリスは白首の前方を飛びながら叫び続ける。そのたびに白首は「ギャアアア！」「ギイイイィィ」「キイエエエエ」と鳴き返す。

王城前広場からはすでにかなり遠い。しかしまだ戻れない。自分がここで引き返したら、白首も一緒に戻ってしまう気がした。

(巨大鳥《ダリオン》たちの群れに白首を戻さなきゃ)

上空に向かいながら、巨大鳥《ダリオン》たちの群れを探した。

(いた！)

はるか遠く、黒く見える集団が南に向かって飛んでいる。上空の気流に乗っているのか、見ているうちに自分との距離が開いていく。

（急がなくちゃ。白首が群れからはぐれる。王都に戻られたら大変）

アイリスは背後の白首を何度も確認しながら飛び続け、少しずつ群れに近づいた。

（集団に近づきすぎたら襲われるかしら。たしか、オリバーがそれを話していたことがあったわよね。ええと……）

『渡り鳥はね、アイリス。飛んでいる間中、何も食べない種類がほとんどだ。何百キロも何も食べずに飛び続けてられるのは、自分の体を消費しながら飛ぶからだと思う。海岸近くで力尽きた渡り鳥の死骸を解剖すると、胃袋はたいてい空っぽなんだよ』

「食べられないなら、こうすればいい」

アイリスは巨大鳥《ダリオン》の群れの中に突っ込んだ。そしてそのまま、群れと一緒に南に進む。巨大鳥《ダリオン》はかなりの高速で飛んでいるが、気流に乗っているせいか、ほとんど羽ばたいていない。周囲の巨大鳥《ダリオン》はアイリスをチラリと見るが、気にする様子もなく飛んでいる。

眼下には青い海が広がっている。アイリスは初めて海を見る。だがその景色を楽しむ余裕はない。

白首もアイリスを追いかけて群れに合流した。

（よし。でも私が離脱するのはまだ。まだ早い。もう少し我慢！）

白首の合流から三十分ほど過ぎた。

（もういいでしょう）と判断して、アイリスはフェザーが身体から離れないように端を手でつかみ、飛翔力を意識して止めた。フェザーとアイリスは、スーッと海に向かって落ちていく。

落ちながら空を見上げると、白首はこちらを見ている。一瞬体を翻しそうな気配を見せたが、近くの巨大鳥《ダリオン》が「ギャアアアッ」と鳴き、白首はそのまま飛び続けた。

「よかった」

気を抜いた直後に海面に衝突しそうになったが、すぐにつかんでいたフェザーに乗り、海面すれすれを飛んで王都を目指した。

「海、いつかゆっくり見たあぁい！」

叫ぶアイリスの顔は、己の役目を果たした喜びで輝いている。

その後、アイリスは王都を目指して全力で飛んだ。さっきまで足元に広がっていた青い海は、遠くでキラキラ光る存在になった。

今、フェザーの下には緑色の景色が続いている。ぽつりぽつりと小さな集落が見えるようになり、もっと多くの人家が集まっている村が見えた。さらに飛び続けていると、やっと遠くに王都の景色が見えてきた。

「あら？　あれって……」

目を凝らすと、はるか前方の低い位置に、たくさんの人影。王空騎士団だ。

（なんでこっちに飛んでくるの？）と思いながら手を振ると、その集団が一気に加速してこちらに向かってくる。

普段はいつでも整然と並んで飛ぶ彼らなのに、今は位置も動きもバラバラだ。何人かは、大きな縦回転までしている。ぐるぐると螺旋を描きながら進んでくる者までいる。

その中の一人が猛烈な速さで集団から飛び出してきた。右肩を低くして前に突き出す癖のある構えには見覚えがある。

「あれは……ヒロさん？」

驚いているうちにヒロが目の前まで飛んできた。ヒロは急減速しながらくるりと宙返りをして、アイリスの隣に並ぶ。

「よかった。無事だったか」

「はい。白首は飛んで行きました」

「アイリスが墜落していないか、捜しに来たんだ」

「私をですか？　皆さんが？」

「そうだよ。当たり前だろう？　アイリスは仲間なんだ」

グッと胸が詰まる。「えへへ」と笑って嬉し泣きしそうになるのを我慢した。歓声をあげながら、総勢百名近い騎士団員たちがアイリスを空中で取り囲む。

「よお！　お疲れ！」

「食われずに帰ってきたか」

「心配したぞ」

「あんまり返ってこないから、落ちたかと思ったわ！」

たくさんの騎士団員に声をかけられ、そのたびにそちらに笑顔を向ける。

（嬉しい。嬉しい！　私、王空騎士団の一員になってる！）

アイリスが初めて王空騎士団に参加したときの、ヒンヤリした空気が嘘のようだ。

≫≫≫

一行は王都を目指して引き返した。王都に近寄るにつれて、たくさんの鐘の音が響いてくる。『渡りの終了』を知らせる鐘は、たっぷり間を空けてカーン、カーンと鳴らされる。道という道には人があふれ、笑顔で会話したり、窓やドアを塞いでいた板を取り外したりしている。

王空騎士団に気づいた人々が、こちらを見上げて手を振っている。その顔がみんな嬉しそうだ。

(私たち、きっと野鳥の群れみたいに見えてるわね)

子供の頃、姉と二人で王空騎士団を見上げていたことを思い出した。

騎士団は少しずつ高度を下げ、今は建物の上すれすれを飛んでいる。

もっと低い位置まで下がって、愛想よく手を振っているのはマイケルだ。笑顔で手を振るマイケルに気づいて、若い女性たちが黄色い悲鳴をあげて喜んでいる。

空を飛ぶ集団は王空騎士団の訓練場に到着し、全員が整列した。ウィルが明るい表情で団員たちの前に立った。

「無事に渡りが終わった。今回も死者が出なかったのは何よりだ。明日の慰労会は全員正装。遅刻せずに参加するように。みんなご苦労だった。解散！」

男たちの「うぉぉ！」という低い歓声が響き、集団がばらける。アイリスが自分のフェザーを抱えて建物に入ると、すぐにマヤに声をかけられた。

「アイリス！　最後はあなた一人で飛んで行ったんですって？　なかなか戻らないから、みんな心配で捜しに行ったそうよ」

「白首は私に興味があるらしいから、群れまで誘導してきました。白首は無事に帰りましたよ」

「そんな危ないことを一人でやったのね。無事で本当によかったわ。あっ、そうだ、ドレスの用意はできた？」

「はい」

「どんなドレスかしら。楽しみだわ」

笑うだけにした。侯爵家が用意するから、どんなドレスなのかアイリスもまだ知らない。

「アイリス！　無事でよかった。お帰り」

「あっ、サイモン！　ただいま！」

マヤは「じゃ、私は戻るわね」と言っていなくなった。

「ただいま、サイモン。今、マヤさんにどんなドレスかしらって言われたの」

「ドレスはもう用意できていると思うよ。今から見に行く？」

「うん。でもその前に一度家に戻る。きっと両親が心配しているだろうから」

「僕も行くよ。挨拶をさせてほしい」

「うん。二人で行きましょう」

二人はフェザーでアイリスの家に向かい、到着した。

サイモンが緊張の面持ちでハリーに挨拶している。

「ご挨拶が遅くなりました。サイモン・ジュールです。ご両親の立ち会いなしにアイリスさんと婚約し、申し訳なく思っています。どうかお許しください」

それを聞いて、ハリーのほうが恐縮している。

「侯爵家とのご縁をいただき、感謝はしても謝っていただくことなどございません」

母のグレースがお茶を運んできてからサイモンに質問する。

「ジェイデン王子殿下がアイリスを第二夫人にするかもしれないというのは、本当でしょうか」

「父の話では、慰労会にはジェイデン王子の婚約者、ミレーヌ王女が同席します。婚約者であり他国の王族であるミレーヌ殿下が見ている前ですから。いくら王子と言えども、結婚前からもう一人の女性を囲い込む意図を露骨にはできないはずだ、と」

説明を聞いてもグレースの表情が晴れず、サイモンは安心させるために言葉を続けた。

「今の段階で詳しくはお話しできませんが、婚約を応援してくれるのは父だけではありません。ご心配でしょうが、どうか見守っていてください」

サイモンにそう言われてハリーとグレースは何も言えず、重い空気のままアイリスはサイモンと侯爵家に向かうことにした。

フェザーに乗って並んで飛びながら、二人は少しの間無言になった。

「本当ならみんなに笑顔で祝福されるべきことなのに、ごめん」

「どうしてサイモンが謝るのよ。全部私が……私が原因だわ。だけど私、飛び続けるためなら何があってもくじけない。女なのに飛べることも、白首に興味を持たれていることも、王家に目をつけられることも、全てのことに負けないで乗り越えるわ」

「アイリス……」

「今一番のお楽しみはね、初めて着るドレスがどんなのかしらってことよ。二番目の楽しみは、いつかサイモンと二人で海に行きたいってこと」

アイリスは意識して笑顔をサイモンに向ける。並んで飛ぶサイモンが、もっと近寄ってきた。

フェザー同士が触れるか触れないかのギリギリの位置を保ちながら、サイモンがアイリスに腕を伸ばす。アイリスも手を伸ばし、二人で手をつないだまま飛び続ける。

王都の人々は巨大鳥《ダリオン》が飛び去ったお祝いをしているのだろう。どの家の窓からも灯りが漏れていて美しい。

「慰労会、なにが起きても毅然として乗り切るわ」

「ああ、僕もだ」


慰労会の開始時間になった。

王城の大ホールには、すでに大勢の人が詰めかけている。ホールに入ったアイリスの耳に、先輩騎士団員の声が飛び込んでくる。

「今回も淑女の皆さまが美しいことよ」

「眼福だ。癒される」

「巨大鳥《ダリオン》と野郎ばかり見てきたあとに、これはありがたい」

王空騎士団員たちが笑っている。誰も命を落とさなかったので、皆の顔が明るい。

五時を少し回ったところで、国王の侍従が声を張った。

「国王陛下のご出座でございます」

ホールのざわめきがスッと消え、金の装飾が施された二枚の大きなドアが恭しく開かれた。

ヴァランタン国王、ハリエット王妃、ジェイデン王子の三人が入ってきた。ジェイデンの下には二人の王子がいるのだが、二人ともまだ十六歳になっていないので不参加である。騎士団員のアイリスと訓練生たちは例外だ。ジュール侯爵家夫人が見立てた薄い若草色のドレスを着て、騎士団長ウィルの後ろにいる。

最初は一番後ろに並ぼうとしたが、ウィルとカミーユに「女性を最後列に並ばせているほうが不自然だから」と言われて、団員の前に並ばされた。

金色の髪をハーフアップにし、白い小花をあちこちに挿したアイリスは、野の花の妖精のように可憐だ。普段は男たちが目をむくような高速でフェザーを飛ばし、たった一人で巨大鳥《ダリオン》の群れの中に突っ込んでいく勇者にはとても見えない。

サイモンは訓練生なので、王空騎士団の後ろに整列している。ほとんどの騎士団員と全ての訓練生は、サイモンとアイリスの婚約をまだ知らない。

慰労会はヴァランタン国王の言葉から始まった。

「秋の渡りが無事に終わり、我がグラスフィールド王国に平和が訪れた。王空騎士団の活躍に感謝する。加えて、今年は七百年ぶりに女性の飛翔能力者が誕生した。飛翔能力者が減少しつつある我がグラスフィールド王国において、これは吉兆である」

そこでヴァランタン国王はたっぷりと間を置いた。

ほとんどの参加者は、王空騎士団の中にいるアイリスを見たが、ウィル、カミーユ、サイモン、アイリス、ヒロ、ケインは申し合わせたかのように視線を国王からジェイデン王子へと移した。

ジェイデンは表情を動かさず、国王を見ている。

「我が国の飛翔能力者が、今後は弥益《いやま》すことを願おうではないか。では、今宵は皆が心ゆくまでゆっくりと楽しむことを願う」

ヴァランタン国王がくるりと背中を向けて王族席へと向かうのに合わせて、楽団が静かに音楽を奏で始めた。ダンスの前に参加者が会話を楽しむ時間だ。

ヒロとカミーユが壁際に移動して、会場を眺めながら世間話でもしているような表情でひそひそと話を始めた。

「副団長、陛下はアイリスのことをずいぶん持ち上げましたね」

「飛翔能力者が弥益すことを願うって、どういう意味でおっしゃったのだろうな」

「単純に、飛翔能力者がたくさん生まれるようにとおっしゃったのか、またはアイリスが能力のある子供を産むことを期待されているか、どっちでしょうね」

「前者であってほしいよ」

そこで、ひときわ大きなざわめきが起きた。「ええ？」とか「ほう！」と驚く声に続いて、ジュール侯爵の大きな声が聞こえてくる。

「そうなんですよ。我が息子のサイモンがアイリスと婚約しまして」

ジュール侯爵の脇で、アイリスとサイモンが笑顔で挨拶をしている。

「ぎこちない笑顔ですね、副団長」

「二人ともまだ十五歳だ。言ってやるな」

「あっ、王子が近寄りますよ」

「ヒロ、俺たちも近くに行くぞ」

カミーユとヒロは、さりげなくアイリスたちに近づいた。ジェイデン王子も無表情にアイリスたちの集団に向かっている。

「ジュール侯爵、盛り上がっているな。どんな話題なのか、私にも教えてくれるか？」

「ジェイデン王子殿下、我が息子サイモンが婚約したのでございます」

「ほう。その相手は？」

「こちらのアイリス・リトラーでございます」

ジェイデン王子はわずかに固まったが、すぐに上品な笑顔になった。

「そうか。めでたいな、ジュール侯爵」

「ありがとうございます」

ジェイデンは唐突にくるりと背中を向けて大股に立ち去る。アイリスたちが見ている中、ジェイデンはミレーヌ王女の隣に立つと、穏やかな表情で会話を始めている。それを見ていたジュール侯爵が止めていた息を吐き出した。

「ふぅぅぅ。冷や汗をかいたな」

「父上、大丈夫でしょうか」

「アイリスは侯爵家の息子と婚約したのだ。そうそう横槍を入れるわけにもいくまい。あとは、陛下がどう判断なさるか。伯爵以上の婚約は、陛下の承認が必要だ」

『陛下の承認』という言葉の重さに、その場の全員が黙り込む。楽団がダンス用の曲を奏で始めた。

　それを聞いてジュール侯爵がサイモンに声をかけた。

「さあ、サイモン、アイリスと踊っておいで。このアイリスがお前の婚約者だと、ここにいる全ての貴族たちにお披露目してきなさい」

「そうですね。踊ろう、アイリス」

「ええ。でも私、お母さんに教わった以外、本当に踊るのは初めてなの。大丈夫かしら」

「初めてのダンスなの？　それは光栄だよ」

「う、うん……」

　二人が踊り始めると、自然と皆が見守る。この国に七百年ぶりに生まれた女性の飛翔能力者は、多くの貴族の注目の的だ。狙っていた令息も多かったのだが、ジュール侯爵家は四大侯爵家と呼ばれる歴史と財力を持つ家柄。アイリスを狙っていた貴族たちは皆、（ジュール侯爵家か。これは

もう諦めるしかない）と悔しがっている。渋い顔をしている貴族たちを見て、ジュール侯爵は

（早く手を打っておいてよかった）と胸を撫で下ろした。

ジェイデンもミレーヌとダンスを始めた。二人はやや険しい表情だ。

「ジェイデン様、どうでしたか」

「アイリスはジュール侯爵家の養子と婚約してしまったらしい」

「まあ。どうしましょう。わたくしが早まったばかりに、厄介なことになってしまいそうですわ」

「君のせいではない。ミレーヌは我が国のことを思って動いてくれたのだ。まさか、こんなに早くアイリスが侯爵家に抱え込まれるとはな。後手を踏んだ私の責任だ」

王子とその婚約者に配慮して、貴族たちは距離を置いて踊っている。二人の会話が聞かれることはない。

「『女性の飛翔能力者がいれば絶対に手に入れたい』と、兄は常々申しておりました。兄とこの国の能力者が結ばれれば、両国の結びつきも深まると思ったのですが……」

「そんなにしょげるな。ミレーヌは良かれと思って手紙で知らせたのだから」

「殿下、お優しいのですね」

「君にはいつだって優しくするつもりだよ」

ここで心底困っているのは国王のヴァランタンだ。今朝のうちにアイリス・リトラーの婚約の書類が届いていたが、あえてジェイデンには知らせなかった。

二日前、国王ヴァランタンはジェイデンから『渡りの前に、ミレーヌが母国の兄にアイリスの

ことを手紙で知らせた』と聞いて慌てた。ミレーヌの兄とは大陸の覇者、マウロワ王国の王太子だ。「大国の王太子に？　なんと軽率な。『ぜひアイリスをマウロワ王国に』と要求されたら、どうする。アイリスは『特別な能力者』かもしれないのだぞ！」

そうジェイデンをしかりつけたが、ジェイデンはミレーヌを庇《かば》った。

「あの言い伝えが本当かどうかは不確かな話です。しかし、我が国とマウロワ王国との繋がりが強固になれば、我が国は確実に利益を手にできるではありませんか」

そうやり取りした二日後にアイリスの婚約である。

（ミレーヌはなんという余計なことをしてくれたのか。しかもジェイデンはミレーヌの影響で巨大鳥《ダリオン》討伐に傾いている。どう舵取りをしてこの難局を乗り切るべきか）

ヴァランタン国王はあの言い伝えを信じている。我が息子といえども、巨大鳥《ダリオン》討伐を推し進めようとするならば、ジェイデンを軟禁してでも阻止したい。

だが、ミレーヌ王女はジェイデンを深く愛している。ジェイデンを閉じ込めたりすれば、マウロワ王家の怒りを買うだろう。マウロワの王太子および国王夫妻はミレーヌを溺愛していたと聞く。

国にとって大いに有益な花嫁と思っていたミレーヌが、ここへきて国の命運に暗雲を招いている。

ヴァランタン国王は今、胃の腑にギリギリと締め付けられるような痛みを感じていた。

事態は討伐反対派が想像していた『ジェイデン王子がアイリスを欲しがっている』ということ

よりも、ずっと厄介だったのだ。

大ホールには様々な音が満ちている。楽団の奏でる音楽、楽し気に交わされる会話、たまにワッと起こる笑い声、あちこちで祝いの言葉と共にグラス同士がぶつかる音。

アイリスとサイモンは、周囲の人々に婚約を祝福されながら挨拶をして回っていた。

「アイリス、疲れたろう。テラスに出て少し休もうか」

「ええ。少し疲れたかも」

二人はホールを抜け出し、テラスへと進む。庭にもランタンがたくさん並べられていて、夜とは思えないほど明るく華やかだ。テラスに出ると九月の夜風がひんやりと涼しい。

「ホールは人いきれで暑かったから、風が気持ちいいわ」

「そうだね」

「恐れていたようなことは何も起きなかったわね」

「うん。僕はそれが逆に不安だ。王太子殿下はこのまま引き下がるつもりかどうか」

二人は少しの間無言になる。

「初めて子供用のフェザーで飛んだ日、こんなことになるとは思わなかったわ。私は空を飛びたいだけだったもの」

「アイリスは何も悪くない。王空騎士団は君のおかげで助かっているし、王家だって国民だって君の働きのおかげで救われている。気にするな」

そのとき二人の背後で、ジュール侯爵の声がした。

「なんだ、君たちここにいたのか。まだ慰労会は始まったばかりだぞ」

ホールとテラスの境目に立ち、ジュール侯爵が笑いながら二人を見ていた。

「君たちは七百年ぶりの女性能力者とその婚約者だ。話をしたがっている貴族が列を作る前に、ホールに戻りたまえ。私はちょっと知り合いに挨拶をしてくる」

侯爵に促されてアイリスたちがホールに足を踏み入れると、待っていたらしい貴族たちが近寄ってくる。

彼らに話しかけられ、二人が愛想よく対応していると、「失礼」と言いながら人垣の中を進んでくる若い女性がいた。女性はアイリスの存在に気づかないかのようにサイモンだけを見つめて近づいてくる。

「サイモン、久しぶりね」

「アガタ様」

その女性は大公家の五女アガタ・グラスフィールドである。

アガタがサイモンを気に入ってサイモンと婚約寸前まで話が進んでいたことは、上位貴族たちは全員知っている。周囲にいた貴族たちは、どうなるのかと固唾をのんで見守っている。

名前を聞いたアイリスも緊張した。

（アガタ様がわざわざ婚約発表の場で私たちに近づいてきた理由はなに？）

不安に包まれるアイリス。

　アガタが上品な笑顔を周囲に向けて「ごめんなさい。少し込み入った話をしたいの」と言うと、貴族たちは会釈をして素早く散っていった。それを見届けたアガタが、初めてアイリスに目を向けて話しかけてきた。

「あなたがアイリスさん？」

「はい」

「婚約おめでとう」

「ありがとうございます」

「羨ましいわ。能力者に生まれついたというだけで、サイモンと婚約できるなんて」

「アガタ様、この婚約は僕からアイリスに望んだことです」

　普段は温和なサイモンが硬い表情でアイリスを庇った。アガタはほんの一瞬きつい表情を浮かべ、それから何か言いたそうな表情でサイモンを見上げる。その目が煌《きら》めいているのは涙で潤んでいるせいか、怒りのせいなのか、アイリスは判断しかねた。

　そのアイリスに視線を向けて、アガタは声を抑えて話しかける。

「アイリスさんの家はリトラー商会だそうね。あなたの祖父は失踪したのではなくて？」

「……はい」

「あなたの祖父がどれだけ多くの人に迷惑をかけたか、知っているのかしら。あなたの祖父は、石炭の他にも輸出品を山と積んで、八隻の船団で姿を消した。積み荷を預けて破産した人がたくさんいたの」

「お言葉ですが、船の遭難は祖父の責任ではありません」

「遭難？　あなた何も知らないの？　風もない穏やかな晴れた日に、忽然と八隻もの船が姿を消したの。遭難ではなく、意図的な失踪、いえ、持ち逃げではないかと疑われても仕方ない状況だわ」

「そんな！」

「アガタ様、それ以上アイリスを侮辱なさるなら、ジュール侯爵家として、正式に抗議いたします」

　サイモンの言葉が聞こえないわけはないのに、アガタはサイモンを見ない。口も閉じない。アガタの目からほろりと涙がこぼれ落ちた。それを拭いもせず、アガタはアイリスに言いつのる。

「私はサイモンと結婚することがほぼ決まっていたのです。ジュール侯爵も了承していました。それを……いくら珍しい女性の能力者だからって、サイモンを横取りして人の幸せを踏みにじるなんて、あまりに厚かましい行いだとは思わないの？」

「アガタ様、そこまでにしていただきましょう。サイモンとアイリスの婚約は大公様もご納得の上で決まったことです。これ以上アイリスを侮辱するのであれば、ジュール侯爵家を侮辱しているものと判断させていただきますよ」

　いつのまにか近くに来ていたジュール侯爵の言葉に、アガタもさすがに口を閉じた。だが、涙を浮かべながら最後にアイリスに向かって鋭い言葉を投げつける。

「あなたの祖父も、あなたも、泥棒よ」

アガタはそう言うと、顎を上げ胸を張って、優雅に会場から立ち去った。

言葉を失っているアイリスの肩に手をかけ、サイモンが会場からテラスへ連れ出そうとした。

だが、アイリスは肩にかけられたサイモンの手から、そっと身体を離した。

「いいえ。逃げない。私の祖父は、お客様の商品を持ち逃げするような人じゃないもの。孫の私が信じてあげなかったら、気の毒すぎるわ。私は祖父を信じてる。だから何を言われてもこの場から逃げない」

「よく言ったアイリス。その通りだ。サイモン、人は面白おかしく他人の不幸を言いふらすものだ。今夜はいつもよりもいっそう堂々としていればいい。さあ、もう一度二人で踊ってこい。皆に幸せな君たちを見せつけてやれ」

そう言われてサイモンがアイリスを見る。アイリスは健気に微笑んで見せた。

「踊りましょう、サイモン。私たちの婚約のお披露目をしましょうよ」

「よし、行こう。アイリス、好きなだけ僕の靴を踏んでいいからね」

「サイモンたら。一回ぐらいしか踏まないように気をつけるわよ」

よくやくアイリスの顔に笑みが戻った。

二人は手を取り合ってホールの中央へと進む。楽団の調べに合わせて二人が踊り出すと、意味ありげにささやき交わす者、笑顔で祝う者、話題の二人を見ようと首を伸ばす者。様々だ。

「きっと君は、これからいろんな人にいろんな目で見られる。つらい時も、楽しい時も、僕がそばにいるよ。今はまだ頼りなく見えるかもしれないが、僕を頼ってほしい」

「頼りにしているわ、サイモン。どうぞよろしくね」

仲良く踊る若い二人。それを無表情に眺めているジェイデン王子と婚約者ミレーヌ王女。

様々な思惑の中で、アイリスとサイモンは踊り続けた。

第二章

大陸の覇者と女神の申し子

王都は平穏を取り戻し、人々は太陽の下でのびのびと暮らしている。学院の授業も再開された。

サイモンとアイリスは今日から学院に通い始めている。親から婚約話を聞いたらしい貴族の級友たちから次々と婚約を祝う言葉がかけられた。

「サイモン、アイリス、婚約おめでとう」

「結婚はいつなの？」

「自分たちでは決められないことだから、わからないよ」

「そりゃそうか、侯爵家だものな。いろいろ都合があるんだろうね」

そんな会話をアイリスは曖昧な笑みを浮かべて聞いている。いまだに自分とサイモンが婚約できたことが信じられないでいる。

自分は判定試験の日、優雅に飛んでいるサイモンを見た瞬間からサイモンに憧れと好意を持っていた。けれど身分が違いすぎて心に蓋をしてきた。

（なのに、サイモンもあの日から私のことを思ってくれていたなんて、奇跡のようだわ）

嬉しいが、この先に待ち構えている『打倒王家』を思うと、幸せを素直に喜ぶ気持ちは半分ほど。


やがて、授業開始の鐘が鳴った。

歴史の授業があったが、教えてくれる人はルーラではなかった。年配の男性が現れ、淡々と資料を読みながら話し続ける授業は退屈だった。生徒の半分以上は居眠りをしている。

授業が終わって教師が教室を出て行くと、生徒たちのため息が一斉に漏れた。

「ルーラ先生の授業は面白かったんだな。先生が変わってよくわかったよ」

「ルーラ先生、なんで急に学院を辞めちゃったんだろう」

「体調不良って聞いたけど」

「いや、噂では国の不興を買って辞めさせられたらしいよ」

「なんでさ。どこがまずかったわけ？」

「さあ、僕にはわからないけど」

事情を知らない生徒たちが噂話をしている。サイモンとアイリスは黙って聞いている。その二人のところにサラがやって来た。

「父さんから聞いたわよ。おめでとうアイリス、おめでとうサイモン！」

「ありがとうサラ」

「アイリスは侯爵夫人になるのね。そうなっても、友達でいてね」

「当たり前じゃない」

相変わらず陽気なサラに、心が癒される。

あのね、父さんからとんでもない話を聞いたの。そのことであなたたちと話がしたいんだけど」

サラの父親は王城で働く文官だ。もしや王家に関わることだろうかと、アイリスとサイモンは顔を見合わせた。

「わかった。昼休みでいいかい？　場所は屋上に出る階段の一番上」

「階段の一番上ね？　午前の授業が終わったらそこに行くわ」

サラはアイリスたちに返事をして自分の席に戻った。

昼休みになり、サラとサイモンがまず階段の上にある小部屋に集まった。

「アイリスはどうしたのかな。遅いね」

二人が階段を見下ろしていると、板を抱えたアイリスが駆け上がってきた。

「お待たせ！　屋根の上に出ない？」

「フェザーもないのに？　まさかその板でかい？」

「ええ、そうよ」

アイリスはこの部屋に来る前に学院の用具小屋まで走り、修繕用の板を一枚借りてきたのだ。

「これに乗って屋根の上に行きましょう」

「僕も乗るんだろう？　大丈夫かい？」

「大丈夫よ。サラさえ嫌じゃなければだけど」

「嫌じゃないけど、生まれて初めて乗るのが板切れっていうのが残念だわ」

サラは本当に残念そうな表情だ。

三人で床に置いた板に乗る。前からサラ、アイリス、サイモンの順だ。屋根の上に出るドアを全開にして、三人を乗せた板切れはふわりと外に滑り出した。

「ひゃー！　飛んでる！」

「サラ、静かに！」

「ごめんっ！」

屋根の上に無事着地して、三人はアイリスを真ん中にして並んで座った。

「時間がないからさっそく話すわね。そして、この話を伝えるべき人に伝えてほしいの。父さんは下っ端文官だから、上司に逆らったら首になるのよ」

「わかったわ。なに？」

「父さんは手紙の検閲係なの。ある日、ミレーヌ様の手紙に大変なことが書いてあったらしいの」

「何が書いてあったの？」

「手紙にはね、『この国にお兄様が探し求めていた女性の飛翔能力者が誕生しました』だって」

「サラ、ミレーヌ様が？」

「ええ。ミレーヌ様のお兄様って言ったら。大国の王太子だわ。アイリスを欲しいって言われたら、この国が断れると思う？」

やっとアイリスも事態の深刻さに愕然とした。

「つまり、サラのお父さんは私のことを大陸の王家に知らせることに反対の立場なのね？」

「当たり前よ！　父さんはこの国の言い伝えを信じてるもの。父さんはアイリスを聖アンジェリーナの再来だと思っているわ。あ、私もね！」

「その手紙が出されたのはいつ？」

「渡りが始まる直前。上司が手紙を差し戻すと思っていたら、そのまま送られたと知ったのが最近らしいわ。だから、大国に横取りされる前にサイモンと婚約したと聞いて、父さんはとても喜んでいたの。でも、そういう手紙が出されたことをアイリスたちに伝えたほうがいいって、今朝私に教えてくれたの」

「サラ、助かった」

サラは真剣な表情でゆっくりうなずいた。

「私、言い伝えを『ただの古い伝説』ぐらいにしか思っていなかったけど、アイリスが能力者になった今は信じてる。私はアイリスの味方よ。国が亡ぶなんて、冗談じゃないわ」

教室に戻り、午後の授業が終わるや否や、アイリスとサイモンは王空騎士団に急ぎ、すぐに団長ウィルに面談を求めた。

ウィルとカミーユは険しい顔でサイモンの話を聞いた。

「そうか、ジェイデン王子がアイリスを狙っているのではなく、マウロワ王国の王太子が女性の飛翔能力者を欲しがっていたのか。厄介だな」

「団長、僕は父に知らせに行ってきます」

サイモンは陽が落ちるのを待ってフェザーで侯爵家に向かい、アイリスは護衛つきの馬車で自宅に戻る。

（女性の能力者を手に入れて、なにをどうしたいわけ！　私は巨大鳥《ダリオン》から人々を守らなきゃならないし、白首の相手もしなきゃならないのに！）

一方、すでに手紙のことを知っている国王の指示で、ミレーヌの手紙を通した検閲部門の責任者ザッカリーが逮捕された。ザッカリーに袖の下を握らせていた外務部のマックスという男も逮捕され、厳しい尋問を受けている。

国王の執務室では険しい顔をした国王ヴァランタンと、心労で顔色の悪い宰相ルーベンが会話している。ヴァランタンは額に右手の指先を当て、疲れた様子で宰相に語りかけた。

「大国の王太子がその存在を探し求めている時期に、アイリスが能力を開花させるとは。巡り合わせが悪すぎる」

「全くでございます」

「大陸に巨大鳥《ダリオン》はいない。マウロワの王太子は、女性の能力者をそばに置いて見せびらかしたいのかもしれんが、我が国にとってはとんでもなく迷惑な話だ。白首がどう特別なのかも、まだわかっていないというのに」

「白首はまだ卵から孵って半年足らず。この先、やつはどうなっていくのやら。わたくしはそれが不安でございます」

ヴァランタンは部屋の隅に置いてある重厚な造りの書棚を見る。

その書棚の奥、壁の中には小さな金庫が隠されている。金庫の中身は少ない。そのうちのひとつが『聖アンジェリーナの記録』である。

その古い羊皮紙の記録は、代々の国王が引き継ぎ、大切に保管してきた。ヴァランタンもそろそろその記録をジェイデンに引き継ぐ時期なのだが、我が子ながらジェイデンを信用できない。

ジェイデンは『こんな記録があるから巨大鳥《ダリオン》ごときに税金を使うことになるのだ』と言い出すのではないか。ジェイデンに同調する討伐派の貴族が増えているとの報告もある。

今は自分がジェイデンを抑えていられるからいいが、王位をジェイデンに譲ったとたん、ジェイデンのタガが外れるのではないか。

「第二王子のディランが王太子であったら、ここまで悩まずに済んだものを。無念だよ」

「長子相続の法を早めに改変するべきでした。わたくしが先を読まなかったばかりに、陛下にはご心労をおかけして申し訳ございません」

「ルーベン、お前の責任ではない。ジェイデンが変わったのは、ミレーヌをこの城に招いてからのことだ」

「今から婚約を破棄することも、ディラン様を王太子に据えることも、マウロワ王国が黙っていないでしょう」

「まさに問題はそこだよ」

ヴァランタンは端正な顔に苦悩を浮かべ、心の内を漏らす。

「ルーベン、私はこの国の最後の王になりたくない。この国の民が、この先も末永く、健やかに、希望を持って生きていける国であってほしい。『巨大鳥《ダリオン》を殺せば国が亡ぶ』と聖アンジェリーナが死の間際になぜ言い残したのか、今こそ知りたい」

同時刻、王太子ジェイデンは自分の部屋で婚約者ミレーヌと話をしていた。

「ジェイデン様、兄さまから返事が来るのはいつでしょう」

「海流と風、波の状態にもよるが、そうだなあ、早ければ二週間ほどで着くはずだが。折り返しでひと月か。だがこればかりは天候頼みだからね」

「兄はせっかちなのです。いきなりこの国を訪れたりしないといいのですけれど」

「まさか。女性能力者一人のために、大国の王太子が船に乗ってここまでいらっしゃるなんてことはないだろう」

「それもそうですわね」


そのまさかの事態について、マウロワ王国の王城で会議が開かれている。会議は、侃々諤々《かんかんがくがく》の様相を呈していた。

「フェリックス様。おやめくだされ。その娘を手に入れるためにマウロワの王太子であらせられるフェリックス様が御自《おんみずか》らあのような国に出向く必要はございません」

「そうでございますよ。そもそも、その娘がどの程度飛べるのか。ほんのわずか空中に浮くことができる程度かもしれません。娘は使者を立てて迎えに行かせればよいではありませんか」

マウロワ王国の王太子フェリックス・マウロワは、燃えるような真っ赤な髪に赤みの強い瞳。背の高い、端正な顔立ちの十九歳の青年だ。朗らかな性格で頭脳明晰。少々やんちゃが過ぎるところもあるが、次期国王として家臣にも国民にも敬愛されている。

そのフェリックスが渡航に反対する重鎮たちを説得している。

「私が国王になれば、それこそ地続きの隣国にさえ行けなくなる。その能力者の少女も見てみたいが、さっさと婚約者の元に行ってしまったミレーヌにも会いたいのだ。婚姻の前に一度くらい様子を見に行ってもいいではないか。なに、すぐ帰る。そう心配するな」

「いいえ、なりません！　最近の空賊の暴れぶりは目に余るものがございます」

　それを聞いて、フェリックスも苦い顔になる。

「空賊がいたな。確かに近年の空賊の暴れっぷりは目に余るな」

「あやつらが我が国の船だけを襲わないものですから、他国の人間たちは『空賊はマウロワ王国が雇っているのではないか』と疑い始めているのです。そのような無礼な噂を払拭するためにも、そろそろ我が国も本腰を入れて、空賊を討伐せねばなりません」

「それも厄介だな。なにしろあいつらは飛ぶからな」

　重鎮の一人が苦々しい顔になる。

「グラスフィールドは鳥ごときを恐れて人間が小さくなって暮らしている国。ミレーヌ様もなぜあのような国が気に入ったのやら」

「ジェイデンにひと目惚れしたのはミレーヌだ。仕方あるまい。ジェイデンに嫁がせてくれねば死ぬなどと父上を脅したのには呆れたが。まあ、仲睦まじいのなら何よりではないか」

「建国三百年記念祭を祝いにジェイデン王子が我が国を訪問したときには、まさかそれが縁結びの場になるとは思いませなんだ」

　フェリックスはいきなり「用は済んだ」とばかりに立ち上がった。

「ということで、私はグラスフィールド王国に行く」

「殿下っ！　今までの話を聞いていらっしゃらなかったのですかっ！」

フェリックスは笑っただけで返事をせず、会議室を後にした。


ジュール侯爵家にヴァランタン国王からの使者が訪れた。

「侯爵様、陛下から急ぎの書状でございます。今すぐ来るようにとのことでございます」

侯爵は「なぜ……」とひと言つぶやき、出かける用意をした。

王城に駆け付けたジュール侯爵は国王の執務室に来ている。

侯爵は謁見室で国王をひと目見て（陛下は疲れていらっしゃる）と思った。国王の顔色は優れず、目の下にはくっきりと黒ずんだクマがある。

「オーギュスト、急なことだがサイモンの婚約を白紙に戻してほしい」

「陛下、理由をお聞かせ願えますでしょうか。なぜそのような……」

「理由か……。ミレーヌがアイリスのことをマウロワの王太子に知らせてしまったのだ」

（やはりその件か）と侯爵は唇を噛む。

「あちらから正式にアイリスを要求されたのでございますか？」

「いや、まだだ。だが、要求されてからでは遅い。我が国にはマウロワ王国に歯向かうだけの力はない。あちらの要求を拒んで攻め込まれでもしたら、この国は終わりだ。だが私はアイリスをこのまま大人しくマウロワに渡すつもりはない」

（それと婚約がどう関係するのだろう？）

ジュール侯爵は、国王の意図が読めない。

「アイリスをマウロワに渡さぬために、一時的にアイリスを神殿預かりにしようと思う」

「神殿……でございますか」

「そうだ。我が国もマウロワ王国も、同じく女神エルシアを信仰している。その神殿預かりとなれば、大陸の覇者といえども簡単には手を出せまい。ゾーエ神殿長はエルシア教の重鎮だからな。だが、神殿預かりは、結婚も婚約もしていないことが前提だ」

侯爵は（それは確かにいい手かもしれない）と思うが、すぐに（神殿に預けたら、神殿側はこれ幸いとアイリスを手放さないのではないか）とも思う。

「今すぐ返事をしろとは言わぬ。そもそもあちらがアイリスを欲しいと言うかどうかもわからぬ。だが用心するに越したことはない。もしあちらから正式な要請があった場合に備えて、逃げ道を事前に用意しておくのは必要だ」

「それは確かにそうでございますが……神殿は二度とアイリスを手放さないのではありませんか？」

「そうなったとしても、マウロワ王国に奪われるよりはましだ」

侯爵は（それはさすがにアイリスが気の毒だ）と思うが、口に出すことははばかられる。

「神殿への打診は済ませてある」

「神殿はなんと？」

「アイリスの婚約を白紙に戻してからならば預かる、と。言質はとってある」

（退路は断たれたわけだ。もっとも、退路など最初からなきに等しいのか）

侯爵は、女性として七百年ぶりに能力を開花させたがために権力に翻弄されるアイリスを哀れに思う。

「オーギュスト、二日待とう。我が王国のためだ。よき返事を待っている」

「かしこまりました」

そこでヴァランタン国王は、侯爵の目を覗き込むように身を乗り出し、小声で話しかけてきた。

「オーギュスト、私はあの言い伝えを信じておるのだ。アイリスはこの国に必要だ」

侯爵は無言で頭を下げて返事の代わりにした。謁見室を退出してから、深いため息をつく。

国王の依頼は断れない。

（神殿はそりゃあ喜ぶだろう。『聖アンジェリーナの再来』と噂されるアイリスだ。神殿は動かずして人心を集められる。ひいては献金も増えるからな）

「サイモンとアイリスになんと伝えたものか。それにしても時間が惜しいな。直接私が神殿に行って、あちらの真意を確認したほうがよさそうだ」

侯爵が小窓を開け、御者に「行き先を変える。神殿に行ってくれ」と命じると、馬車は方向を変えて神殿へと向かった。

神殿に到着すると、馬車が入って来るのに気づいた女性が、建物の外まで出て待っている。

「突然訪問する無礼をお許しください」

「いいえ、侯爵様。神殿はいつでも信者の皆さまに門戸を開いております。遠慮は無用でございます。さあ、どうぞ中へ」

年配の痩せて枯れた感じの女性は、足首まである真っ黒で簡素な服を着ていて身のこなしには品がある。女性は奥まった部屋のドアをノックし、来客を告げた。

「ジュール侯爵がいらっしゃいました」

「そう……。入っていただくように」

案内役の女性に促され、ジュール侯爵は神殿長室に足を踏み入れた。

椅子から立ち上がって迎えてくれたゾーエ神殿長は四十歳くらいか。赤みの強い茶色の髪には白髪もなく、肌はツヤツヤとしていて、侯爵に歩み寄る動作もきびきびしている。

「神殿長、先触れもなく訪れたご無礼をお許しください」

「それほど急ぎの用事、ということなのでしょう？　さあどうぞ、おかけください」

侯爵は腰を下ろすと、すぐに話を切り出した。

「陛下からお話をうかがいました。アイリスのことで神殿長にお尋ねしたきことがございます」

「侯爵の心配ならわかっていますよ。我々が自らの利益のために、アイリスを二度と手放さないのでは、と心配しているのでしょう？」

歯に衣着せぬ表現に、侯爵は「そうです」とも言えず、見つめ返すだけにとどめた。

「侯爵、アイリスが聖アンジェリーナの再来と騒がれていることは、私の耳にも入っています。そんな彼女を神殿預かりとすれば、多くの信者が彼女の近くに行きたい、姿をひと目見てみたいとここに押し寄せるでしょう。神殿としてはありがたいことです」

（ああ、やはりそうか。これは困った）

侯爵は予想通りの言葉を聞いて、噛み合わせた奥歯にギリ、と力を入れた。

「欲にまみれた人間ならば、アイリスを囲い込むでしょう」

心の中を読まれたようで、侯爵は慌てて否定する。

「いえ、私は決してそのように考えているわけでは」

「ふふふ。そう考えるのが普通です。侯爵が神殿に対して不信を抱くのも仕方ないこと。そういう者が神殿の過去にどれだけいたことか」

そう言って壁の絵を見る。絵には聖アンジェリーナが描かれている。フェザーサイズの巨大鳥《ダリオン》の風切り羽に乗った聖アンジェリーナが、右手にグラスフィールド王国の国旗を掲げて飛んでいる。

「アイリス・リトラーはジュール侯爵家の養子と婚約しているそうですね。それは白紙に戻していただきます。そうしていただければ、神殿は全力でアイリスを守ります。誰の要求であっても退けます」

そう言い切る神殿長の顔を見ながら、侯爵は疑問を投げかけた。

「マウロワ王国が武力で脅しをかけてきたらどうなさるおつもりですか？」

「エルシア教は大陸でも広く信仰されています。彼《か》の国がどれほどの武力で脅しをかけようとしても、我々をねじ伏せることはできません」

「失礼ながら、その根拠は？」

「軍は兵士の集まり。マウロワの兵士は皆、エルシア教を信じています。彼らは神の庭に入れなくなることを酷く恐れます。自分たちが奪おうとする相手が女神エルシアの申し子と知れば、我が国からアイリスを奪うような蛮行はできませんよ」

「アイリスが女神エルシアの申し子？」

ゾーエ神殿長はゆっくり口角を上げた。

「そうです。アイリス・リトラーは女神エルシアの申し子。そうしてしまえばいいのです」

「そうしてしまう」とはまた、聖職者としては、あるまじき言葉だ。侯爵は目の前の女性の内面が、物静かそうな見た目とは相反していることを察した。ゾーエ神殿長が話を続ける。

「アイリスを神殿預かりとして、積極的に民の前に出します。七百年前の伝説の女性ではなく、『今を生きている女神エルシアの申し子アイリス』を見られるのですから、民衆は熱狂するでしょう。『アイリスは女神エルシアの申し子』という意識を、民の間に広めてやるのです。そこへ『アイリスをよこせ』とマウロワ王国の使者が来たら、民衆の熱狂ぶりを見せてやればいい」

「マウロワの使者は、アイリスが民衆に支持されているくらいで引くでしょうか」

「引きます」

ゾーエは聖職者らしくない黒い笑みを浮かべた。

「マウロワの中央大神殿の神殿長には、恐れていることがあるのです」

怪訝そうな顔をする侯爵に、ゾーエは自分が見た過去の出来事を話して聞かせた。

「現在、マウロワ王国のエルシア教の頂点に立つ聖職者ミダスは三十年前、とある男性信者を『戒律に従わなかった』として破門しました。破門された男は民衆に大変人気がある貴族でした。そのあまりの人気の高さを恐れた国王が、ささいなことを理由に『この男は国を裏切っている』として破門と死刑を命じたのです」

「ほう……」

「ミダスは王に媚びて、確たる証拠もないままに男を破門しました。エルシア教において破門されてからの処刑は、死んでもなお魂は苦しみ続けるとされます。信者にとっては一番の恐怖です」

侯爵は黙って聞いている。

「男は処刑されるとき、ミダスを睨みつけながら『必ずエルシア様の裁きがお前に下される。お前は、死んでも決して神の庭には行けぬ！』と叫んでから処刑されたのです。私は当時、ミダスのすぐ近くで、男の言葉を聞きました。それ以来、ミダスはエルシア様の怒りを恐れているのです」

「しかし三十年も前の話では果たして……」

ゾーエはカラカラと笑った。

「ミダスは三十年たって死に近づいた今こそ、死後の裁きを恐れていますよ。私はあの男のことをよく知っています。侯爵、安心してアイリスを預けなさい。ほとぼりが冷めた頃、アイリスを素早く結婚させてしまえばいい。それに……」

「ほう？　他にも材料がありますか」

「マウロワの王太子が他国の侯爵の令息から妻を奪い取ろうとして軍を動かしたりすれば、マウロワの王座を狙う者たちが牙をむくでしょう」

「なぜそこまで言い切れるのです？」

「大陸の覇者などともてはやされていますが、マウロワ王国は決して一枚岩ではありません」

侯爵は、ゾーエのあまりに聖職者らしからぬ言葉の数々を聞いて考えを変えた。

（この女性が神の世界の理屈ではなく、俗世の感情と理屈で生きているのなら、いっそ信用して仲間に引き込める）

侯爵はアイリスを神殿預かりとすることに同意し、神殿を後にした。


帰宅した侯爵は使用人に手紙を持たせ、サイモンとアイリスを呼び出した。すぐにサイモンがフェザーに乗って駆け付け、不安そうな顔で侯爵に問いかけた。

「父上、どうなさいましたか」

「サイモン、急な話だが、アイリスには神殿預かりになってもらおうと思う」

「神殿預かり……とは、なんでしょうか」

「アイリスは神殿で暮らすことになり、婚約は白紙になる」

サイモンは自分の味方と信じて疑わなかった侯爵の言葉に絶句し、両手を握りしめた。

そこに使用人がドアを開けて「アイリス様がいらっしゃいました」と告げた。アイリスは入って来てすぐに不穏な空気に気がついた。心配そうにサイモンを見るが、サイモンは侯爵を見ていてアイリスが入って来ても視線を動かさない。

侯爵は椅子を勧め、アイリスが座るとすぐに話を切り出した。

「アイリス、夜分に悪かったね。急な用事なのだ。落ち着いて聞いてほしいのだが、サイモンとアイリスの婚約は白紙に戻すことになった」

穏やかな笑みを浮かべていたアイリスの顔から、表情が消えた。

「侯爵様……それは、どのような理由で、でしょうか」

「マウロワの王太子が『アイリスを渡せ』と言っても渡さずに済むようにだよ。神殿に預かってもらえばひとまず安全だと判断した。陛下のご発案だが、神殿長と話し合って私も同意した」

「陛下のご発案……」

「そうだ。神殿に預かってもらうためには、君たちに限らず婚約を白紙に戻すことが条件なのだよ。正面切ってマウロワの要求を却下して、両国間でもめ事が起きても困る。神殿にアイリスを預かってもらうことが、どこにも被害を出さずに済む方法なのだ」

それを聞いたサイモンの顔が険しくなった。アイリスは無表情なまま、侯爵に尋ねた。

「侯爵様、それはいつまででしょうか。私は一生神殿預かりの身となるわけではありませんよね？」

「一時的にだよ。マウロワの王太子がアイリスに興味を失ったら素早くサイモンと結婚してしまえばいい、というのが神殿長の考えだ」

「父上、神殿長は信用できる人物ですか」

「ある意味、腹黒い。だが、今は目的を同じにする同志だ。神殿長は言い伝えを信じている。アイリスを手渡すわけにはいかないという点で、我々と同じ意見だ」

「父上、神殿預かりになれば、本当にアイリスは……」

「サイモン、大丈夫」

遮《さえぎ》ったのはアイリス。

「陛下と神殿長がそうしたほうがいいとご判断なさったのなら、私たちは従うしかないわ。そこで反論しても、いい方向にはいかないわよ。白紙にするのは受け入れましょう」

「君はそれでいいのか。僕はまだ納得できない」

「私だって納得しているわけではないわ。でもね、サイモン。私たちは国民を守るのが仕事だもの。私たちの婚約を一時的に白紙に戻すことで、国民の平和が保たれるのなら、私は従います。いつか再び婚約できる日が来ると信じましょうよ」

侯爵はアイリスを眩しいものを見るような顔になった。

「すまないな、アイリス」

「いいえ、侯爵様。それで、私の神殿預かりとなる日はいつでしょうか」

「なるべく早いほうがいい。君の準備ができ次第、神殿に移り住んでもらいたい」

「わかりました」

二人は挨拶をして侯爵の部屋から出ると、屋根の上までフェザーで上った。

屋根の上に座り、アイリスは元気のないサイモンに話しかけた。

「ごめんね、サイモン。私のせいで、面倒なことになっちゃったわね」

アイリスの隣に座っているサイモンが何も言わずにアイリスを抱きしめた。

「君はなにも悪くないさ。君を、珍しい宝石でも手に入れるかのように欲しがる相手が悪い」

「私、サイモンとも家族ともお別れしなきゃならないのね。面会はできるのかな……」

「どんな理由をつけてでも面会するよ」

「うん。待ってる。じゃあ、そろそろ家に帰るわ。きっと家族がみんな、なぜ侯爵様が私を呼び出したのか心配しているに決まっているもの」

「そうだね。最後に神殿に向かうときは、僕も一緒に行きたい。せめてそのくらいはさせてほしい」

「ええ。そうしてくれたら嬉しいし、心強いわ」

アイリスは名残惜しさを打ち消すように、最後にサイモンを強く抱きしめてから身体を離した。

「家まで送るよ」

「ううん。飛んでいくんだもの、すぐよ。大丈夫。じゃあね！　またね！」

笑顔で手を振り、家に向かって飛び始めたアイリスの目にたちまち涙が滲む。

空を飛ぶことに憧れ、思いがけずその力を手に入れたのに、家族を悲しませ、今度は婚約も白紙になった。

「泣くのは今だけ。空の上でだけ。神殿にだって笑顔で行ってみせる」

アイリスは嗚咽を漏らしながらゆっくり飛んだ。

(なんでこんな面倒なことになったんだろう。私が空を飛びたいと願ったのが女神様の怒りに触れたのだろうか。ああ、もう。泣きやまなきゃ。家族に泣いたことを気づかれたくないのに)

止めようと思っても熱い涙は次々とこぼれ落ちる。

ジュール侯爵家の屋敷からアイリスの家に行く途中には、オリバーのいるスレーター伯爵家がある。飛びながら何げなくオリバーの家を見ると、庭で火が焚かれていた。

貴族は庭で焚火をして眺めつつ酒を飲む家もあることはあるらしいが、オリバーの両親がそれをしているという話は聞いたことはない。

焚火の前にいるのは一人。もしかしたらオリバーだろうかと、アイリスは高度を下げた。

「やっぱりオリバーだわ」

焚火の前に椅子を置いて、炎を眺めているのは間違いなくオリバー。アイリスはフェザーの高度を下げながら上から声をかけた。

「オリバー」

「うわ、びっくりした！　アイリスじゃないか。こんな遅い時間にどうしたの？」

「私が婚約した話、知ってる？」

「ああ。僕の母さんが『侯爵家と縁続きになった』って大喜びしていたよ」

「その婚約、白紙になったわ」

「白紙……へえ。なんで？」

アイリスはフェザーを芝生の上に着地させた。オリバーが空いている椅子を勧め、アイリスも椅子に座って炎を眺める。

「なんで白紙になったの？」

「マウロワの王太子が、女性の飛翔能力者を探し求めているの。ジェイデン王子の婚約者ミレーヌ様が、私のことを王太子のお兄様に手紙で知らせたそうよ」

「ふうん。つまり、アイリスをマウロワ王国に横取りされないための手段が、婚約の白紙ってことにつながるのか？　もしかして、神殿が関係しているの？」

「オリバー……あなたすごいわね」

「この程度のこと、誰が考えたってこの結論にたどり着くよ。マウロワもこの国も、同じ女神を信仰している。この国が軍事力でマウロワに勝てるわけがないから、そっち方面でなにかいい手を考えたんだろうな」

「どうやったら一瞬でそこにたどり着くんだろう。天才の頭の中を見てみたいものだわ」

アイリスの誉め言葉には無反応なオリバーは、炎を見ながら考え込んでいる。が、やがて目をキラキラさせながら、アイリスに話しかけてきた。

「アイリス、どんな状況も立ち回り方によっては自分に利益をもたらすことができる」

「そうかなあ」

「神殿には聖アンジェリーナの記録があるらしい。王城にしまい込まれている記録に僕らは近寄ることができないけど、アイリスが神殿に行くとなったら話は別だ」

「待ってよ。私にその文献を読んでこいっていうの？」

「うん！　こんな機会は二度と来ない。神殿側に気に入られるように振る舞ってさ、重要な文献に近づいて、読んできてよ」

「オリバー、あなた、ほんとに昔から変わらないっていうか、揺るがないっていうか」

さっきまで泣いていたアイリスが思わず笑ってしまう。

「仕方なく行くと思えばつらいけどさ、何か目的を持って潜入してやると思えば、気持ちも上向くんじゃないの？　アイリスが泣くなんて、珍しいよね。婚約の取り消しが、よほどつらいんだね」

「婚約が白紙になったこともだけど、私、自分が風に飛ばされてあっちこっちに吹き寄せられている枯れ葉になった気分なの」

「アイリスの気持ちは関係なく事態が動いているもんね。だからこそだよ。そんな状況だからこそ、聖アンジェリーナの記録を読んでおいでよ。だいたいさ、聖アンジェリーナがなぜ女神エルシアの申し子とされたのか、その理由が知りたいけど、そこまで研究の手を広げるには、一日が短くてね」

アイリスは微笑んだ。

「そうね。くよくよしても一日は一日よね。わかった。私、神殿にいる間に、読める書物はなるだけ多く読んでくる。さあ、そろそろ帰らなきゃ」

「僕もなるべく神殿に行くようにするよ。信仰心は全くないけど、アイリスが何かいい情報を手に入れたら、一番に知りたい」

「ふふ。わかったわ。じゃ、おやすみ、オリバー」

「おやすみアイリス」

フェザーに乗って空へと飛んでいくアイリスを見送り、オリバーは再び焚火の前の椅子に座った。

「ふん。おそらく大人たちは国のためとかなんとか言い聞かせたんだろうな。アイリスが真面目で自己犠牲を厭《いと》わないのをいいことに、都合よく利用したんだ。マウロワの王子がアイリスを横取りしに来ることだって、国は想定しておくべきだったんだ。僕が国王ならそうするね。だいたい宰相も宰相だよ。なにを後手踏んでいるんだか」

そこまで言ってからオリバーは炎に向かってつぶやいた。

「あんなにアイリスを泣かせて。アイリスを泣かせた大人たちに、いつか仕返ししてやらなきゃな」


アイリスは帰宅し、婚約が白紙になったことを家族に告げた。なぜそうなったかの事情も。

父のハリーは「そうか」と言い、母のグレースは「神殿預かりね」とだけ言って考え込み、ルビーはテーブルを見つめて黙り込んでいる。

「次から次へと厄介なことになってしまって、心配かけてごめんなさい。でもね、私は決めたの」

「アイリス、無茶をしようなんて考えていないだろうな？　神殿預かりは一時的なものなんだろう？　マウロワの王太子の興味が薄れた頃に、婚約も結婚もできるんだろう？」

「ええ、そうおっしゃったわ」

「アイリス、何を決めたのか、私たち家族にだけは本音を話してくれるわね？」

「お母さん、私、強くなると決めたの。風に吹かれてあっちこっちに飛ばされる枯れ葉のままではいないわ。大人たちが誰も予想もできないほど、強くなってやる」

ルビーが眉間にシワを作って静かに問いただした。

「どんな方法で？　十五歳で平民のアイリスが、どうやって強くなるっていうの？」

「私が他の人と違うのは、女性なのに飛べることと、他の人より速く飛べることだわ。だからそれを利用しようと思ってる。細かいことは神殿でどう扱われるのかを確かめてから。だけどもう決めたの。私は強くなって、もうこれ以上、偉い大人たちの言いなりにはならない」

グレースが不安そうにアイリスを見る。

「お母さん、私、このまま泣いて終わりにする気はないわ。神殿が私を助けてくれるのは、神殿側の都合もあるはずよ。神殿が私を利用しようとするなら、私も神殿を利用するわ。聖アンジェリーナの再来と人々が言うのなら、その声を味方につける」

常にないほど強い言葉を並べるアイリスにハリーが不安そうな目を向けたが、グレースは小さく何度かうなずいた。

「そうね。それがいいわ」

グレースが静かな声で同意した。

「ルビーお姉ちゃん、オリバーも言っていたけど、嫌々行くと思えば神殿の暮らしはつらいと思う。でも何か目的を持って潜入してやると思えば、気持ちも上向くわよ。見ていて。私はこのまま大人たちの言いなりになるつもりも、利用されるだけで終わる気もない。何年かかっても私は強くなって勝手に動かされないようになる」

「いいわね。その意気よ。アイリス、私たちのことは心配無用よ。全力で頑張りなさい」

グレースはそう言うと慈愛の笑みを浮かべた。それからルビーを見た。

「ルビー、リトラー商会は最も繁盛しているときに突然破産したの。世間の手のひら返しはもう、酷いものだった。もしあなたにお付き合いしている人がいるのなら、腹をくくる時がきっと来る。もしアイリスになにかあれば、世間から叩かれる。あなたのお付き合いしている人が、あなたから逃げる人か、妹がどうであれルビーと一緒に人生を歩んでくれる人か、わかるようになるわ」

驚いているルビーの顔を見てグレースがいたずらっぽい笑顔になった。

「お母さんがなにも気づかないとでも思っていた？　あなたが身なりやお化粧に気を遣うようになったことも、毎日楽しそうに役所に向かうようになったことも、気がつかないぼんやりした母親だとでも？　お付き合いしている人がいるのでしょう？」

ルビーが驚きながらもうなずいた。

「はい。お付き合いしている人がいます。役所の同僚です。まだお付き合いを始めたばかりだけど」

「だったら、結婚を急がないほうがいいわ。アイリスの戦いの行方を見てからにしなさい。そのほうがあなたのためよ。アイリス、ルビー、女性の力は弱い。立場も弱い。でもね、頭を使って自分や大切な人を守ることはできるの」

アイリスが立ち上がった。

「お姉ちゃん、お母さんの言う通りだと思う。ごめんね。何年も待たせないで済むよう、全力で頑張るわ。見ていて」

「アイリスがなにを考えているのかわからないけど、私はアイリスの味方よ。アイリス、私は大切な妹を信じて待つわ。頑張って。でもね、命だけは大切にしてよ？」

「命を大切にするのはもちろんよ。死んだら元も子もないじゃない。私、明日にでも神殿に行きます。あちらに着いたらなるべくまめに手紙を書くわ」

「そうして。お父さんとお母さんのことは私に任せて」

ルビーの言葉に、アイリスも父も母もしみじみとした笑顔になった。

翌日の早朝、母がベッドの中のアイリスを揺すって「アイリス、サイモン様が来てくれたわ」と起こした。

「サイモンが？　まだ暗い……」

「きっと大切な用事なのよ」

アイリスは急いで起き上がり、服を着替えた。サイモンは居間で待っていた。

「サイモン、おはよう」

「おはよう、アイリス。神殿にいつ行くか決めた？」

「今日、行こうと思う。サイモンに相談しないで決めてごめんね」

「いや、いいんだ。僕は大切なことを伝えに来た。団長からの伝言だ。『神殿に入っても王空騎士団員として活動できることは確認済み』ということだ。昨夜のうちに侯爵様が動いてくれた」

「わかった。ありがたいことね。それでね、サイモン。私、神殿で暮らしながら、やりたいことを見つけたわ」

「なに？」

「大勢の人を味方につける。私が聖アンジェリーナの再来という役割を望まれるなら、それをやり遂げる。多くの人の心をこの身に集めるわ。神殿での生活を無駄に過ごすつもりはないの」

サイモンはしばらく呆気にとられた顔でアイリスの覚悟を聞いていたが、プッと吹き出した。

「サイモンたら酷い。全力で覚悟を決めたのに笑わなくってても」

「ごめんごめん。実は僕も同じことをアイリスに言うつもりで来たんだ。神殿預かりになって婚約が白紙になったことは残念だけど、僕たちはまだ十五歳だ。時間はたっぷりあるよ。だからアイリスは神殿の力を利用してやればいい……と言うつもりでいたんだ」

アイリスは普段とても真面目で善良なサイモンの言葉を意外に思う。

「今はまだ神殿や王族が君に望むことを演じてやればいいさ。国中の民が君のことを聖アンジェリーナの再来だと思ってくれれば、君は動きやすくなるんじゃないかな」

「サイモン？　どうかした？　いつもと雰囲気が違うわ」

「僕は気がついたよ。もめ事を起こさないように生きていたら、君を守れないんだ。これから僕はまず、王空騎士団の中でのし上がってやる。次期ジュール侯爵としても、平民上がりと馬鹿にされないように知識も人脈も築き上げていく覚悟なんだ」

少し間を置いてからサイモンが微笑んだ。

「真面目で誠実なだけじゃ、全然だめなんだよ。今の僕は偉い人の言いなりになる羊だ。いつまでたっても権力側の思惑で動かされる」

「サイモン？　なにをするつもり？」

「別になにも。騎士団でも侯爵家でも発言権を持てるよう、頑張るってことだよ」

淡々と答えるサイモンに、アイリスは（同じ歳なのに先を見ているのね）と感心する。

アイリスの支度が終わった。

今は両親と姉、サイモンが同乗した馬車で神殿に向かって進んでいる。予想に反して馬車の中は賑やかだ。

「アイリス、差し入れしてもいいならお菓子を持っていくわ。お母さんの料理も持って行く」

「嬉しいけど、いい。集団で生活しているのに、私だけ美味しいものを食べるわけにいかないもの」

「じゃあ、食べ物以外で欲しいものがあったら、手紙を書いてよ」

「そうするね。私が飛べば家まですぐだけど、勝手に家に帰ることは許されないと思う」

「僕に用事を言ってくれれば、僕がリトラー家まで伝えに行くよ」

「サイモン、ありがとう。そうしてくれると助かる」

馬車が神殿に到着した。誰も泣いていない。アイリスにはそれがありがたい。

（ここでお葬式みたいな雰囲気にならなくてよかった）

アイリスはそう思って胸を撫で下ろした。

家族がお別れの挨拶を済ませ、最後にサイモンはアイリスを抱きしめた。アイリスが神殿に入って行く後ろ姿を見送ったサイモンは、抱えてきたフェザーに乗り、養成所へ戻った。

三人だけになり、ハリーは無言で妻の肩を抱いている。両親を後ろから見ている姉のルビーは心の中でアイリスにエールを送った。

（がんばれアイリス。負けるな。でも、どうしても頑張れなくなったら、逃げておいで。私があなたを連れてどこまでも逃げてあげる）

そう悲壮な覚悟をしているルビーにハリーが声をかけた。

「ルビー、さあ帰ろう。グレース、帰るぞ」

「あなた、お願いがあるの。あの子はきっと、求められた役目を全力で果たそうとするわ。でも、アイリスが使い潰されるようなら、そしてあの子が逃げたいと願うなら、私はあの子を連れて大陸まで逃げるつもりよ」

ハリーは「ほお」という表情で妻を見た。

「いい考えだ。大陸で心機一転、新しい商売を始めるのも悪くないいな。そのときは船で逃げ出すぞ。速い船を用意しておくかな」

「ハリー……やっぱりあなたは私が選んだだけのことはあるわ」

「私に任せなさい、グレース」

ルビーは下を向いて小さく「ふふっ」と笑った。


一方、サイモンが養成所に戻ると朝食の時間だった。

食堂にサイモンが入って行くと、食事中の全員がピタリとおしゃべりをやめる。普段仲のいい同期のロイズが声をかけてきた。

「どこへ行っていたんだい？」

「アイリスを見送ってきたんだ。アイリスは今日から神殿で暮らすことになったんだ。僕たちの婚約も白紙になった。国王陛下のご命令なんだ」

驚いて絶句しているロイズにそう言って、サイモンは朝食を運んでロイズの近くに座った。

「サイモン、アイリスは騎士団を辞めるってこと？」

「いや。神殿に住むけど騎士団は続ける。神殿預かりは婚約していてはだめなんだよ」

その場にいる訓練生全員がサイモンの話に聞き耳を立てている。

「僕は詳しいことを知らない。ただ、陛下のご意向だからね。仕方ない」

「さぞかし君はショックだろうね」

「そうだね。だが僕がなにを言ってもね」

そこまで言ってサイモンは朝食を食べ始めた。訓練生たちはヒソヒソと今の話を話題にしている。

サイモンは無表情にパンをちぎって口に入れた。

その頃アイリスは、神殿長の部屋でゾーエと向かい合っていた。

「アイリス、今日からここがあなたの家です。王空騎士団にはここから通ってもらいます。私があなたに望むことはただひとつよ」

ゾーエは間を置いて口を開いた。

「民を魅了しなさい」

「魅了、ですか？」

「そうです。あなたが飛ぶ姿、話しかける言葉、微笑みかける表情。全てを使って民を魅了するのです。それがあなたとこの国を救い、この国の民の命を救うことにつながるの。いついかなるときも、人の視線があることを忘れてはいけません。民に慕われ、愛されることを目指しなさい」

「はい、神殿長」

神殿の権力に利用されるのではないかと心配していたアイリスは、ゾーエが民を思いアイリスを思って助言してくれることに驚いた。

「よろしい。シーナがあなたに神殿の内部を説明します。案内してもらいなさい」

「はい、失礼いたします」

ドアの外には枯れた感じの年配の女性が待っていた。

「シーナです。アイリスさん、わからないことがあったらなんでも私に聞いてください」

「アイリスです。よろしくお願いします」

簡素な個室が与えられ、アイリスのグラスフィールド大神殿での生活が始まった。

早朝の祈禱、掃除、朝食を終えてからフェザーに乗って王空騎士団へと飛ぶ。馬車は出ない。学院は神殿預かりである間は休むことになった。

国側は「護衛をつけて馬車で往復させたい」と訴えたが、ゾーエ神殿長は笑って一蹴した。

「愚かなことを。空を飛べるアイリスをなぜ馬車に乗せるのです？　空を飛ぶ姿を民に見せることが重要なのに。アイリスはフェザーに乗って王空騎士団に通えばよいでしょう」

ゾーエ神殿長はそう言い切り、王家が送り付けた使者を帰した。

当のアイリスも飛んで通うほうが気楽だ。一人で風を受け、陽の光を浴びながら飛んでいるときだけは、憂いを忘れて晴れ晴れする。


神殿預かりとなった数日後。

アイリスが王空騎士団に向かって飛んでいると、上空から誰かが急降下して近づいてくるのに気がついた。

「よお、アイリス。どうだい？　神殿暮らしは」

「ヒロさん！　快適ですよ」

アイリスが笑顔で返事をすると、ヒロが片方の眉を上げた。今二人は王都の上空百メートルほどの位置で浮かんでいる。

「アイリス、雰囲気が少し変わったな。なにかあったのか？　それともなにかを企んでるのか？」

「ヒロさん、なにもありませんし、なにも企んだりしていませんよ。王家や神殿や偉い貴族の方々に言われる通りに、大人しく暮らしているだけです。明日は祈禱の時間に信者の皆さんの前で飛んでお見せする予定です。楽しみにしています」

ヒロは思わずアイリスの顔をまじまじと眺めた。

（こんな大人びた笑い方をする子だったか？）

「そうか。それならいいが、これだけは忘れないでくれ。アイリスには王空騎士団の仲間がいる。お前は一人じゃない。いいな？　とにかく無茶をするなよ？」

「もちろんです。心配してくださって、ありがとうございます！　では！」

アイリスは猛烈な速さで王空騎士団へと飛び去って行く。

「しんどいだろうが頑張れよ。さて、俺も急がないと」

ヒロは海に向かって全力で飛んだ。

この国は巨大鳥《ダリオン》がいない間に石炭や鉱石、小麦をできるだけ多く輸出しなくてはならない。港では何隻もの船が護衛の飛翔能力者を待っている。海賊には軍の船が対応し、空賊には王空騎士団が対応するのだ。

「さあ、ならず者どもを片っ端から海に叩き込んでやるか」

そう言うとさらに加速して海を目指した。

アイリスは王空騎士団に到着し、副団長カミーユに声をかけられたところだ。

「アイリス、今日の訓練は中止になった。空賊があちこちに出没していて、団員が出払っているんだ。例年より被害が多くてな。国から王空騎士団に追加で要請が入った」

「副団長、私も空賊退治に参加させていただけませんか？」

「お前がどうやって？　武器を使った対人戦の訓練は全く受けていないだろう」

「考えがあります。聞いていただけますか？」

アイリスは穏やかな笑顔で言い切った。

「待ってくれ。団長に相談する。一緒に来い」

通された団長室で、アイリスはもう一度「自分を空賊退治に参加させてほしい」と頼んだ。団長のウィルもカミーユ同様に驚いた。

「アイリス、君になにか考えがあるのか？」

「はい、あります。空賊の話を聞いたときから、ずっと考えていました」

「ほう。聞かせてくれ」

アイリスは自分の作戦を説明した。

黙って聞いていたウィルとカミーユは「ああ、なるほど」「確かに」とうなずいたものの空賊退治への参加を許可するとは言わず、考え込んでいる。ウィルは結局アイリスの意見を却下した。

「今回は諦めろ。いきなり実戦の場に出してアイリスを失うわけにはいかないんだ」

「そうですか」

張り切っていたアイリスから力が抜けた。

「だが、その作戦を試す価値はある。騎士団のファイターを相手に、試してからだな」

「わかりました。では私は神殿に戻ります」

「そうしてくれ」

こうしてアイリスは出てきたばかりの神殿に戻った。

フェザーに乗って神殿に近づくと、結構な数の信者が神殿に入ろうとしているところだった。

『魅了しなさい』というゾーエ神殿長の言葉を思い出した。

アイリスはゆっくり旋回し、螺旋《らせん》を描きながら神殿の正面入り口の前に着地した。

神殿前にいた人々がアイリスを見上げる。

（魅了しますよ、神殿長）と思いながら優雅な貴族風のお辞儀をしてみせた。

「おはようございます。アイリス・リトラーです」

そう言ってにっこり笑うアイリスを人々が取り囲んだ。

「アイリス様！　お会いできて光栄です！」

「様だなんて。どうぞアイリスと呼んでくださいな」

「では、アイリスさん、本当に女性なのに空が飛べるんですね！」

「もう一度飛んでみせてもらえませんか？」

次々と話しかけられ、その全てにアイリスは微笑んで応える。要望に応じてもう一度空を飛んでみせることにした。

アイリスは青いフェザーで一気に上昇し、空で大きく縦に回転してみせると、信者たちは拍手をして喜んだ。意識して優雅にふわりと着地したアイリスは「こんな感じです。また神殿でお会いできることを楽しみにしています」と上品に応じた。

その日、ゾーエ神殿長は説話の最後にこう付け加えた。

「アイリス・リトラーは、女神エルシアの申し子です。七百年前、聖アンジェリーナがそうだったように、アイリスは我が国を救うために生まれてきました。皆さん、今を生きている女神の申し子に、またぜひ会いに来てください」

集会に参加していた信者たちが、一斉に壁際に立っているアイリスを見た。アイリスは母に習った貴族風の笑みを浮かべ、優雅にお辞儀をしてみせた。

王都のそこかしこでアイリスのことが話題になった。貴族たちは早いうちにアイリスの存在を知っていたが、平民たちは七百年ぶりに現れた女性の飛翔能力者のことを説話で初めて知り、初めて姿を見た。

平民たちはアイリスの存在に興奮し、熱狂した。グラスフィールド大神殿を訪れる信者が日に日に増えている。

週に一度の『信仰の日』は強制ではない。信者は行けるときに行く。この国の主な輸出品である石炭と鉱石の採掘は三交代で行われていることから、この国では週に一度の信仰の日に出られない者が多いからだ。

ゾーエが神殿長になってから、それをはっきり打ち出した。

「それでは信者の信仰心が薄れる」という意見もあるが、ゾーエはその方針を譲らなかった。だが、緩やかに献金の額は減り、ゾーエの立場は少しずつ苦しくなっていた。

そこへアイリスが登場したのだ。

ゾーエにとって、アイリスは二重三重の意味で幸運の女神だ。説話の最後には必ずアイリスを信者の前に出し、アイリスに話をさせた。

アイリスは王空騎士団で自分が囮役《デコイ》として巨大鳥《ダリオン》のすぐ前に飛び出して相手を引きつけ、民を守るために飛んでいることを話した。聴衆は手に汗を握りながら聴き入り、「この華奢な少女がそんな危険な役目を引き受けてくれている」と感動した。

ある日、説話を聞いた女性が見送りに出たアイリスに声をかけた。腕にはようやく首が据わったくらいの赤ん坊を抱いている。

「アイリス様、この子を抱いていただけますか？　どうかお願いいたします」

「はい、ぜひ抱かせてください」

アイリスがそっと赤ん坊を受け取って腕の中の赤子に微笑むと、若い母親は興奮して目を潤ませた。年老いた男性も声をかけてきた。

「アイリス様、このじじいと握手していただけませんか?」

アイリスが握手をすると、老人は感動した様子で目を閉じる。

わらわらと集まってきた信者たちは、アイリスに触れてもらうことをありがたがって帰って行く。

『女神エルシアの申し子アイリス様』の話題は、みるみるうちに王都から地方まで伝わっていく。

アイリスの話題は王都から四方八方に広がった。アイリスに会いたくて地方から王都に出てくる者も増えてきた。

街道を歩いている人物に、隣の男が話しかけた。

「あなたはどちらへ?」

「王都の大神殿まで。アイリス様に会いに行くのですが」

「私もですよ。巨大鳥《ダリオン》がいないときにしか王都には来られませんから」

「では、互いに聖女巡礼ですね。なにしろ七百年ぶりの女性能力者ですから。生きている間にお会いしておかないと」

「わかります。私も同じ思いです」

『聖女巡礼』という言葉と行動も、アイリスの名前と一緒に民の間に広まっている。

ゾーエ神殿長は二階の窓から敷地にあふれる信者たちを眺めながら満足そうに微笑んだ。神殿の庭で、アイリスが信者たちと笑顔で言葉を交わし、上空を飛んでみせている。

「よくやっているわね。期待以上だわ」

夜、掃除を終えて自分の部屋に戻ろうとしたアイリスに、シーナが話しかけてきた。

「アイリスさん、毎日頑張っていますね。疲れてはいませんか？」

「大丈夫ですよ。そうだわ、シーナさん、せっかく神殿で生活しているのですから、神殿でしか読めない本があったら読みたいのですが」

「ここでしか読めない本、ですか？　一番重要なものは神殿長の部屋にありますが、それ以外もいろいろありますよ。見に行きますか？」

「はい！」

シーナに案内されて、アイリスは初めてその部屋に入った。

「うわあ、たくさんの本が」

「ええ、どれでも好きな本を読んでいいのですよ。神殿の外へは持ち出し禁止です」

「わかりました。ありがとうございます、シーナさん」

シーナは「では失礼」と言って部屋から出て行った。アイリスは部屋の中に並べられている本棚をじっくり見て回り、古そうな本が詰まっている本棚を選んだ。だいたいはエルシア教にまつわる内容のタイトルだった。

「うちは本を買う余裕がなかったから、自由に読めるのはありがたいわ」

その日からアイリスは蔵書室に通い続けた。『巨大鳥《ダリオン》』や『聖アンジェリーナ』について書いてある本から選んだ。

日に日に『聖女巡礼』の人々が王都に集まり神殿に押し寄せる。アイリスは人々の前で飛び、笑いかけ、握手やハグを繰り返していた。

(マウロワの王太子に連れて行かれないためなら、なんでもやるわ。私はこの国で、王空騎士団で働きたい。サイモンと二人で生きていきたい。今はやるべきことひとつひとつを積み重ねていくとき。神殿が私を必要とするなら応える。私はそうやって力をつけるわ)

聖女巡礼の人々はアイリスの姿を記憶に納め、優雅に飛ぶ姿に感心し、優しい笑顔と言葉に感動して故郷に帰る。そして故郷で周囲の人々に熱く語るのだ。「アイリス様を見てきたぞ！」と。

国中にアイリスの名は知れ渡り、神殿が売り出した版画の絵姿が飛ぶように売れた。

何時間も群集の相手をしてから神殿に入ってきたアイリスにゾーエ神殿長が声をかけた。

「アイリス、よくやっているわね。今日は国の東端と西端の貴族まで、あなたに会いに来ていましたよ」

「そうでしたか。お役に立ててよかったです」

「アイリス、いずれマウロワ王国から人が来るでしょう。その者に見せつけてやるのです。『アイリスはこの国では聖女として敬愛され、必要とされている』と」

「はい。そのつもりです」

「惜しいわね。あなたが神殿の人間だったら、間違いなく出世の階段を上り詰めるのに」

アイリスは意識して愛らしく笑った。

「私は囮役《デコイ》です。王空騎士団員を辞めるわけにはいきませんので」

「そうね。そこは諦めましょう。明日からも頑張って」

「はい！」

　次の日に王空騎士団に行くと、その日も騎士団員たちは出払っていた。事務員のマヤが出てきて、アイリスを気の毒そうに見て説明してくれた。

「今年は空賊が例年よりも頻発しているのよ」

「私も空賊退治に行きたいのに」

「なに言っているの。あなたが神殿でどれほど働いているか聞いているわ。もう十分よ」

「いいえ。まだです。もっと頑張ります。今のままでは、いいように使われているうちに自分の人生が終わってしまいますから」

　マヤが驚いてアイリスを見た。

「私は人々を守るために飛びたいんです。そして自分の人生をむしり取られたくない。もう、枯れ葉みたいにあちこち吹き飛ばされたくないから」

「アイリス……」

「大丈夫。どうしてもどうにもならなかったら、そのときは……」

『そのときは全力で飛んで国外に逃げます』という言葉はのみ込んで笑うだけにした。

（私はおそらく、王空騎士団の中で一番速い。逃げようと思えばいつでも、家族やサイモンと一緒に逃げられる。だけど、王空騎士団員の身分を捨てるのは、最後の最後の、そのまた最後だわ）

そう心でつぶやいて、アイリスはサイモンのいる養成所へと足を運んだ。


アイリスが神殿で女神の申し子として活動を続け、サイモンを含めた王空騎士団が海で空賊退治をしているころ、養成所のマリオもひそかに動いていた。

養成所は十歳から十四歳までは厳しく行動を管理されていて、『夕食以降は外出禁止』の規則だが、十五歳からは比較的自由がある。それでも門限は午後九時だ。十六歳の成人以降の門限は十時。

夕食をさっさと済ませたマリオが歩いて寮を出た。辺りをうかがい、早足で歩いて行く。その後ろから尾行しているのは指導係のエリックだ。

エリックは団長から指示を受け、マリオを監視している。マリオは尾行を警戒して何度か後ろを振り返ったが、エリックに気づかない。やがてマリオは一軒の古びた民家に入って行った。

「なるほど。ここが討伐派の集会所か」

エリックが物陰から見ていると、様々な年代の男たちが続々とその民家に入って行く。見た感じでは裕福そうな者は見当たらない。

入って行く人間が途切れたところで窓に近づき、中の声に耳を澄ませた。中から「おう!」「異議なし！」などの声が漏れてくる。エリックがそれを聞きながら集会が終わるのを待っていると、マリオが出てきてつぶやいた。

「ああ、気分がいい。ここでは俺は飛翔能力者でありながら討伐派だ」

養成所でのマリオは埋もれているのに、アイリスはどんどん出世の階段を登っていく。マリオはなにもかも面白くなかった。

飛翔能力が開花して十歳で養成所に入るまで、マリオは田舎町の英雄だった。両親はマリオを大切にして周囲の人たちに自慢していたし、自分も界隈で唯一の能力者であることを誇りに思っていた。

だが養成所に入った日から、自分は良くて中の下か、下の上くらいの位置だと気がついた。そこにアイリスが登場した。

「女のくせに飛ぶなんて目障りなんだよ。聖女様だって？　ふざけんな。貧乏商会の娘のくせに。ま、アイリスがどの時間にどの場所にいるかを報告しただけで、大喜びされたからな。アイリスはそのうち痛い目に遭うといい」

心の内をつぶやいていると、肩をポンと叩かれた。驚いて振り返ったマリオの前にエリックが立っていた。

「よう、マリオ。ご機嫌だな」

「エリックさん！　なんでここに……」

「なんでって、そりゃお前をつけて来たからだよ」

突然マリオが走り出した。エリックはゆっくり走って追いかける。瞬発力では敵わないが、持久力なら負けない。

マリオを目で追いながら、ゆっくり走って追いかける。エリックはどこまでも諦めない。やがて行き止まりの路地の奥で、ハアハアと荒い息をしながらこちらを睨むマリオに追いついた。

「さあ、養成所に帰るぞ」

マリオは返事をせず、唇を噛んでいる。エリックはマリオの腕をつかみ、歩き出した。脚を踏ん張るマリオに、エリックは静かな声で話しかけた。

「討伐に賛成なら、巨大鳥《ダリオン》の討伐隊に入れてもらうことだな。六十年前、討伐隊じゃ全員が死んだ。だから俺たちは討伐に反対している。『今度は大丈夫』なんて理由はないからだ。だがお前は討伐に参加したいらしい」

マリオは怒りに満ちた顔で首を振った。

「そんなの嘘だ！　討伐派が全滅なんて、王空騎士団を維持するための嘘だって言っていた！」

「討伐派の連中が、だろう？　そいつらは巨大鳥《ダリオン》の前に出て戦うやつらか？　石造りの家の中で討伐が終わるのを待つだけの人間じゃないのか？」

「それは……」

「まあ、お前の名前はリストに載るだろうな。まだ十五年しか生きていないのに気の毒なことだ」

引きずられるようにして歩いていたマリオが足を止めて叫んだ。

「アイリスは女ってだけで特別扱いされて！　サイモンはどこかに行ったきり訓練にも出てこな

い！　えこひいきじゃないですか！　王空騎士団も養成所も、えこひいきばっかりだ！」

エリックが足を止めた。

「お前それ、本気で言っているのか？　だとしたら飛翔能力だけじゃない、判断力も洞察力もまるでないんだな。アイリスが毎日どれほど働いているか、サイモンがどれほど危険な仕事をしているか。マリオ、二人はお前じゃできないことをやっているんだよ」

「それがえこひいきなんですよ！　うまいこと立ち回ったやつばっかり優遇されて！」

エリックが激高するマリオの目を覗き込んだ。

「俺の同期にも、同じことを言うやつがいたな。自分はトップファイターの実力があると言い張って、実力に見合わないところまで巨大鳥《ダリオン》に近づいた。トップファイターが助けようとしたけど、巨大鳥《ダリオン》の動きのほうが速かった」

「えっ」

「実力がある者は巨大鳥《ダリオン》の近くで飛ぶ。実力がなけりゃ離れて飛ぶ。そうしないと、どんどんファイターが食われちまう。いい加減気づけよ。巨大鳥《ダリオン》は飛翔能力が低くて動きの遅いやつから狙うんだぞ？」

マリオは納得していない表情で養成所まで歩いた。エリックとマリオを出迎えたのは引退したファイターたちだ。

「お疲れ、エリック。やっぱりマリオは集会に参加していたか」

「ああ。俺から説教したが、こいつがどこまで理解しているか。マリオ、団長たちが戻るまで外出は禁止だ。命令に従わなければ、王空騎士団員の資格を剝奪される」

「それは困ります！　外出しませんから！」

「ああ、それが賢明だ。田舎の両親を泣かせたくなかったら大人しくしていることだ。俺は今日のことを団長に報告してくる。マリオ。逃げるなよ」

マリオがこわばった顔でうなずくのを確認して、エリックは団長の帰りを待った。団長と副団長は王空騎士団を率いて西の海に出向いている。エリックはとぼとぼと寮に戻っていくマリオを見ながら、深いため息をついた。

「能力者が少なすぎる。おかげであんなマリオだって使っていかなければ手が回らない有様だ」


大陸のマウロワ王国では、大雨や洪水、竜巻が相次いでいた。各地の貴族から救援を求める陳情が相次ぎ、フェリックスはとても「他国の女性の能力者を手に入れてくる」などと言える状況ではなく、王家はその対応に追われていた。

被災地に食料や救助の軍を送り込み、どうにか被害の片付けを済ませると、また他の地方で災害が発生する。

フェリックスは陣頭指揮を執り、次々と被災地を移動していた。

「殿下が出航する前で本当によろしゅうございました。こんな非常時に殿下が女性一人のために往復で二ヶ月以上も国を留守にしていたら、『あの一派が』何を言い出したことか」

「ああ、叔父上たちは王家のやることにはなんにでも文句をつけるからな」

フェリックスが疲れた顔で苦笑いした。

「大雨に洪水、竜巻に流行り病。よくもまあ、次から次へと問題が発生するものだ。いつまでたってもグラスフィールド王国に出向くことができそうにない」

「殿下、こればかりは人知の及ばぬことでございます」

「年寄りの繰り言みたいなことを言うな。いや、お前は真の年寄りだったか」

真顔でそう言われて侍従の老人は苦笑した。

「はい、殿下。そろそろ引退したいと願っている年寄りでございますよ。今更でございますが、殿下は空飛ぶ乙女をどうなさるおつもりですか？」

「見目《みめ》が気に入れば妻の一人にするつもりだが。テリウス、気に入らないのか？」

「飛翔能力は子に引き継がれないというのが学者たちの定説でございます。その乙女を殿下の妻に迎える利点が見つかりません」

「珍しい小鳥を見たら、飼いたくなるものだ。ま、全ては内陸の復興にめどが立ってからだな」

「はぁぁ、さようでございますか……いやはやなんとも」

テリウスと呼ばれた老人は、白いあごひげを撫でながら思案顔だ。

「殿下、新しい年が始まりました。あと三月《みつき》もすれば巨大鳥《ダリオン》の渡りが始まります。あの国への船旅に一ヶ月は見ておかねばなりません。そこから計算いたしますと、どんなに遅くとも今月中に出航できない場合は、渡りが終わる五月までお待ちいただかねば」

「ああ、そうだったな。内陸の被害が落ち着くのが先か、巨大鳥《ダリオン》の渡りが先か、微妙なところだ。だがまだ日がある。とんぼ返りするなら間に合うさ」

マウロワ王国の王子フェリックスは、巨大鳥《ダリオン》に白首という特別な個体が生まれたことをまだ知らない。

第三章

暖かすぎる冬

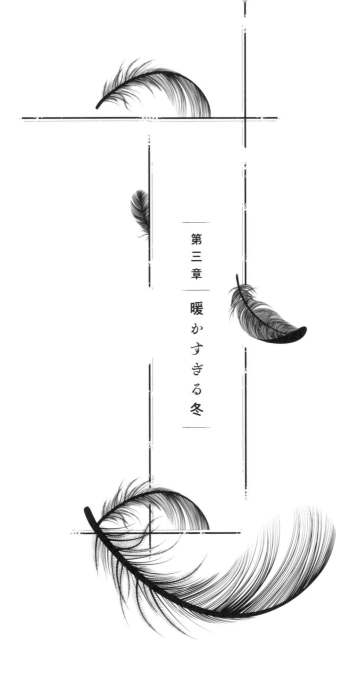

同じ頃、グラスフィールド王国でも農民たちが天候の異変に不安を感じていた。

「この冬はやけに暖かい。一向に寒さが来ないな」

「一月に入ったところなのに、もう草が芽吹き始めている」

「いつもより一ヶ月、いや二ヶ月近く季節が早い。こりゃあもしかして……」

農民たちは空を見上げて不安そうな表情になった。彼らが考えていることは、全員同じだ。

「巨大鳥《ダリオン》も早く渡りを始めるんじゃないか」

「王都は巨大鳥《ダリオン》の休憩地点だ。これから王都に向かうのは危険かもしれないぞ」

「聖女巡礼なら来年もできる。今年はもう、巡礼をやめておこう」

聖女巡礼で王都に向かう農民が一気に減り始めた。

すでに王都に到着している農民たちも、神殿でアイリスの姿を眺めながらその話をしていた。

「急いで帰ったほうがいいな。この冬は暖かすぎた。万が一巨大鳥《ダリオン》が早く飛んで来たら、大変なことになる」

「渡りが始まる前に家にたどり着かなかったら、家畜の代わりに俺たちが食われる」

聖女巡礼をしていた地方の人間は、皆そそくさと帰って行く。

アイリスはいち早く信者の減少に気がついた。

「ゾーエ神殿長、信者さんたちの数が最近急に減ってきましたね」

「そうね。今年の冬はずっと暖かかった。だから巨大鳥《ダリオン》の渡りも早く始まるかもしれない。遠方から来ている農民たちは、それを恐れているのよ」

「巨大鳥《ダリオン》の渡りが早まる……。それは大変なことでは？」

「巨大鳥《ダリオン》に関して学者は、渡りの開始は日の長さが決めると言うけれど、巨大鳥《ダリオン》が終末島《エンドランド》で雛を育てる以上、終末島《エンドランド》の餌の状態が無関係とは思えない」

「餌の状態……」

「動物は理屈ではなく、本能で動くわ。この暖かさで終末島《エンドランド》の餌だっていつもとは状態が違うはずよ」

アイリスはゾーエ神殿長が巨大鳥《ダリオン》について深く考えていることに驚いた。

「神殿長は巨大鳥《ダリオン》のことにお詳しいのですね」

「ここには巨大鳥《ダリオン》に関して書かれた本が、ほぼ全て揃っているからね」

「そうなんですか！　知りませんでした」

ゾーエ神殿長はアイリスを促すように礼拝堂から奥の神殿長室へと歩き出した。

「この国のエルシア教は、エルシアだけでなく、聖アンジェリーナを大切にしています」

「大陸では聖アンジェリーナは知られていないのですか？」

「知られていますよ。ですが、この国で神殿長を任されている以上、私は巨大鳥《ダリオン》にも聖アンジェリーナにも詳しくないと説話はできないの」

アイリスはじっとしていられない気持ちになった。ただの憶測であっても「巨大鳥《ダリオン》が早く渡りを始めるかもしれない」という話を団長に知らせたかった。

「神殿長、今のお話を王空騎士団の団長に伝えてきてもいいでしょうか」

「いいわよ。遅くならずに帰っていらっしゃい」

「ありがとうございます。全力で飛ばしてなるべく早く戻ってきます」

アイリスはマスクとゴーグルを部屋から取ってくると、まだ神殿の庭に残っている信者たちの上をゆっくり大きく回って飛び、声をかけた。

「上から失礼いたします。信者の皆様、帰り道のご無事をお祈りしております！」

「アイリス様ぁ！　ありがとうございます！」

「アイリス様もお元気で！」

「また来年ここに参ります！」

信者たちは笑顔でアイリスを見上げ、手を振った。アイリスも大きく手を振り返してから西の海に向かって全速力で飛んだ。騎士団は西の海で空賊退治中だ。

「こんな速さで飛ぶのは久しぶり。気持ちがいい」

上空には生き物の気配がほとんどないが、たまに普通の大きさのタカやワシが上昇気流に乗って円を描きながら飛んでいる。それまでゆっくり舞っていたタカやワシは、フェザーですっ飛んでくるアイリスを見て、急いで逃げる。

「驚かせてごめんね」

鳥たちに詫びながら、アイリスは西の海を目指して跳び続けた。高速で休みなしに飛び続けること数時間。遠くに煌《きら》めく海が見えてきた。

「海の色が東の海とは違うのね。濃い青だわ」

街道沿いに点在する集落が見え、次第に海辺の大きな街と港が見えてきた。

「船がたくさん出入りしてる。王空騎士団の詰め所はどこだろう」

高度を下げながら、アイリスは港の周辺を探して飛んだ。

すると一人の飛翔能力者がアイリスに向かって飛んできた。騎士団の制服ではない。デザインは同じだが、服地は薄い水色だ。アイリスは空中で急停止した。

「国境空域警備隊のジェイコブだ。君はもしかして……」

「王空騎士団のアイリス・リトラーです。団長にお伝えすることがあって来ました」

「君があの少女か。団長は現在空賊退治中だ。とりあえず詰め所まで一緒に来てもらいたい」

連れて行かれた詰め所の中は、フェザー用のラック、予備のフェザー置き場、武骨な椅子が並ぶロビー、救護室の存在が王都の王空騎士団とよく似ていた。

ジェイコブがアイリスに椅子を勧め、自分も向かい側に座った。

空中で顔を合わせたときから気づいていたが、ジェイコブは右腕が肘の少し上までしかない。制服の袖は短く切り詰められている。質問するわけにいかなかったアイリスに、ジェイコブのほうから腕の話を出してきた。

「腕は空賊にやられたんだ。俺は元王空騎士団所属で、今は国境空域警備隊員だ」

ジェイコブはいかつい見た目に反して、とっつきやすい人だった。

「それで、団長に知らせたいこととは？」

アイリスはゾーエ神殿長の話をジェイコブに伝えた。

「確かにこの冬の暖かさは異常だ。そして大陸では豪雨、洪水、竜巻と酷い状況らしい」

「マウロワでそんなことが……」

（なら、王太子が自分を連れ去りに来るどころの騒ぎじゃないわね）

マウロワの民は気の毒だが、王太子がこの国に来られないだろうと思うと少し安心する。

「王空騎士団は陽が沈むまでは帰ってこないんだ。君、今夜はこちらに泊まるんだろう？」

「いいえ。今日中に帰るよう言われていますので」

「いや、陽が落ちてから報告して、今日中に帰るのは無理だろう。朝早くあちらを出たんだろうし、飛んでいる最中に力が尽きて落下してしまうよ」

「いいえ、王都を出たのは昼過ぎで、陽が落ちてからここを出ても、今夜中には王都に戻れます。それに、この程度なら力が尽きることはありませんので、大丈夫です」

ジェイコブが壁の時計を見た。時刻は午後の三時過ぎだ。

「あの、すみません、私、飛翔力が多いらしくて」

「聖アンジェリーナ再来の噂はここにも伝わっていたが、そうか。君は昼過ぎに王都を出て、この時間に着くのか。いや、すごいな」

ジェイコブはアイリスを見て、「すごいな」と何度も感心している。

少数の王空騎士団員が陽が落ちる前に帰ってきた。ケインが誰かを抱いていて、ケインも抱かれている人も血だらけだ。アイリスがケインに駆け寄り、口を手で覆った。抱きかかえられ、目を閉じているのはサイモンだった。

ケインは駆け寄ってきたアイリスを見て驚いた顔をしたが、小さくうなずいただけで奥に向かって声を張り上げた。

「怪我人の手当てを頼む！」

奥のドアが開き、医者が出てきた。ケインが医務室のベッドにサイモンを横たえると、たちまちシーツが血で染まっていく。サイモンの顔に眉間から鼻の右脇を通り、口の脇まで続く傷。右腿の前面にも大きな太刀傷が口を開けていて、ズボンはどす黒く血で染まっている。

アイリスは両手をグッと握りしめて祈った。

（女神様、どうか、どうか、サイモンを連れて行かないでください。お願いします）

目を閉じ、唇を噛んで心で祈る。

「アイリス、サイモンなら大丈夫だ」

ケインがサイモンの血であちこちを赤く染めた姿で慰めてくれる。しかしアイリスの目には全く大丈夫そうに見えない。衣服を濡らしている血の量が多い。サイモンの顔があまりにも白くて、胸が上下していなかったら息絶えているように見える。

白衣の中年の男性が、サイモンの右脚のズボンをハサミで一気に切り裂いた。

「アイリス、俺はまた海に戻る。お前がサイモンについていてやってくれるか」

「はいっ」

「頼んだ！」

ケインは早足で出て行き、建物を出るとすぐにフェザーで飛び去った。

医務室では医師の治療が進められている。

サイモンの右腿の太刀傷はパクリと開いていた。出血は治まりつつあるのだろうが、今もまだ血がジワジワと出ている。助手の男性がすかさず瓶から透明な液体をジャバジャバと傷にかけた。たちまち部屋に強い酒精の香りが立ち込める。医師がアイリスに向かって声をかけてきた。

「これから傷を縫い合わせる。気分が悪くなったら部屋から出てくれ。ここで吐かれては患者の命に関わる」

そう言ってすぐ医師は傷の縫合に取りかかった。腿の傷を縫い合わせてから顔の傷を細かく縫い始めた。サイモンは最後まで意識を失ったままだった。

両手も白衣も血だらけにした医師が、縫い針とハサミを置いてアイリスを見た。

「やるべきことは終わったよ。あとは傷が腐らないことと、患者の体力が持つことを期待するだけだ。私がやれることは、いったん完了だ」

「わかりました。私が付き添います。なにかあればお声がけします。サイモンを治療してくださって、ありがとうございました」

「じゃ、頼んだ」

医者が出て行った。

久しぶりに見るサイモンは少し痩せていた。アイリスはサイモンの手を握って顔を眺め続ける。

一時間ほどそうしていただろうか。

「サイモン、ここで戦っているなんて知らなかった。あなたは訓練生なのになぜ……」

サイモンは他の訓練生たちと違って、空賊の存在を知っていた。サイモンは自ら『人手が足りないなら空賊退治に参加させてほしい』と団長に頼み込んだことをアイリスは知らない。

サイモンの額に脂汗が滲んでいる。アイリスはその汗をそっとハンカチで拭った。

「私も頑張っているわよ。絶対に大人の都合に負けないぞって、朝から晩まで働いているの。聞こえているかな。私がここでしゃべっていたらうるさいかな。でも、黙ってあなたを見ているだけでは、あなたがどこかに行ってしまいそうで怖い。話しかけていてもいいかな」

サイモンは反応しない。このまま神に召されそうで、アイリスはサイモンに話し続けた。

「サイモンは空賊相手に戦っていたのね。私もあなたの隣で戦いたかった」

「……ス」

「あっ。サイモン？」

サイモンが目を閉じたままかすれた声を出した。

「アイ、リス」

「意識が戻ったのね！　よかった！　水を飲む？」

アイリスがサイモンの頭を少しだけ持ち上げ、グラスをサイモンの口に当てて少しずつ水を飲ませた。サイモンはけだるそうに瞼《まぶた》を持ち上げて水を飲んだ。

「空賊に、やられた。二人、がかりで、挟ま、れて、そして……」

「わかった。治療は終わったから、あとは傷が治るのを待つだけよ」

「僕、生きて、いたん、だな」

「当たり前よ。生きていてくれなきゃ困るわ。サイモン。今、先生に知らせてくるわね」

治療室を出て「先生！」と叫ぶと向かいの部屋から医師が顔を出した。

「サイモンの意識が戻りました」

「そうか。ありがとう」

医師は治療室に戻り、サイモンを見下ろし、手首で脈を取った。

「傷口が痛いだろうが、それは我慢してくれ」

「は、い」

「無理をすれば傷口が開くし腐る。安静にして傷が塞がるのを待て。食べる、眠る。君が今すべきことはそれだけだ」

「助けて、くださって、あり、がとう、ござ、います」

医師は、「今はとにかく動かないように」と言って部屋を出て行った。サイモンは再び目を閉じて眠った。アイリスは音を立てないようにして治療室を出た。

フェザーに乗り、かなり上空から下を見ながら捜すと、ジェイコブが港の上空に浮かんでいた。

アイリスは急降下し、近づいた。ジェイコブはアイリスを見上げながら近寄るのを待っていた。

「ジェイコブさん、空賊退治に私が行ったら迷惑でしょうか」

「やめたほうがいい。君は武器を使えるのかい？」

「いいえ」

「全くか。奴らは全員、武器を持って振り回す。君が怪我をしたら、いろいろな意味で厄介だ。

やめてくれ」

「そうですか……。わかりました。お仕事中失礼いたしました」

それ以上押し問答するのは無駄と判断して、詰め所に引き返した。

サイモンは眠っている。アイリスはサイモンの枕元に椅子を運び、無言でその顔を見つめた。

しばらくして出血が完全に止まり、シーツが交換された。サイモンは水を飲んでまた眠った。

枕元に座っているアイリスの耳に、大勢の人間の立てる物音が聞こえてきた。

アイリスは立ち上がり、王空騎士団を出迎えた。

団長ウィルを先頭に、百人近い王空騎士団員がフェザーに乗って次々と空から下りてきた。ウィルたちがアイリスを見て驚いている。副団長カミーユが声をかけてきた。

「アイリス。どうした？」

「お伝えしたいことがあり、ここまで参りました」

「中で聞こう」

全員がホールに入り、アイリスはウィルと一緒に団長室に入った。

ウィル、カミーユ、各小隊長たち。全員がアイリスを見守って話を待っている。ウィルが「伝えたいこととはなんだ？」と尋ねた。

「この冬の暖かさが、巨大鳥《ダリオン》の渡りを早めるかもと神殿長が心配していました」

全員が無言になった。

「そうか。しかし二月の終わりまでは、輸出船の警護がある。空賊は今が一番出没するんだ。仮定の話で空賊退治をやめるわけにはいかない」

「空賊退治に私を使ってください。必ずお役に立ち、空賊退治を早く終わらせられます」

「以前言っていたあの作戦か」

「必ずやり遂げます。団長、私を使ってください」

ウィルとカミーユが顔を見合わせ、迷っている。迷うウィルにアイリスがさらに言い募った。

「最初の十分で空賊を五人はやっつけます。それができなかったら、怪我をしてご迷惑をかける前に大人しく引き下がります。お願いします！　私を使ってください！」

「わかった。十分で五人。それができなかったら引き下がれ」

「ありがとうございます！」

こうして明日朝、アイリスが輸出船の護衛につくことが決まった。

空賊退治で戻れなくなったアイリスの代わりにジェイコブが神殿へ連絡に飛ぶことになった。

「ジェイコブさん、私のために長距離を飛ぶことになって申し訳ありません」

「気にするな。それより……死ぬな。生き延びろ」

「はい。気をつけます。絶対に死にません」

ジェイコブが夜の闇の中に飛び立ち、消えていく。それを見送って、アイリスは建物に戻った。

そんなアイリスに一人のファイターが近づいてきた。まだ名前を憶えていない人だ。

二十歳くらいのその男性は、いきなり頭を下げた。

「すまなかった。サイモンが怪我をしたのは僕のせいなんだ」

「えっと……どういうことでしょうか」

「空賊と戦闘中、僕が四人の空賊に囲まれた。もうダメかと思ったときに、サイモンがそこに突入して二人を斬ってくれた。おかげで僕は助かったけどサイモンが斬られてしまった」

　正義感の強いサイモンらしいと思う。

「そうでしたか。サイモンが自分で判断したことですから。ええと……？」

「僕の名前はリュカだ」

「リュカさんの責任じゃありません。謝らなくても大丈夫です」

　アイリスはリュカに対して、思うことは特にない。サイモンなら相手が誰であっても飛び込んだだろうと思う。彼はそういう人だ。その場にいたのが自分だったら、自分もサイモンと同じことをしただろうと思う。

「リュカさん。明日は私も参戦します」

「アイリスは武器の訓練をしていないだろう？」

「ええ。でも、私ならできることがあります。見ていてください」

「怖くないの？」

　アイリスが少し考え込んだ。

「怖さはもちろんあります。でも、それより怒りが大きいから。サイモンのことは気に病まないでください。彼が望んでやったことです」

　アイリスは会釈をしてその場を離れ、用意された小部屋で一人、明日にやるべきことを繰り返し頭の中で手順を考えていた。

「絶対に許さない。サイモンのことをよくも斬ったわね。全員を海に……」

そこで頭を振った。

「冷静に。冷静に戦うのよ。サイモンの分まで、きっちり思い知らせてやる」

夕飯を他の団員たちと食べ、再びサイモンの枕元に座った。サイモンは昏々と眠っている。医師が入ってきた。アイリスがいるのに気づくと、診察用の椅子に座って小声で話しかけてきた。

「彼は君の恋人かい？」

「婚約者、でした。私はマウロワに連れて行かれるかもしれないのです。それを防ぐために、私は婚約を白紙にして神殿預かりとなりました」

「なるほど。たしか神殿は、婚約者や結婚相手がいては受け入れない規則だな。名のり遅れた。俺はキースだ」

キース医師は四十歳ぐらいだろうか。日焼けした肌に細身の身体だ。

「アイリスは何歳だ？」

「十五歳です」

「そうか。まだ十五歳か。すっかり大人の顔になっているのは、そういう経験のせいかな」

「私は大人の顔をしていますか？」

「若くて生命力にあふれているが、怒り、絶望、そんなものが少々滲んでいる。七百年ぶりに生まれた女性能力者は、あんまり幸せではないらしい」

アイリスはキースを見た。強い意志を滲ませてキースに答える。

「今のところは、です。私、大人に振り回されたままでは終わりません。必ずサイモンと幸せになります」

愛らしい顔立ちのアイリスから思いがけず強い言葉が紡がれたことに、キースは驚いた。

「そうか。空賊はたいして訓練されていないから逆に思いがけない動きをするらしい。油断するな。君は武器で戦うわけじゃないんだろう？」

「ええ」

「なにか作戦があるのだろうが、今夜は早く寝たほうがいい。じゃ、失礼する」

キースが出て行き、再び治療室は二人きりになった。

アイリスはサイモンの手を握り、顔を見つめ続けた。端正な顔は今、眉間から口の脇まで傷が走り、糸で縫い合わされている。

「サイモン。早く元気になって。私……」

そこまで言って耐えきれなくなり、泣き出した。今までずっと泣くものかと意地を張ってきた。

自分を奪いに来るかもしれない大国の王太子。わざわざ自分の存在を王太子に教えたミレーヌ。

自分を目の敵にするマリオとソラル。アイリスの祖父を持ち逃げ呼ばわりしたアガタ。

悔しかったことを思い出しながら泣き続けた。泣くだけ泣いて、深呼吸をして泣きやんだ。

「私は空を飛びたかっただけなのに、夢が叶ったとたんにつらいことが多いんだもの。サイモン、私、明日は頑張る。あなたを傷つけた奴がどんな見た目なのか、わかったらいいのに」

アイリスが握っていたサイモンの手がピクリと動いた。

「アイ、リス」

「サイモン、気がついたのね？　喉は渇いていない？　水を飲む？」

「うん」

「待ってね、今飲ませてあげる」

アイリスが水差しの水をグラスに入れて、サイモンの頭だけを起こしてグラスを口元に運んだ。

サイモンは少しずつ飲み、「ふうぅ」と息を吐いた。

「顔と脚が痛いな。斬られた場所はどうなっている？」

「盛大に斬られているから顔は触らないでね。傷口が腐ったら困るわ」

「顔に、傷がある男は嫌いかい？」

アイリスの深い青色の目から、いきなりぽろぽろと涙がこぼれた。

「大好きよ。顔に傷があったって、サイモンのことは大好きに決まってる」

「よかった」

アイリスの手を、サイモンが握った。

「もう少し、ここにいて」

「どうしたの？　どこか痛いの？」

「もう夜だけど、神殿に戻らなくていいの？」

「ええ。明日、空賊退治に行くから」

サイモンの顔が歪んだ。

「君が？　やめてくれ」

「いいえ。行くわ。ねえ、サイモン、あなたを斬った相手はどんなやつ？」

「アイリス、やめてくれ、頼む」

「サイモン、私は行くわ。教えて。あなたを斬ったやつのこと」

「はぁぁ」

サイモンが目を閉じてため息をついた。

「いいわ。教えたくないなら諦める。全員を攻撃すれば、いつかそいつに当たるわね」

「やめてくれ」

「いいえ。戦うわ。ごめんなさい、サイモン。それは譲れない」

「団長の許可は？」

「取ったわ」

もう一度サイモンがため息をついた。

「くそっ、こんなときに寝ているなんて」

「サイモン、教えて、あなたを斬ったのは、どんな奴？」

「……長い茶髪を高い位置で縛っている。背が高い。細身で、ジャラジャラとネックレスと腕輪をしていた。俺を、笑いながら斬ったよ」

「へえ……」

アイリスの声があまりに冷え冷えとしているので、サイモンが瞼を開けてアイリスの顔を見た。アイリスはサイモンの胸の辺りをぼんやりと見ていた。ほんのわずかに唇が微笑んでいるが、目は全く笑っていない。

「サイモン、食べ物を貰ってくるわ。待っていてね」

握っていたサイモンの手をそっとベッドに置いて立ち上がり、部屋を出る。そのアイリスの全身から怒りが滲み出ていた。サイモンは自嘲的につぶやいた。

「こんなときに寝ているなんて」

サイモンは先輩を助けに行ったことは後悔していない。怪我はしたが、先輩が背後から斬られて殺されるのを防げた。本当は傷跡ぐらいなんでもない。今一番恐れているのは、怪我が治ったあと、元通りに飛べるのかということだった。

サイモンはアイリスが運んできた軽い食事を食べた。嚙むたびに顔の傷が酷く痛んだが、「失った分の血液を食べて取り戻さなければ」と自分を叱咤して食べた。

「よかったわ。食欲が出て。きっとすぐに傷は塞がるわよ」

「そうだね。さあアイリス、明日は戦闘だ。早く眠って身体を休めてくれ」

「ええ。そうします。おやすみ、サイモン」

「おやすみ、アイリス」

アイリスはサイモンの手に口づけて部屋を出た。

数時間後、まだ日の出までだいぶある時刻。アイリスはサイモンの部屋に向かった。サイモンは眠っていた。アイリスは眠っているサイモンに小声で「行ってくるわね」と話しかけて部屋を出た。

空賊退治に出発する直前。

団長のウィルは騎士団員たちの前に立ち、強い口調で団員に檄を飛ばした。

「今回護衛する船の積み荷は石炭だ。空賊どもは船ごと奪おうとするだろう。絶対に奪われるわけにはいかない。空中戦では躊躇するな、空賊を片っ端から斬り伏せろ。海に叩き込め！」

「おうっ！」

男たちはフェザーに乗り、一斉に浮上した。

日の出前の暗い空を、半分の王空騎士団が飛んでいる。残りの半分はそのまま船に残っている。

一定の間隔を開けて整然と飛ぶ彼らは、全員が武器を手にしている。

集団の前方のメンバーは、風圧による疲労を避けるため、定期的に位置を入れ替える。それは阿吽の呼吸で行われていて、先頭の団員がわずかに速度を落とすと後ろを飛んでいる団員がすかさず前に出て入れ替わる。最初からずっと集団の後方を飛び続けているのはアイリスだけだ。

ウィルが「アイリスは戦闘開始まで、とにかく体力も飛翔力も温存しておけ」と命じていた。

アイリスはいつものように長い金髪を三つ編みにしているだけでなく、それを制服の背中に入れている。ウィルに「お前が女性だと知られれば、厄介なことになるだけだ」と言われた。

かなりの上空からグラスフィールド王国籍の輸出船を目指して進み、目的の船を見つけた団長が高度を下げる。それに続いて他の団員も一斉に高度を下げた。

大きな帆船クレマンス号は大量の石炭を積んで、大陸のマウロワ王国を目指して進んでいる。

大陸でも石炭は採掘されるが、産出されるのは泥炭や褐炭がほとんどだ。

それに比べ、グラスフィールド王国で採掘される石炭は無煙炭と呼ばれる熱量が高いもので、高値で取引されている。

前日の戦闘で空賊はいったん引き上げたが、態勢を整えて再び襲ってくる可能性があった。今回は積み荷が高価なので総力戦で空賊を迎え撃つ。

アイリスたちが到着したクレマンス号の甲板には、すでに王空騎士団員が整列して待っていた。

続々と甲板に着地する仲間を迎え入れながら、ヒロがアイリスに近寄ってきた。

「アイリス！　なんでここに来た？」

「サイモンがあんな怪我を負わされましたから」

「負わされましたからってお前、戦闘に参加するつもりか？」

そこにウィルが割って入った。

「ヒロ、アイリスならではの作戦があるんだ。まずはお手並み拝見だ」

「そうですか……」

団長の説明でも納得いかない表情のヒロだったが、仕方なく引き下がった。

第三小隊長のギャズがアイリスに近寄り、「サイモンの様子は？」と尋ねてきた。

「今朝はまだ眠っていました。でも傷を縫い合わせてもらったあと、ちゃんと会話できました。

食事もできました。大丈夫だと思います」

そのとき、上空から甲高い笛の音が響いた。甲板にいる全員が空を見上げる。

見張り役の一人が東の方向に腕を伸ばし、敵の接近を示しながら笛を吹いている。

全員が無言で素早くフェザーに乗る。約百人の王空騎士団員が同時に甲板から浮き上がった。

ウィルがよく通る声で皆に指示を出す。

「小隊ごとに分散、展開。アイリスは私と一緒に動け。出発！」

「おうっ！」

全員が四つの小隊に分かれて発進した。アイリスはウィルの斜め後ろにくっついて飛んでいる。

すぐに東の方角から空賊が飛んでくるのが見えた。その数は百二、三十人ぐらいか。空賊は整列しておらず、それぞれが大声をあげている。

互いに接近したところで空賊の首領らしい男が集団の中央で叫んだ。

「皆殺しだぁぁぁ！」

「おおうっ！」

野太い声が応じて、空中戦が始まった。空賊たちは服装も動きも統一されていない。王空騎士団は無言で空賊を取り囲むような陣形になる。

ほとんどの空賊が、大声をあげながら反りのある大きな剣を振り回している。王空騎士団の面々は反りのない諸刃の剣だが、ケインはこん棒をヒュンヒュンと音を立てて振り回し、次々と空賊を海へと叩き落としている。ウィルが振り返り、アイリスに短く命じた。

だ。

「今だ。行け！」

「はい！」

二百人以上の飛翔能力者が武器を手にして戦っている中に、アイリスは猛烈な速さで突っ込んだ。

あちこちでキンッ！　ガキンッ！　と剣がぶつかる音がする。

剣を振り回す空賊のフェザーに素早く近寄り、指先で触れた。フェザーに触れたら即、指先から大量の飛翔力を流し込んだ。

「うわあああああっ！」

フェザーは空賊から離れ、乗り手の空賊と一緒に落下していく。アイリスは落ちていく相手を確認することもなく、敵を避けながら高速でジグザグに進む。振り下ろされる剣をかい潜りながら次々と敵のフェザーに触れる。空賊が一人、また一人と落下していく。

そのうちアイリスがやっていることに気づいた空賊たちが、アイリス目がけて突っ込んできた。アイリスは空中で逃げ回り、敵を振り払う。その間にも敵を落とし続ける。

気がつけば、海面には落下した空賊が数十名。落とされた男たちは手近なフェザーにつかまり、再び飛び立とうとする。だが騎士団員が素早く海面に浮かんでいるフェザーを回収してしまう。

「くそぅっ！　返しやがれっ！」

ヒロは拾い上げたフェザーを抱えたまま空賊たちを見下ろし「サメが来ないといいなあ」とだけ言い捨てて飛び去った。空賊たちは慌てて周囲を見回すが、つかまる物もなければ船もない。

一方、アイリスは肩で息をしながら次の相手のところに行こうとした。そのアイリスの前に、ウィルが飛んできた。

「止まれ！　アイリス、もう十分だ。もう三十人は落としている。これ以上は危険だ」

「まだやれます。やらせてください」

「かなり力を流し込んだだろう。アイリスまで海に落ちたら意味がない」

「ではあと三分だけ！　お願いします！」

ウィルはわずかな時間考え、「よし、三分だけだぞ。行け！」と許可を出した。その言葉をウィルが言い終わる前にアイリスは飛び出し、アイリスに向かって「この野郎！」と怒鳴っている空賊たちの間を高速ですり抜け、すれ違いざまに相手のフェザーに触れ続けた。

あっという間に十人以上の空賊を叩き落とし、息荒く団長の隣に戻ったときには、背中の三つ編みが動いている間に全部出てしまっていた。

「はぁっ、はぁっ、戻りました」

「よし、お前はここで待機だ」

アイリス目がけて飛んでこようとする空賊は、団員たちが手前で斬り伏せている。王空騎士団は空賊を制圧しつつあった。

「撤収だっ！」

茶色の長い髪の男が声を張り上げ、空賊たちは一斉に引き揚げ始めた。アイリスがハッと我に返り、空賊の親玉らしき男を見つめた。長髪の男は首にたくさんのネックレス、左腕には何種類ものブレスレットをつけていた。

（あいつだ！）

サイモンを斬った男だと気がついた。飛び出そうとするアイリスの細い腕をウィルがパシッとつかんで引き留めた。

「団長、あいつです！　サイモンを斬ったのはあいつなんです！　行かせてください！」

「だめだ。これ以上は危険だ」

「私ならまだ余裕があります！　早く！　早く行かせてください！」

「だめだ」

「団長！」

いつも穏やかな雰囲気のウィルが険しい顔で首を振る。スッと近寄ってきたヒロが慰めるようにアイリスに話しかけた。

「今の俺たちの仕事は輸出船を守ることであって、恨みを晴らすことじゃない。冷静になれ」

「ヒロの言う通りだ。これ以上の深追いは禁ずる。団長命令だ」

「……はい」

アイリスは両手を拳にして強く握る。今なら追いつくのに、という言葉は全力で飲み込んだ。

王空騎士団はクレマンス号の甲板に降り立ち、入れ替わりに昨夜船に泊まった騎士団員たちは陸へ向かって飛び立った。その姿を見送って、アイリスは隣にいたヒロに声をかけた。

「ヒロさん、この後、あいつらがまた襲撃してきたらどうするんですか？」

「おそらく今日は来ない。あいつらだって力を使い果たして墜落するわけにはいかないからな。そしてこの船は夜も航行して、明日の朝には軍船がいる海域に入る。軍船が警護している船に空賊は近寄らない」

「そうなんですか……」

「俺たちは軍船に警護を引き継いだら飛んで帰る。軍船はマウロワ王国の海域まで警護して、マウロワの軍船にこの船の警護を委ねて元の位置まで引き返すんだよ。俺たちは陸に戻って休憩したら、また別の船の警護だ。だが、お前は神殿に帰ったほうがいい」

「私が役に立つことはわかっていただけたはずです。明日以降も空賊退治に参加させてください」

隣で聞いていたウィルが首を振る。

「万が一、神殿長の予想通りに巨大鳥《ダリオン》の渡りが早く始まったら、アイリスが王都にいたほうがいい。そのときはアイリスが伝令としてここまで来い」

悔しそうに唇を噛むアイリスをヒロがなだめる。

「一番必要とされる場所で働け。それが王空騎士団の務めだ」

クレマンス号を襲った空賊は、グラスフィールドと大陸の間の海を狩場《かりば》にしている。綿密な計画など立てず、獲物を見つけたら襲うという雑なやり方だ。

空賊にはいくつかのグループがあり、クレマンス号を襲ったのは、最大規模の空賊だ。

その首領ギヨムは二十七歳。空賊の隠れ家で酒を飲みながら今日の戦闘を思い返し、心の中に苛立ちを抱えていた。

（今日は運が悪かった）

見つけた獲物は高品質の石炭を積んでいる船で、当然のように王空騎士団が警護していた。『皆殺しだ！』などと号令をかけたが、長時間戦えば自分たちが負けることをギヨムは知っていた。

それでも戦わずに逃げれば利益を得られない部下たちに不満が募り、首領の地位を狙う人間が出てくる。だから戦ったが、そこそこの抵抗をしたらさっさと逃げるつもりだった。その計画が使えなくなったのは、あの三つ編みの少女のせいだ。

「あの小娘、容赦なく何十人も海に落としやがって。ひでぇことをしやがる」

「親分、俺はあいつの動きがあまりに速くて、男か女か見分けられませんでした。髪を伸ばしている小僧っこじゃないですかねえ？」

「あれは女だ。しかもとんでもない能力の女だった。今朝の戦闘で何人欠けた？」

「落下させられたのは四十人、そのうち十人はなんとか救い出しました。斬られたのは十一人です。落とされた奴の中には剣の腕が立つ者もいましたから、かなりの痛手ですぜ」

「ずいぶんやられたな……」

ギヨムがドン！　とテーブルを叩いた。腹心の部下マルタンがビクッと身を強張らせる。

「あの小娘、次に会ったら絶対に殺してやる。絶対だ」

「へ、へいっ！」

ギヨムの不機嫌さに恐れをなしたマルタンはそそくさと部屋を出た。部屋のドアを開ければ、目の前には夜の海が広がっている。ここは奥まった入江に浮かぶ船の上だ。

大小の船が数十隻、小さな入り江に停泊している。その様子は一見普通の漁港のように見えるが、船の乗り手たちは全員が飛翔能力者であり、空賊だ。

マウロワ王国でも飛翔能力者は生まれる。だがマウロワでは飛翔能力者はさほど歓迎されない。歓迎されない存在だから何人が生まれているのか、統計がとられたこともない。国民の間では、ごくたまに生まれる、というぐらいの認識だ。

能力者は一度飛べば飛ぶことに執着する。空を飛びたがるあまりに一般的な地上の仕事に向かないことが多いと思われている。空を飛んで小荷物や手紙を配達する仕事もあるが、そんな仕事は希望者が多いから、とんでもなく狭き門だ。

高い場所での仕事に雇われることも多いが、仕事中に能力を使い果たして落下し、命を落とす者も少なくない。訓練など誰もされておらず、訓練してくれる場所もない。飛び方も能力の使い方も、全員が独学の自己流だ。

飛翔能力者の能力は様々だ。飛ぶことをやめられないから、公的な組織や農業漁業林業商業のどこで働いても気もそぞろになってうまくいかなくなる者が出てくる。

結果、流れ流れて空賊になる。ギヨムがそうだった。

「何が王空騎士団だ。偉そうに！」

グラスフィールド王国は、国を閉じている。人の出入りがほとんどない。巨大鳥《ダリオン》が年に二回飛んでくるおっかない国、良質の石炭が量産される国、ということぐらいしかギヨムは知らない。

だが、能力者が貴族扱いされるらしいことは知っている。この国では能力者は厄介者扱いされているというのに。

『ああ、飛翔能力者か。うちでは間に合ってる。悪いが他をあたってくれ』

マウロワ王国ではそう言われ、就職を断られがちだ。

それが途方もなく理不尽な気がして、ギヨムは余計に王空騎士団が気に入らない。

ギヨムはいつの間にか首領と呼ばれ、彼らを食べさせることに追われるようになった。

「殺したくて殺しているんじゃない。襲いたくて襲っているんじゃない」

そう自分に言い訳していたのは最初のうちだけだ。今では開き直って空賊をやっている。

「それにしてもあの娘。とんでもない能力だった」

ギヨムは金色の三つ編みの少女を思い浮かべながら強い酒を飲み干した。


同じ頃、マウロワ王家の船がグラスフィールド王国を目指していた。

相次ぐ災害の発生で、グラスフィールド王国訪問を思い立ってからかなり時間がたっている。やっとマウロワ王国内が落ち着き、予定より数ヶ月遅れの出発だ。

王太子フェリックスが乗る大きな白い船は、何枚もの真っ白な帆に風を受けて進んでいた。

メインマストには目的地であるグラスフィールド王国の国旗が掲げられ、船尾の柱には国籍を示すマウロワ王国の三日月と長剣が刺繍された国旗、船首には所有者を示すマウロワ王家の紋章が掲げられている。

フェリックスは甲板に出て海を眺めている。傍らにはげっそりとした様子の同年代の若者が一人。

「海はいい。心が晴れ晴れとするよ、テレンス。船酔いは落ち着いたか?」

「もう腹の中は空っぽでございますが、まだ吐き気が」

「そうか。慣れろ慣れろ。船酔いに薬は効かぬ。船旅は始まったばかりだ」

船長が近くまで来て、丁重な口調でフェリックスに話しかける。

「王太子殿下に申し上げます。船は一ヶ月後にはグラスフィールド王国の港に到着の予定です。風によっては三週間ほどで到着するかもしれません。今のところ、よき風に恵まれております。あちらの陸地が見えるようになったら、到着を知らせる狼煙《のろし》は上げてもよろしいですか?」

「上げてくれ。事前通告なしの訪問だ。礼を失するようなことはしたくない」

「かしこまりました」

船長は恭しくお辞儀をして引き下がった。

「いよいよだぞ、テレンス。一ヶ月後にはグラスフィールド王国に到着だ」

「出発したばかりですが、私はこれほど地面が恋しいことはございません」

「弱音を吐くな。ときに、空飛ぶ乙女はどんな顔をしているのかな」

「美しいとよろしいですね」

「そうだな」

マウロワの王太子フェリックスは、目的の少女を手に入れられることを疑わず、ご機嫌で海を見ている。


神殿に帰るよう団長に命じられたアイリスは、いったん治療室へと向かった。

静かにドアをノックすると、医師のキースはドアを大きく開けて無言で中に入るよう促した。

サイモンは眠っているらしい。アイリスは静かに室内に入った。

サイモンは眠っていたが、アイリスが枕元まで近づくと目を開けた。上を向いていた顔をゆっくり傾けて、アイリスのほうへと動かす。顔の傷跡は縫われた直後よりも赤く盛り上がっている。

サイモンの顔が端正なだけに、縦に大きく走る傷は余計に痛々しく見える。アイリスは胸が痛んだが、それを悟られないように笑顔を作った。

「アイリス、おかえり。よかった、無事だった！」

「もちろん無事よ。たくさんの海賊を海に叩き落としてきたわ。海に落ちた空賊たちのフェザーは、騎士団の人たちが拾い集めて飛び立てないようにしたの。空賊の数を減らすことに役立ったわ」

「そうか。君は活躍したんだね」

唇を噛むサイモンを見て、アイリスは慌てた。

「あなたがリュカさんを助けたこと、リュカさんが教えてくれたわ。申し訳なかったって、私に頭を下げてた。サイモンだって活躍したじゃない」

アイリスはそっとサイモンの手を握った。

「私は神殿まで戻ることになったわ。ここで一緒に戦いたかった」

「君が神殿で信者を相手にすることも、国の仕事だよ」

「それはそうだけど。サイモンが一日も早く治ることを祈っています。じゃ……暗くなる前に王都に帰るわね」

「アイリス。僕もなるべく早く戦線に戻るつもりだ」

「でも、無理はしないで。女神様があなたを守ってくださいますように」

そう言ってアイリスがサイモンの手を握ると、サイモンはアイリスの手にそっと口づけた。後ろ髪を引かれる思いで部屋を出た。廊下で医師のキースが話しかけてきた。

「サイモンは順調だ。今のところ傷が腐る様子はない。王都までは遠い。気をつけて飛ぶように」

「ありがとうございます。では失礼いたします」

アイリスはぺこりと頭を下げ、建物の出口へと向かう。ラックから自分のフェザーを手に取り、外に出た。青いフェザーを地面に置き、静かに乗る。一度深呼吸をして五メートルほど浮かび上がり、そこでマスクとゴーグルを装着した。そして猛烈な速さで王都を目指して飛んだ。

（本当はサイモンのそばにいたかった）

そう思いながら飛ぶ。高速で空気を切り裂いて進んでいると、アイリスの顔に風が強くぶつかってくる。耳には風の唸りがゴオォッと響く。飛んでいる鳥にぶつからないように気をつけつつ、全速力で飛び続けた。他の飛翔能力者にはとても真似できない短時間で神殿に到着した。


フェザーを抱えて神殿の中に入り、まずはゾーエ神殿長のところへと向かう。ゾーエは神殿長室にいた。

「昨夜は戦闘に出ていて戻れませんでした。申し訳ありません」

「連絡をくれた人に詳しく聞きました。空賊が出たのでしょう？　あなたの元婚約者が斬られたそうね。容体はどうなの？」

「サイモンは大怪我を負いましたが、今のところ命に別状はなさそうです。神殿長は、空賊のことをご存じだったのですね」

「私はマウロワ王国で生まれて育ちましたからね。大陸にも飛翔能力者が生まれることは知っています。彼らが恵まれない環境にいることも、流れ流れて空賊になっていることもね」

「恵まれない環境、ですか。それは知りませんでした」

「座って話をしましょう」

椅子を勧められ、アイリスはゾーエの向かい側に座った。

ゾーエは飛翔能力者が大陸ではどのように思われ、どんな扱いを受けているかを説明した。

あまりありがたがられていないこと、就職するのに不利なこと。危険な高所作業をさせられることが多いこと。仕事で飛んでいるうちに力が底をついて落ち、大怪我をしたり命を失ったりする能力者が少なくないこと。最後に、なんとも含みのある表情でこう締めくくった。

「マウロワには巨大鳥《ダリオン》が来ません。大陸の飛翔能力者は、さほどありがたがられないのです」

「神殿長、私……そういうこととは知らずに、昨日はたくさんの人を海に落としました」

顔を強張らせたアイリスを見ながら、ゾーエは首を振った。

「あなたは戦闘に参加し、求められる役目を果たしただけのこと。アイリス、彼らは不幸な境遇ではあるけれど、だからと言って、他人の物や命を奪うことに正義はありません。今は彼らを海に落としたことを悔いても何も生まれないわ。考えるなら、この先のことを考え、思い悩むべきです」

「この先のこと……」

「ともあれ、疲れているでしょうから、今日はゆっくり休みなさい。明日も近隣からの信者があなたに会いに来るはず」

「遠くからの信者さんは？」

「おそらく渡りが終わるまでは来ないと思う」

「わかりました。お時間を割いてくださって、ありがとうございました」

神殿の食事室に向かいながら、アイリスは思いがけない話を聞いて動揺している。空賊たちはただの悪人だと思っていたのに、彼らには彼らの事情があった。

食事室に入り、トレイに載せられたままナプキンをかけられて冷えている食事を渡された。

アイリスは心に生まれ始めた後悔を、意識して頭の隅に追いやった。

(神殿長は間違っていない。やらなければ私がやられていた。その証拠に、サイモンは生きるか死ぬかの大怪我を負わされた。でも、空賊たちは殺せばいいだけの存在では……ない気がする)

では自分はどうすればよかったのか。夕食を食べながら考え続けたが、答えは出なかった。

「まずは眠らなくては。明日も信者さんの前で飛んでみせるのだから」

ベッドに入ったものの、アイリスはなかなか寝付けない。目を閉じると自分が海に落としたたくさんの空賊と、サイモンを笑いながら斬ったという首領の男の顔が浮かんできた。空賊を哀れに思う気持ちが生まれたものの、それでも(やはりあいつらを許せない)という気持ちは消えない。

疲れて眠りに引きずり込まれたものの、夢の中で、アイリスは海から手を伸ばして自分に向かって怨嗟の声をあげる空賊たちの夢を見た。

冷や汗をかいて目を覚まし、ハァハァと荒い息をして額の汗を手で拭った。

「私はただ飛びたいだけだった。でも、飛ぶことの先にはこんなにもいろんなことが……」

眠れそうにないと判断してベッドから起き、窓に近づいてカーテンを開けた。深夜の空には満天の星が輝いている。サイモンと二人で幸せな気持ちでジュール侯爵家に向かったことも、能力が開花して、人目を忍びながら楽しく夜空を一人で飛び回っていたことも、はるか昔のことのようだ。

「巨大鳥《ダリオン》がこの国に来なかったら、私も大陸の能力者たちのようになっていたのかしら」

巨大鳥《ダリオン》の黒く丸い目を思い出す。

「巨大鳥《ダリオン》は怖いけれど、私はやっぱり飛びたい。この能力が求められるのなら、巨大鳥《ダリオン》の前に出て人々を守る。空賊がこの国の船を襲うのなら、船も乗組員も守る」

そこまで考えたとき、とある疑問がアイリスの心に突然浮かんできた。

お城の慰労会でアガタ公爵令嬢は「海も荒れていないのに船団が全部姿を消したのは持ち逃げ」というようなことを言っていた。

「おじいさまの船が、嵐でもないのに突然消えたのって……空賊に襲われたんじゃないの？　国は空賊の存在を隠しているから、何も知らない人々の間に誤った憶測が生まれて、おじいさまが積み荷を持ち逃げしたことになっているんじゃないの？」

翌朝、アイリスは再び神殿長の部屋を訪問した。

「おや、アイリス。どうしましたか？」

「サイモンが大怪我をしたこと、侯爵様に伝えたほうがいいのではないかと思いまして」

「いけません」

ゾーエ神殿長は即座に否定した。

「空賊の存在を、おそらく侯爵はご存じでしょう。サイモンは王空騎士団の一員として参戦した以上、負傷の報告は王空騎士団の担当者がすべきこと。婚約を白紙にしたあなたが報告に行くのは間違いです」

「……おっしゃる通りでした。出すぎたことを申し上げました」

「わかればいいの。ときにアイリス。あなたは古代グラスフィールド文字は読める？」

「はい。母に教わりました」

貴族出身の母から、グラスフィールドで大昔に使われていた言葉や綴りを教わっている。母のグレースは「今では貴族でも古代文字を読める人は少なくなっているけれど、知っていて損なことなどなにもない」と言ってルビーとアイリスに教えてくれた。

「この部屋にある本は、代々このグラスフィールド大神殿の神殿長が保管し、受け継いできたものばかり。王家でさえ持っていない本もあります。あなたが古代文字を読めるのならば、この部屋にある本は全て好きに読むといいわ」

ゾーエは目元に笑みを浮かべ、一冊の本を本棚から取り出して差し出した。

「わかりました」

「ただし、王家が国民に伝えていないことも記されています。配慮ある行動を求めます」

「私がいるときなら、いつでも遠慮せずに本を借りに来なさい。私はあなたが読んで知識を得るべきと思っています。七百年ぶりの女性の飛翔能力者は、できるだけの知識を持ち、十分に活躍してほしいのです」

「ありがとうございます。ではまず、これをお借りします」

ゾーエに渡された本を抱えて、部屋を出た。本のタイトルは『巨大鳥《ダリオン》の恩恵』。

「恩恵って、なに」

朝食が終わったら昼食の時間まで、信者たちの前で女神の申し子の役目をしなければならない。

アイリスは部屋まで小走りで戻った。自分の部屋に入り、最初のページをめくった。

『巨大鳥《ダリオン》は害悪にあらず。女神がもたらす恩恵そのものである』

「どういうこと？」

アイリスは文字自体に装飾が施されて読みにくい手書きの本に集中し、大切だと思われる項目をメモ書きしながら読み進めた。

夢中になって読んでいると、ドアがノックされ、シーナが外から声をかけてきた。

「アイリスさん？　もうすぐ信者たちがやって来ます。朝食を早く済ませて」

「はいっ！　すぐに参ります！」

本の間に自分のメモを栞《しおり》代わりに挟んだ。

今日も握手を求める人が行列を作っている。挨拶をしながら信者たちと握手をしていて、ふと列の最後の人の顔を見て「えっ」と思わず声を出した。列の最後尾に並んでいるのは、従弟のオリバー・スレーターだった。やがてオリバーは何を考えているかわからない顔で、握手を求めて来た。

「女神様の申し子様にお会いできて光栄です」

「ちょっと、どういうつもりよ。冷やかしに来たの？」

アイリスは笑顔のまま小声でオリバーに文句を言った。オリバーは笑みを浮かべて応じる。

「アイリスが二日間神殿に出てこなかったと聞いたからさ。何かあったかと思って見に来た」

「私が留守にしていたこと、なんで知っているわけ？」

「僕付きの使用人はやることがなくて暇そうだからさ、毎日神殿に通わせてアイリスの様子を報告させてた。使用人に毎日信仰の時間を与えるなんて、優良な雇い主だろう？」

「あんたね……。オリバー、私、今日から神殿長室の本を自由に読めることになったの」

オリバーは一度だけ目を大きく見開いてから、にんまりと笑った。

「僕の従姉は有能だなあ。もう神殿長を丸め込んだのか。さすがだよアイリス」

「丸め込んだなんて失礼な。真面目に働いた信頼と実績の積み重ねだから！」

アイリスは憤慨したが、オリバーは聞いていない。

「面白いことがわかったら僕に教えてくれよ」

「神殿長は『王家が国民に伝えていないことも書いてある。配慮を求めます』と言っていたのよ」

「僕に教えるのは配慮ある行動だよ。それとね、ぼんくら王子が巨大鳥《ダリオン》討伐を唱えているそうじゃないか。貴族の間では王家につくか、討伐反対派につくか、今、水面下で大騒ぎしているらしい。王空騎士団は討伐反対派なんだろう？」

アイリスは握手していた手を放し、オリバーをまじまじと見た。

「なんだよ」

「ごめんね、それは私の口からは何も言えないわ。私は王空騎士団員ですからね」

「団体行動に染まっちゃったねえ。組織の言いなりで思考停止に陥っている」

「難しい言葉を使ってもだめよ。私は団長や副団長を心から尊敬しているんだから」

「ふうん」

オリバーは面白くなさそうな顔になった。

「ただ……。オリバーが天才なのも、鳥や虫や飛翔能力者についてずっと研究を続けていることも私は知っている。だから、巨大鳥《ダリオン》のことについて書かれていることは教えます。その代わり、誰にも言わないって約束してくれる？」

「約束するよ。そもそも僕はそれを話して聞かせる相手がアイリスしかいないんだから」

「あ……ごめん」

「やめろ。同情するな。僕は貴族の友人なんか必要としていない」

「わかったから怒らないでよ。じゃ、私は仕事を終えたら本を読むわ」

「楽しみに待っているよ。大切なことはメモを書くようにね。アイリスの頭じゃ、大切な項目が漏れ落ちそうだ」

相変わらず遠慮がないオリバーの言葉に苦笑してしまう。

「私、フォード学院に入学以来、ずっと成績では一番だったけどね。わかったわ。じゃ、またね」

そう言ってアイリスはオリバーと別れた。

その後のアイリスは空き時間のほとんどを読書に費やしている。

読み進めていくうちに、ゾーエ神殿長がなぜ最初の一冊として渡したのが『巨大鳥《ダリオン》の恩恵』なのかを理解した。

『アンジェリーナは特別な巨大鳥《ダリオン》と共に終末島《エンドランド》へ渡った』

『彼女はそこで、巨大鳥《ダリオン》の果たしている役目を知った』

『巨大鳥《ダリオン》がいなければ、この国は滅亡するだろう』

比喩の多い文の中で、どうにか読み取ったその三つの文に首を傾げる。

「だから巨大鳥《ダリオン》の役目ってなによ。なんで一番大切なことをズバリと書かないのかしら。まだるっこしいわね」

『アンジェリーナがその目で見たことを王に報告するも、王は巨大鳥《ダリオン》の討伐を命じた。その結果、ほとんどの能力者が巨大鳥《ダリオン》たちに連れ去られた』

「六十年前だけでなく、七百年前にも討伐しようとしたのね？　延々と残酷な描写が続いてる」

気分が悪くなるのを我慢しながら羊皮紙をめくり続け、最後の最後にその文章にたどり着いた。

『巨大鳥《ダリオン》は終末島《エンドランド》で卵を産み、雛を育てる間に、膨大な数の『それ』を食べる。巨大鳥《ダリオン》が来なくなれば、『それ』は限られた土地で増え続け、食物を全て食い尽くし、餌を求めて新たな土地へと飛び立つだろう。よって我々は巨大鳥《ダリオン》を殺してはならない。巨大鳥《ダリオン》は世界の均衡を保つ要《かなめ》である』

「『それ』ってなんだろう。巨大鳥《ダリオン》が繁殖時に食べるもので飛ぶって……鳥でしょうけど、世界の均衡を保つ要?」

しばらく考えていたが、もう深夜だ。アイリスは書き取ったメモを折りたたんだ。

翌日、メモを申し子役の白い服の袖の中に入れて、オリバーの従者を探した。従者は壁際に立ってアイリスを見ていたので手招きをした。従者が急いで握手の列に並ぶ。アイリスは握手をしながら彼の手の中にそっとメモを渡した。

「必ずオリバーに渡してください」

「かしこまりました」

小声でやり取りを済ませ、オリバーの従者は神殿を出て行く。アイリスは女神の申し子らしい笑顔で次の信者へと声をかけた。

「ようこそグラスフィールド大神殿へ」

アイリスに会えて感動している農民らしい夫婦と愛想良く握手をする。

「皆様を守るために、全力で飛びたいと思っております」

女神の申し子役は自分に与えられた仕事としてこなしているが、その言葉は本当の願いだ。

「今日から二月だわ。メモを渡して十日になるのに、オリバーからは何も返事が来ない。さすがの天才もあの比喩だらけの内容に苦戦しているのかしら」

真冬なのに相変わらず気持ちが悪いほどの暖かい日が続いている。

アイリスはサイモンの見舞いに行きたくても行けずにいた。ゾーエ神殿長に釘を刺されている。

「あなたが見舞いに行っても怪我の回復は早まりません。マウロワの王子があなたを奪いに来る前に、あなたは女神エルシアの申し子であることを徹底して信者に印象付けるべきです」

「はい」

アイリスはサイモンに会いに行きたいなどと申し出てはいない。だがゾーエはアイリスの様子で気持ちを見抜いたらしい。

（ゾーエ神殿長は正しい。サイモンを心配しながら働いていたのを、見抜かれていたのね）

ゾーエに注意をされた数日後、信者の握手の列に王空騎士団事務員のマヤが混じっていた。マヤは握手をしながら、小声で「サイモンが王都に戻ってきたわよ」とアイリスに告げた。

マヤはそれだけを言って握手をし、離れて行く。アイリスは（ありがとうございます）と心の中で礼を言い、マヤを見送った。

仕事を終えた夕方、アイリスは騎士団の訓練所にフェザーで駆け付けた。食後のわずかな自由時間の間に戻らなければならない。

王空騎士団の建物に駆け込み、マヤに声をかけた。

「サイモンに会えますか？」

「会えると思うわよ。ちょっと待っていてね、呼んでくるわ」

サイモンが来るのを待つ間、心配のあまりに手のひらに汗が滲む。

（まだかしら。なんでこんなに時間がかかっているんだろう）

不安で胸がいっぱいになった頃、杖をついたサイモンがドアを開け、ゆっくりとロビーに入ってきた。その顔を見て、アイリスの胸がギュッと締め付けられる。

サイモンの顔の傷は無事に塞がってはいるものの、新しい傷口はわずかに盛り上がり、眉間から口の脇までくっきりと赤く残っている。杖をついてゆっくり歩いているところを見ると、腿の怪我のせいでまだ思うようには動けないらしい。

「サイモン！　よかった。歩けるようになったのね？」

「ああ。どうにか。だけど、まだうまく飛べないんだ。飛翔力の制御がうまくいかなくてさ。でも、僕が王空騎士団に入団するまでにはたっぷり時間がある。元通りに飛べるよう、頑張るよ」

アイリスに笑ってみせるサイモンが切ない。アイリスの目に涙が滲んだ。

「心配かけたね。ごめんね、アイリス」

「ごめ……ごめんね……涙は安心したからだと思う」

本当はそれだけではない。

わずかな数の飛翔能力者で巨大鳥《ダリオン》を制御しなくてはならないこの国の状況。船を守るために自分が空賊たちを海に叩き落としたこと。空賊には空賊の事情があること。大好きなサイモンが大怪我を負わされたこと。十五歳のアイリスが受け入れるには複雑で大きくて、解決の糸口が見つからない。気を緩めると不安で押し潰されそうになる。

「なに……なにもかも……複雑で……難しい」

「落ち着いて。君が連れて行かれたりしないよう、僕もみんなも考えているよ」

アイリスは小さく頭を振った。

「それだけじゃないの。いろんなことがありすぎて、私、いっぱいいっぱいなの。サイモンがこうして王都に戻ってきてくれて、ちゃんと生きていて、嬉しいと思ったら気が緩んだの」

「そうか……。アイリスは能力が開花してから、怒濤のような毎日だったからね」

「うん」

サイモンはロビーを見回し、周囲に人がいないのを確認してから小さな声で話しかけてきた。

「アイリス、よく聞いて。次の渡りで『巨大鳥《ダリオン》討伐隊』が動くらしい」

「王空騎士団はどう動くの？」

「僕は昨夜ここに戻ったんだけど、すぐに父に知らせが行ったらしく、父が見舞いの名目で宿舎に来た。討伐反対派は、巨大鳥《ダリオン》討伐隊が動いたら、その瞬間に王城の制圧に動く。もちろん軍の討伐反対派も動く。アイリスは隠れていてほしい。君は討伐反対派のシンボルになっている。殺されないよう、絶対に敵に捕まってはいけないよ」

アイリスはぎこちないながらも笑ってみせた。

「いざとなったら空高く逃げるから私は大丈夫よ。それより、王家を倒して次は誰が王様になるの？」

「王家を倒すのではないんだ。国王陛下は討伐反対派だそうだが、ミレーヌ様の手前、表立ってはジェイデン王子を廃することができない。だから、反対派がジェイデン王子を廃して、ディラン第二王子を王太子の座に就ける計画だ」

「そんなにうまく行くのかな。マウロワ出身のミレーヌ様が怒ってマウロワに告げ口したら、戦争になるんじゃないの？」

「父は自信があるらしい」

アイリスはだいじなことを思い出した。

「ねえ、サイモン、渡りはこの暖かさのせいで早まると思う？　私、神殿長の予感が当たるような気がしてならないの」

「僕たち、学院で『渡りの開始時期は日が出ている時間の長さが決める』って習っただろう？　だから僕はまだ半信半疑だ。南の海岸を担当している国境空域警備隊からの知らせを待つしかないよ」

「そう……」

「団長たちは、もう少ししたら早めにこっちに帰ってくるはずだ」

団長たちが帰ってくる。ヒロもケインも。それだけで心強く感じる。

「ごめん、サイモン。私、こっそり出てきたからもう帰らなきゃ」

「わかった。会いに来てくれてありがとう」

アイリスはサイモンをそっと抱きしめ、神殿へと戻った。

二月の半ばになると、グラスフィールドの輸出船は出港しなくなる。

今からマウロワに向かって船を出しても、帰ってくる頃がちょうど巨大鳥《ダリオン》の渡りの季節となり、空賊から守ってくれる王空騎士団は巨大鳥《ダリオン》対策のために王都に引き揚げてしまうからだ。

「我々は本日をもって王都へと帰る。カミーユ、全員揃ったか？」

「はい。揃いました」

「では、王都に向かって、出発！」

百名近い王空騎士団員が一斉に飛び立つ。

港で働く者たちが全員、敬意と感謝を込めて手を振りながら彼らを見送る。

「ありがとうございましたぁ！」

「お気をつけてぇ！」

「またお願いしますよぉ！」

地上から見送ってくれる人々に手を振り返し、王空騎士団は飛び立った。ひと仕事終えた充実感で、飛んでいる男たちの表情は明るい。

数時間の飛翔を経て、一度地上に降りた。休憩している王空騎士団の一行は、海の上でいつ空賊が現れるのかと待ち構えているときとは顔が違う。皆が笑顔でくつろいでいる。

ギャズがモグモグと昼のパンを食べながらウィルに質問した。

「団長、渡りが早まるかもしれないって話、団長はどう思いますか？」

「あり得る話だと思っている。巨大鳥《ダリオン》は終末島《エンドランド》で繁殖する。終末島《エンドランド》の餌の状況は、この冬の暖かさで変わっているだろう。餌の状況を捕食者が見逃すとは思えないんだ」

今度はカミーユが質問した。

「白首はどうなってますかね」

「白首は来るだろうが、あいつは卵から孵ってまだ一年になっていない。群れに影響を及ぼすのは、まだ先だろうな」

「城に興味を持って近づくようなやつが群れのリーダーになったら厄介ですね」

「白首は好奇心が旺盛なようだから、リーダーになるのはなるべく先になってほしいものだよ。さて、そろそろ出発するぞ」

再び全員が空に浮かび上がり、王都を目指す。畑や牧場で働いている人々が騎士団の編隊に気づいて見上げている。手を振っている人も多い。王空騎士団はこの国の憧れの存在だ。

その日の午後、王空騎士団は王都に帰還した。

勢ぞろいして出迎えたのは訓練生たちとマヤたち事務方。杖をついたサイモンも整列している。

「本日は自由行動とする。明日朝の集合には遅れるな」

「はいっ！」

団員が散らばって全員いなくなったのを見届けてから、ウィルがマヤに声をかけた。

「サイモンの具合はどうだ？」

「だいぶ歩けるようになりました。訓練生たちには『サイモンは侯爵家の用事で出かけているときに賊に襲われ、今まで治療に専念していた』と伝えてあります。あの傷ですから、誰も疑っていません」

「そうか。わかった」

ウィルは団長室に入り、ソファーに座ってため息をつく。王空騎士団は、春と秋の渡りの季節は休みなしで働き、それ以外は輸出船を守るために働く。王都でのんびりできる期間はそれほどない。

（今から渡りまでの間だけは、団員たちがのんびりできるといいんだが）

そこまで考えたところでドアがノックされた。

「失礼します。団長、お知らせがあります」

入ってきたのは副団長のカミーユだ。

「父からの連絡が入りました。やはりジェイデン王子は討伐派と頻繁に会合を開いています。渡りが始まる直前に『巨大鳥討伐《ダリオン》』という王家の意向を打ち出すだろうとのことでした」

「三月に入ってから、ということか」

「はい」

「もし渡りが例年よりずっと早くなれば、我々は有利になる、か？」

「どうでしょう。渡りが始まってからでも、討伐作戦を強引に決行するかもしれません。我々抜きで動くなら、それもあり得ます」

ウィルとカミーユは二人同時に互いの顔を見て、それからため息をついた。

「とりあえず今夜はゆっくり眠ろう。疲れていては巨大鳥《ダリオン》にも討伐派にも最善の対処ができない」

「そうですね。団長も顔に疲れが出てますよ」

「私はもうそろそろお前に団長の座を譲り渡して引退だよ。飛翔力に陰りを感じるんだ」

カミーユがギョッとした顔になった。そんなカミーユを見てウィルが苦笑する。

「カミーユ、四十を過ぎてもまだ君たちと一緒に行動できていること自体、かなり珍しいことなんだ。今回の渡りと討伐派対策を乗り越えたら、私は引退するつもりだ」

「そうですか……。それならなおのこと、討伐派は今回で叩き潰さなければなりませんね」

「そうだ。巨大鳥《ダリオン》を傷つけて貴重な飛翔能力者を根こそぎ失うような事態は、絶対に避けなければならない」

そこまで言ってウィルは立ち上がり、窓辺に立った。ウィルの部屋からは訓練所が見える。将来の王空騎士団を担う十代の少年たちが訓練をしている様子を、ウィルは見つめる。

「ディラン第二王子は大陸の飛翔能力者に関しては、なんとおっしゃっている？」

「父からの伝聞ですが、ディラン王子は『大陸の飛翔能力者を我が国に取り込むことも視野に入れたい』とおっしゃっているそうです」

「そうか。だが、その考えには大きな問題がある。他国生まれの人間が、この国の民のために巨大鳥《ダリオン》に立ち向かえるだろうか。輸出船の護衛だってそうだ。この国の船のために、命を懸けて空賊と戦えるだろうか」

「そこですよね……。大陸育ちの飛翔能力者をどこまで信用できるかと聞かれたら……」

「問題は山積みだな。だが今夜はゆっくり休め。続きは明日話し合おう」

「そうしましょう。では失礼します」

カミーユが出て行くのを見送って、ウィルは再び窓の外へと視線を戻す。

「引退するまでに、彼らが安心して飛べるようにしてやらねば」


その頃グラスフィールド島の南の海岸を警備している国境空域警備隊の一人が、慌てていた。

「あれは……あれは……巨大鳥《ダリオン》の群れ、だよな？　まだ二月半ばなのに？　こりゃあ大変だ！」

上空に浮かんで南の空と海を見張っていた当番の男は、全速力で警備隊詰め所へと下降した。

詰め所の人間は、顔色を変えて飛び込んできた当番の男を見て驚いた。

「どうした！」

「渡りが始まった！　もうすぐ巨大鳥《ダリオン》の群れがやって来る！」

一人が無言で外に飛び出し、狼煙《のろし》を上げる準備を始めた。別のもう一人はフェザーに乗って鐘楼へと飛び上がる。真っ白な狼煙が大量に空へと昇り、カンカンカンと早鐘が鳴り響く。

近隣の住民は狼煙の白い煙と早鐘の音に慌てた。

鐘の音は次々と伝達され、次の町へと巨大鳥《ダリオン》の飛来を伝えていく。

夕暮れまでまだ三時間ほど。

狼煙と早鐘の音は多くの民を驚かせ慌てさせながら、集落から集落へ町から町へと伝わり、王都に向かって広がりながら進んでいく。

第四章
早すぎる渡り

もうすぐ日が暮れるという時刻。

神殿にいるアイリスのところにシーナが走ってきた。同時に早鐘の音が響いてきた。

「アイリスさん！　王都の南で狼煙が上がっています。連絡狼煙です」

本を読んでいたアイリスは無言で服を脱ぎ始め、あっという間に騎士団の制服に着替えた。一階の正面出入り口を使うのももどかしくて青いフェザーに乗ると、窓から飛び出した。シーナが「うわ！」と驚いている声が背後から聞こえる。

前を向いたままシーナに手を振り、王空騎士団を目指して飛び出すと、背後からシーナの声。

「お気をつけてぇぇ！　頑張ってくださあぁい！」

前を向いたままもう一度手を振り、スピードを上げる。

（狼煙が王国の南端から順繰りに王都まで届けられるのに、どのくらい時間がかかるんだろう。巨大鳥《ダリオン》は今、どこまで来ているんだろう）

焦る。フェザーを進めながらゴーグルとマスクを装着し、全速力で飛んだ。

夕食前の王空騎士団の宿舎でも併設されている棟の鐘の音が響き渡った。同時に王都中の鐘が打ち鳴らされる。

各部屋でくつろいでいた騎士団員は跳ね起きるようにして立ち上がった。隣の養成所では、おしゃべりしたり寝転んだりしていた訓練生たちが全員窓に駆け寄り、空を見上げた。

「嘘だろ！　もう始まったのか！」

「一ヶ月以上早いじゃないか！」

「こりゃえらい騒ぎになるぞ。まだ誰も準備していないだろ！」

団員たちは全員あっという間に制服に着替え、自分のフェザーを抱えて訓練場へと飛び出した。

ウィルの部屋には事務方の男性が駆け込んできた。ウィルは既に着替えを済ませ、フェザーを抱えて部屋を出ようとするところだった。

「団長様！」

「巨大鳥《ダリオン》が来たようだな。家畜の用意は？」

「全くです！　どうしますか」

「もうすぐ日が落ちる。明日朝まで捕食しないといいんだが。巨大鳥《ダリオン》の腹具合は私たちにはわからんな」

「城に家畜の準備を急ぐよう、伝えます！」

「いや、文官に掛け合っているうちに到着してしまう。一番近い農場に家畜を差し出してもらおう」

「わかりました。すぐに交渉してきます」

「頼んだ。支払いは国が持つと伝えなさい」

事務方の男は返事をするのももどかしく飛び出して行く。ウィルが一階へと駆け下りると、既に団員が集まっていた。

アイリスは団員たちの後ろでウィルを待っていた。ヒリヒリするような落ち着かない空気だったのが、ウィルの登場でスッと鎮まった。

(団長の存在ってすごい)

感心していると、ウィルが前置きなしで話し始めた。

「上空で話をする」

騎士団が一斉に暗くなりつつある空へと飛び上がった。全員で南の方向を見るが、まだ巨大鳥《ダリオン》の姿はない。

あちこちの鐘の音が響く中、ウィルが無言でゆっくりと移動を開始した。ウィルを先頭に王都の繁華街の上空へと移動すると、王都の街の中は大混乱だった。家の窓やドアを板で塞ぐ者、子供を抱えて走る母親。荷車に野菜や小麦粉の袋を積んで引っ張っていく者。

ウィルはこんなに早い時期の渡りは聞いたことがない。眼下にいる人々も全員が初めての経験だろう。人々の顔が引きつっているのが上からでも見て取れる。

ウィルが隊員たちを振り返り、大きな声を出した。

「街の中が混乱している。食料の確保よりも先に窓とドアを塞ぐように注意しろ。荷馬車や荷車が道を塞ぐ事態も予想される。軍と共に王都の治安を守る。第一小隊は東区、第二小隊は南区、第三小隊は西区、第四小隊は北区だ。出発！」

「おう！」

全員が小隊ごとに飛び出した。アイリスはギャズの第三小隊、西区の担当だ。ギャズを先頭に、第三小隊は西区をゆっくり飛び、声をかけて回る。

「窓とドアを塞いで！　食べ物と水はそれからです！」

「食べ物は夜でも間に合います！　窓を塞いで！」

「子供を外に出さないで！　そこの坊や、家に帰りなさい！」

「犬、猫を家の中へ！　馬は馬小屋へ！」

パニックを起こしていた王都の人々は騎士団員たちに気がつき、我に返った。

「そうだった。まずは窓とドアだ」

「あなた！　窓を塞いで！　水汲みはあとにしましょう！」

人々が落ち着きを取り戻していくのを確認しながら、ギャズたちは低速で西区を見て回る。アイリスは六、七歳の男の子がぼんやりと住宅街の路地を歩いている姿を見つけた。

「小隊長！　男の子を発見。保護します！」

第三小隊のメンバーは気になる人物を見つけると、各人がそこへと飛んでいく。ギャズはゆっくり移動しながら空中に浮かんで、各隊員からの連絡の要《かなめ》を務めた。

アイリスは少年の前に着地した。少年は目を丸くして立ち止まる。

「わ！　能力者だ！　もしかしてアイリス様なの？」

「そうよ。坊や、家に帰りましょう。もうすぐ巨大鳥《ダリオン》が来るわ」

「父ちゃんが買い出しに行ったから待ってる」

「家の中で待っていないと、危ないの。おうちの中で待っていましょう。ね？」

泣きべそをかいて嫌がる少年に困ってしまう。無理やり家の中に押し込んでも、この年齢では自分で出てきてしまうだろう。すると同じ第三小隊のマイケルが上から降りてきた。マイケルはサラサラの金髪をかき上げながら少年に優しい口調で話しかける。

「坊や、ここでお父さんを待っているとね、帰ってきたお父さんが坊やを見てがっかりするよ」

「なんで？」

「巨大鳥《ダリオン》が来るときに外に出ている子は悪い子だからね。いい子は巨大鳥《ダリオン》が来るときに外に出ないんだ」

「……うん、わかった」

少年が家の中に入るのを見届けて、マイケルがにんまりと笑う。ちょっと悔しいアイリスに、マイケルが「さ、次を探すよ」と声をかけて上昇していく。アイリスが続いて上昇する。そのときだ。

「巨大鳥《ダリオン》だっ!! 巨大鳥《ダリオン》が来たぞっ！」

三階の窓で、男性が悲鳴のような声で叫んだ。

「きゃあああっ！」

「巨大鳥《ダリオン》だっ！」

人々がパニックを起こして走り出した。

まだ、ほとんどの家は窓やドアがむき出しだ。アイリスは胃の辺りがヒンヤリする。

（これは大変なことになったわ）

上空ではギャズが巨大鳥《ダリオン》の群れを見つめている。

散らばっていた部下が全員揃ったのを確認して、ギャズが指示を出した。

「日没まで時間を稼げ！　家畜は届いていない！　西区の民が食われないよう、全力を尽くすぞ！」

「おうっ！」

「二名一組だ。散れ！」

アイリスは日常の訓練と同じようにマイケルと組んだ。

「アイリス、逃げ遅れた人を見つけたら、必ず僕に声をかけてから動いてね」

「はいっ！」

アイリスはマイケルと一気に上昇した。南の空を見る。黒い点の集まりがこちらに向かって飛んでくる。例年より一ヶ月以上早く、春の渡りが始まった。

ケシ粒ほどの大きさだった巨大鳥《ダリオン》の群れは、みるみるうちに大きくなってくる。やがて微かにギャアッ！　ギイィィィィッ！　キイイェ！　ギャッギャッ！　と鳴き声が聞こえてきた。

アイリスはルーラの授業で習ったことを思い出した。

『覚えておいてください。巨大鳥《ダリオン》は普段キイィィという甲高い声で鳴きます。ギャッギャッ、ギィィィという濁った鳴き方をするときは、空腹や不機嫌なときと言われています』

「マイケルさん、巨大鳥《ダリオン》たちは空腹なんじゃ」

「そうだね、不機嫌な鳴き方をしているね。これから家畜をかき集めて広場まで運ぼうにも、夜にならないと運ぶ人間が危ないな」

「夜まで、私たちが王都の人々を守らなくては」

「アイリスは……怖がらないんだね」

「怖いですけど、それが私たちのやるべきことですから」

真顔で答えるアイリスを見て、マイケルが意外そうな顔になった。

「へぇえ。なんか、君、入ったばかりの頃より逞しくなったね。一本芯が入った感じ」

そこで隊長ギャズの声がして、二人は同時に見上げた。

「巨大鳥《ダリオン》が森に到着し始めた！　すぐに広場に来るかもしれない。餌が届くまで、なんとしても住民を守れ。全員、武器の用意を！」

その言葉を聞いて、ファイター全員が腰に佩《は》いていた剣をスラリと抜いた。

「マイケルさん、ファイターは巨大鳥《ダリオン》を傷つけることも殺すこともしないのでは？」

「ああ、血は流させない。切羽詰まった状況のときだけ、風切り羽か尾羽の端を少し切る。飛行する際のバランスが崩れるから、彼らは酷く嫌がるんだ」

「そんなに近寄るんですね？」

「うん。下手すれば翼で弾き飛ばされる」

マイケルは何げない感じに言っているが、マザーが間に合わなければ、それは死を意味する。

「マイケルさん、気をつけてください」

「囮役《デコイ》の君こそ気をつけてね」

「はい」

あらためて気を引き締め、うなずいた。

アイリスたち王空騎士団の全員が王都の人々を守るべく低空飛行で飛んでいる頃、城ではジェイデン王子と軍務大臣が言い争っていた。

「殿下、今まさに王空騎士団が民を守るために働いているのです。軍も民の保護に走り回っております。どの家もまだ窓やドアの巨大鳥《ダリオン》対策が間に合っておりません。こんな状況で、軍人を討伐には割けません。今回は無理です。民の命を守るほうを優先させてください」

「それでは半年も先になってしまうではないか！」

「ジェイデンよ、半年待てばいいではないか」

「父上！」

割って入った国王の言葉に、ジェイデンは憤った。国王は厳しい表情で息子に話しかける。

「巨大鳥《ダリオン》討伐は、何が目的だ。国のため、民のためではないのか」

「その通りです。民のためです」

「今、まさに民の命が危ないのだ。最優先すべきは民の命だ。半年先に計画を遅らせることくらいなんでもない。軍は民の命の保護を優先とせよ。今回の巨大鳥《ダリオン》討伐作戦を禁ずる」

「父上……」

「かしこまりました」

軍務大臣のダニエルが足早に出て行く。数千人の部下が民の保護に動いている。ダニエルは民の命と同じくらい、部下の命を守りたい。

赤い旗が城の鐘楼で振られ、騎士団員が鐘楼に飛んだ。飛んできた王空騎士団員に旗を振っている軍人が連絡事項を告げる。

「討伐作戦は中止！　中止だ！」

「了解！」

若い騎士団員はもちろん『討伐反対派』だ。巨大鳥《ダリオン》を攻撃して全滅した過去の話に不安を抱えていた彼はウィルに報告すべく速度を上げた。


王都が巨大鳥《ダリオン》の飛来で大騒ぎになっている頃、グラスフィールド島の西の港もまた、大騒ぎになっていた。

国境空域警備隊は、王都方面から伝わってきた『巨大鳥《ダリオン》飛来』を知らせる狼煙を確認し、自分たちも狼煙を上げ、早鐘を打ち鳴らして民に脅威を知らせている最中だ。

「隊長！　狼煙を上げているマウロワ国籍の船が接近しています！　王家所有の船です」

国境空域警備隊隊長がガタッ！　と立ち上がった。

「事前の通告なしで王家が？　軍船が一緒か？」

「軍船ではなく、王家の警備船が三隻同行しています」

「よし、私が確認に行く。五名、同行せよ」

「はっ！」

警備隊隊長のギルは壁のフェザーを手に取り、待っている五人の部下の前に立った。

「巨大鳥《ダリオン》が飛来したってときに、なんでマウロワの王家が来るかね。食われてえのか！」

五人の部下が困った顔になっている。

「ま、お前らに愚痴をこぼしても仕方ねえか。丁重にお帰り願うぞ」

「はっ」

六人の男が王家の船を目指して飛ぶ。攻撃ではないことを示すため、警備隊の旗を手に飛んでいる。マウロワ王家の船の甲板には二十名ほどの男たちが整列している。その間にも帆船は進み、今はもう、港に入りつつある。

国境警備隊の六人が甲板に降り立った。隊長が一歩前に出て恭しく礼をする。

「グラスフィールド王国国境空域警備隊隊長、ギル・イシュールでございます。ようこそグラスフィールド王国へ」

「出迎えに感謝する。マウロワ王国王太子、フェリックス・マウロワである。事前の連絡もなしにすまなかった。出てくる前に少々慌ただしかったので連絡をする暇がなかったのだ」

甲板の上で、警備隊の六人は（はあ？　王太子自らだと？　何をしに？　渡りが始まってんのに！）と心で叫んだが、全員顔は無表情である。

「殿下、大変恐縮でございますが、本日、巨大鳥《ダリオン》が我が国に飛来しました。つい先ほど飛来を知らせる狼煙と鐘がここまで届いたところでございます。例年より一ヶ月以上早い飛来で、現在、王都は大騒ぎになっているかと思われます」

巨大鳥《ダリオン》飛来と聞いて王子の侍従が顔色を変えた。

「殿下！　帰りましょう。危険です！」

「落ち着け。巨大鳥《ダリオン》はここに来ているわけじゃない」

「ですが、巨大鳥《ダリオン》ははるか遠くまでひとっ飛びでしょうし、いつここに来るか」

「襲ってきたら馬車に入れれば安全だろう」

（そんなわけあるかっ！　馬車をひっくり返されて引きずり出されて食われるわっ！）と警備隊の六人が心の中で叫ぶ。ギルは細心の注意を払って王子の入国を断ることにした。

「恐れながら殿下に申し上げます」

「なんだい？」

「巨大鳥《ダリオン》ならば、馬車を襲って中の人間を引きずり出すのは容易でございます。なにとぞ今回はご帰国をお願い申し上げます。我々も人手が足りず、殿下の警護が十分にはできかねるのでございます。申し訳ございません」

「ふうん」

（ふうん、じゃねえっ！　さっさと帰ってくれ！）

これは警備隊の心の叫びだ。しかし警備隊の心の叫びはフェリックスには届かない。

「わかった。では十分注意を払って進むことにしよう。なに、警備の人数はこちらの者で足りている。今夜は皆、上陸できてホッとしているところだからこちらに泊まり、明日出発する。私もこう見えて忙しいのだよ。なかなかこの国に来られないからね。今夜の宿の手配を頼みたい」

自分の要求が通らないなどとは露ほども思っていないフェリックスの言葉に、ギルはわずかな時間、口を薄く開けた。だがすぐに気を取り直す。自分の対応のせいで国同士のもめ事を引き起こすわけにはいかないのだ。

「かしこまりました。すぐに手配をいたします。従者の皆さま、警護の皆さまの総勢は何人になりましょうか」

王都の街路から人の姿がほとんど消えた。塞がれていないドアや窓があるのに巨大鳥《ダリオン》が来てしまった。人々は食べ物や飲み水の準備ができていない中、家の奥で静かに息を殺した。

ファイターの一人が団長ウィルのところに飛んできた。

「報告いたします。巨大鳥《ダリオン》の森に到着したのは現在二百羽ほどです」

ウィルが険しい顔で広場を見る。まだ家畜の数は五十頭ほど。まるで足りない。

「家畜の手配はどうなった？」

「今、大急ぎであちこちの農場から荷馬車で集めています。もうすぐ準備が完了します」

「どうにか間に合うか」

「はい。討伐作戦も中止になりましたし、今回もいつも通りになるかと」

「討伐作戦の中止はありがたい。早すぎる渡りに感謝しないとだな」

「全くです。やはりこの暖かさのせいですね」

「こんなことがあったと記録しておかねば」

あちこちから荷馬車がやって来ては家畜を広場の柵の中に入れていく。入れ終わると農民は大慌てて帰る。どうにか広場にはいつもの数の家畜が集められた。まるでそれを待っていたかのように巨大鳥《ダリオン》の森から巨大な鳥たちが飛んできた。

ギャッギャ、ギイイエエと空腹を訴えながら飛んでくる。

「我らの出番だ、行くぞ！」

「おう！」

およそ百名の飛翔能力者たちが一斉に上空へと浮かび上がる。アイリスはこの瞬間のこの景色に胸がいっぱいになった。打ち合わせはなく、慣れた感じに団員たちが広場の上空に分散し、アイリスは囮役《デコイ》としてファイターたちより上空に浮かんで待機した。

（白首は……この群れにはいないのね。この後の群れかな）

眼下の広場を見ると、一羽の巨大鳥《ダリオン》が住宅街へと飛んで行くのに気づいた。

すでにファイターたちが同じ方向に数名、飛んで向かっている。アイリスも高速で巨大鳥《ダリオン》の進行方向へと飛び出した。

巨大鳥《ダリオン》が向かう先は、平民の住む地区だ。ファイターが巨大鳥《ダリオン》の前に飛び出し、煙を巻いている。だが巨大鳥《ダリオン》は気にせず薪小屋の前に着地した。

（あの中に人が隠れているってこと？）

薪小屋は雑に作ってある。人間が隠れたとしても、屋根を剝がされたら終わりだ。

「アイリス、行けるか？」

「行けます！」

ギャズの問いかけにアイリスは即答した。

「よし、俺が煙幕を張る」

「僕も行きます」

マイケルが近くに来て視線を小屋に向けたまま言う。ギャズ、マイケル、アイリスの三人が薪小屋に向かって突進する。他の第三小隊の仲間が援護の位置に移動していた。流れるような連携で動いている。騎士団自体がひとつの生き物のようだ。

巨大鳥《ダリオン》が薪小屋の屋根に乗って、木の板で葺かれた屋根を剥がし始めた。小屋の中から子供の「きゃあああっ！」という声が聞こえた。恐怖で子供が外に飛び出したら食われてしまう。

「中にいる人は動かないで！　そこにいてください！」

アイリスが呼びかけると、巨大鳥《ダリオン》が屋根にくっつけていた頭を起こした。黒い目がアイリスをヒタと見上げる。巨大鳥《ダリオン》が薪小屋の獲物とアイリス、どっちを襲おうかと迷っているのが見て取れた。

「来い！　私はここよ！」

わざと巨大鳥《ダリオン》の目の前でフラフラとフェザーを揺らした。フェザーの青色が相手の気を引ければいい、と思う。

黒く丸い目玉を見つめながら、アイリスはいつでも飛び出せる用意をした。

ギャズが煙幕を張り始めた。ムッとする嫌な臭い。何度嗅いでも慣れることがない不快な臭いだ。ギャズは左手に煙を出す筒、右手に剣。マイケルは剣を構え、すぐ近くに浮かんでいる。

煙の臭いを嗅がないで済むように口で呼吸をしながら見ていると、巨大鳥《ダリオン》がスッと翼を広げた。

（来る）

「ギイイエエ！」と叫びながら屋根を蹴って飛び立つ巨大鳥《ダリオン》。バッサバッサと大きな翼を羽ばたかせながらアイリスに迫ってくる。ギリギリまで待って、アイリスは急角度で上昇した。

巨大鳥《ダリオン》が小屋に戻らないよう、なるべく近い距離で誘導するのが囮役《デコイ》の腕の見せ所だ。アイリスは巨大鳥《ダリオン》の目と鼻の先でジグザグに飛んだりくるりと回転したりしながら巨大鳥《ダリオン》を誘導した。

「アイリス、この先は俺たちがこいつを足止めする！」

「私は薪小屋に戻ります」

「頼んだぞ！」

ギャズの声に送られて、アイリスはその場で急上昇した。一度かなり上空に昇ってから薪小屋へと急降下する。そのほうが今引き離した個体の興味を引かない。下に向かいながら小屋の前の家を見ると、ドアがわずかに開いて夫婦が顔を覗かせている。早く子供を救出しないと、親が心配のあまりに外に出てきそうで焦る。

着地して薪小屋の中を見ると、白い子猫を抱いた少女がいる。

（間に合った。よかった！）

なるべく優しい声を心掛けて呼びかけた。

「よかった、無事ね。こっちにいらっしゃい」

少女がアイリスの声を聞いてビクッと身体を強張らせてからこちらを振り返った。

「さあ、早く。私の前に乗って」

少女が子猫を抱え、引きつった顔で走ってくる。地面から数センチ浮いているフェザーに乗り、アイリスを振り返って見上げた。

「じっとしていてね」

安心させるために笑顔を見せ、言葉をかけながらフェザーを発進させた。一刻も早く。巨大鳥《ダリオン》が戻ってくる前に。フェザーは滑らかに進み、あっという間に玄関の前に到着した。

「キャロル！　キャロル！」

父親が裏返った声で叫んでいる。アイリスは少女を抱えていた腕を緩めた。

「巨大鳥《ダリオン》がいるときに外に出てはだめよ」

最後にそう声をかけてフェザーを上昇させる。広場の上空ではギャズとマイケルが巨大鳥《ダリオン》を相手にひらりひらりと飛んでいる。

「あの巨大鳥《ダリオン》を引き離さなきゃ」

アイリスは仲間がいる空に向かって全力で飛び出した。


巨大鳥《ダリオン》たちは生息地である巨大鳥《ダリオン》島から空腹な状態で飛んで来る。だからグラスフィールド島に来た日は全部の個体が餌を食べる。アイリスは二番目の群れを監視し、集団から外れた動きをする個体を誘導し続けた。

三番目の群れが来た。白首がいることに、王空騎士団の全員がひと目で気づいた。

「白首が、すごく大きくなってる」

驚いているアイリスの下からファイターがスッと上がってきて、小声で話しかけてきた。

「アイリス、あれ、白首だよな？」

「そうですね」

「巨大鳥《ダリオン》は二歳まで成長するってのに、もうあんなにでかいって、どういうことだ？」

「私も驚いてます。いったいどこまで大きくなるんですかね」

「わからん。やっぱりあいつは特別な巨大鳥《ダリオン》だな」

孵化から一年たっていないのに、白首はすでに他の成鳥より一回り大きい。だが群れのリーダーは普通の大きさの個体だ。

「体の大きさだけでリーダーが決まるわけではないんですね」

「そのようだな。俺は白首がリーダーになったときが恐ろしいよ」

ファイターはまた元の位置に戻り、監視を続けている。他の巨大鳥《ダリオン》が次々と家畜をつかんで去って行くのに、白首は低いところで回っていたが、スーッと上昇してきた。

（空腹のはずなのに、餌も食べずに何をするつもり？）

いつでも飛び出せるよう準備しながら見張る。白首は上空五百メートルほどまで上昇し、旋回し始めた。明らかに広場の家畜ではない獲物を探している。

すぐに各小隊から一人ずつファイターが白首を追って昇ってきた。

（囮役《デコイ》は一人でいいはず。誰が行けばいい？　私？　先輩？）

上昇してくる四人のファイターを見ていると、そのうちの一人がヒロだ。ヒロは左手でアイリスを指さし、その手を白首に向けた。『お前が行け』という指示。片手を上げ『了解』と伝えてから白首を追う。アイリスは白首からつかず離れずの距離を保ちながら飛んだ。

斜め上から見る白首は美しかった。

キラキラと陽光を反射する艶のある羽、人間が何人も乗れそうな大きく力強い翼、肉を容易に引き裂く鋭い嘴、家畜を軽々と持ち上げて運ぶ太い脚。どこを見ても強者の迫力だ。

(空の王者ね。王空騎士団員の私が美しいなんて言ったら叱られるのかもしれないけど……巨大鳥《ダリオン》は美しい生き物だわ)

白首は大きく旋回しながら地表を見ている。心の中で、白首に話しかけた。

(私とあなたの間には、どんな結びつきがあるのかな。それとも、結びつきなんて人間の思い込みだけで、そんなものはないのかな)

白首は気流に乗ってゆったりと回っている。

(思い通りにならないことばかりだけど、この国にあなたが来る限り、私はあなたの近くで飛ぶわ)

風と共に飛んでいるから、風の音は聞こえない。静かな空の上、マスクをしている自分の呼吸音と白首がたまに羽ばたく音だけが聞こえる。

白首はしばらくすると気が済んだのか、それともこれと思う獲物が見つからなかったのか、再び広場上空に戻った。すんなり家畜を捕まえて巨大鳥《ダリオン》の森へと去って行く白首に、王空騎士団の

全員がホッとした、
王都の空はとっぷりと暗くなり、全ての巨大鳥《ダリオン》が森に戻った。

各家の一階のドアや窓は住民たちの手により、厚い板で塞がれた。夜になり、人々は食料の買い出しや水の備蓄に走り回っている。これから二週間か三週間、夜しか動けない。塞がれた窓の内側で、全ての人がつかの間の平穏にひと息ついている。

アイリスは、ヒロが仲間たちと一緒に歩いているのを見つけて駆け寄り、話しかけた。

「ヒロさん、白首が大きくなっていましたね」

「そうだな。大きいだけでなく、好奇心が強い。何に興味を持つかわからんところが厄介だよ。おや？　あいつは確か……」

ヒロの視線をたどると、騎士団の建物から隻腕の男性が出てきた。国境空域警備隊のジェイコブだ。アイリスが駆け寄った。

「ジェイコブさん！　いつ王都に？」

「昨夜のうちに王城に知らせを運んできたんだよ」

「ジェイコブ、お前が来たってことは他国が関係する話か？」

「ええ、ヒロさん。マウロワの王太子がここを目指して移動中です」

ヒロが一気に険しい顔になった。

「馬鹿か！　巨大鳥《ダリオン》が来ているときにノコノコ王都を目指すなんて」

「我々もやんわりと断ったんですが、聞く耳持たずでしたよ。護衛を連れているから大丈夫だと、馬車と馬で移動しています」

「馬車？　馬？　動く大型動物なんて、真っ先に狙われるのに。俺たちの仕事が増えるじゃねえか」


話は夜明け前にさかのぼる。

国境空域警備隊のジェイコブ他一名が、夜通し飛び続けて王城に到着した。

ジェイコブたちの報告を聞いた城の警備兵は慌てて上官を叩き起こし、警備責任者は夜明け直前に国王に報告した。

「陛下、マウロワ王国王太子、フェリックス殿下が王都を目指して移動中でございます」

ヴァランタン国王は、今聞いたことを理解するのに少々時間がかかった。

「なぜだ？　事前通告は受けてはいないぞ」

「我が国訪問の目的は不明でございます。国境空域警備隊は『巨大鳥《ダリオン》の渡りが始まっているので』と帰国を勧めましたが、受け入れなかったそうです」

「フェリックス殿下は今どこに？」

「馬車で移動中ですので、あと五日ほどで王都に到着なさるかと」

「なぜこんなときに。わけがわからん。軍は同行しているのか?」

「私的な訪問とのことで、護衛兵士が五十名のみでございます」

「全く迷惑な……。夜明けが近い。王空騎士団には夜になってから知らせよ。まずは巨大鳥《ダリオン》の監視が最優先だ」

国王はそう警備の責任者に命じた。続けて侍従に命じる。

「軍務大臣のダニエルを呼べ」

軍務大臣のダニエルが駆け付け、フェリックスのことを知らされたダニエルが渋い顔になった。

「なんと迷惑な……」

「ダニエル、軍は現在どうしている?」

「民の誘導を終え、現在は待機しております」

「フェリックス殿下が巨大鳥《ダリオン》に食われたら大変なことになる。夜のうちに軍を動かし、フェリックス王太子と合流、そのままお帰りいただくように」

「大人しく言うことを聞いてくれるでしょうか」

「腹立たしいのは、そこだ」

国王はペンを手に取り、サラサラと一文をしたためた。

「これをフェリックス王太子に渡せ。それでも王都に来ると言うなら……我が国の軍が警護しつつ夜間のみ移動させろ」

「厄介でございますな」

「どうせフェリックス王太子は『たかが大きい鳥だろう？』と思っているのだ。実物の巨大鳥《ダリオン》を見たら腰を抜かすだろうよ」

軍務大臣のダニエルは額に指を当て、側近に話しかけた。

「骨のひとつもあれば見せて説得するのだが、巨大鳥《ダリオン》は死骸を残さぬから。フェリックス王太子が我々の意見を聞き入れることを祈るばかりだな」

陽が沈み、全ての巨大鳥《ダリオン》たちは森へと戻って行った。

一日の仕事を終えて、王空騎士団の男たちも宿舎へと引き揚げて行く。渡りの時期だけは、家庭を持っている者も宿舎に泊まり込みだ。神殿に帰ろうとするアイリスにケインが声をかけてきた。

「アイリス、今日もよく働いたな。優秀な囮役《デコイ》だった。サイモンは順調に回復しているぞ。会っていくか？」

アイリスの顔がパッと輝いた。

「いいんですか？」

「もちろんだ。今呼んできてやる」

しばらくすると、騎士団の建物のロビーにサイモンが入ってきた。アイリスが駆け寄ると、杖をついたサイモンが笑顔になる。笑うと顔の大きな傷が引きつった。アイリスの胸が痛む。

「サイモン！　ずいぶん早く歩けるようになったのね！」

「ああ。歩けるだけじゃない。どうにかフェザーでも飛べるようになった」

「飛べるの？　ああ、よかった。本当によかった！」

それはアイリスがずっと気にしていたことだ。

「巨大鳥《ダリオン》討伐の動きがなくなったし、サイモンは飛べるようになったし、いいことばかりだわ」

「討伐に関しては、話が消えたわけじゃないけどね」

「そうだけど、新人の私にとっては巨大鳥《ダリオン》の誘導に専念できるわ」

「そうだね。アイリス、神殿の食事の時間だろう？　会えて嬉しかったよ。明日も囮役《デコイ》の仕事、気をつけて」

「ええ、サイモンも早く良くなりますように！」

婚約を白紙にした立場なので、そっと握手をするだけ。アイリスは（誰も見ていないのだから、そっと抱きしめてくれてもいいのに）と思うが、自分からは恥ずかしくて言い出せない。

アイリスは手を振ってサイモンと別れ、神殿へと帰る。満たされた気持ちで夜空を高速で飛び、神殿の庭に到着した。食堂で夕食を食べていると、シーナが静かに近寄ってくる。

「夕食を食べ終えたら神殿長のお部屋に行ってください。大切なお話らしいわ」

「わかりました。すぐ行きます」

「ううん。ゆっくり食べて。あなたは国民のために働いてきたんだもの。お代わりもどうぞ」

「ありがとうございます、シーナさん。お代わりもします。ふふふ」

アイリスは夕食を終え、神殿長室にてゾーエと向かい合って座った。

「いよいよ明日にはマウロワのフェリックス王太子が王都に到着します。あなたは民のために飛びなさい。私は明日、王城に向かいます。マウロワの神殿長ミダスも一緒らしいわ」

「そんな人まで来たんですか？」

「老体に鞭打って来たらしいわね。ミダスが来る以上、私も行かなければ。あなたをマウロワ王国に奪われるわけにはいかないもの。あちらはあなたを呼べと言うかもしれないけれど、あなたが囮《デコイ》役の仕事を休まずに済むよう、陛下に話を通しておきます」

アイリスは（神殿長にはそんな力があるの？）と驚いた。

「私はこの国の四百万人の信者たちを導く立場です。多くの信者に慕われているあなたを、マウロワには渡さない。安心しなさい」

「ありがとうございます」


フェリックス王太子が王都にもうすぐ来ると聞いて、ジェイデンは活気づいた。今、父である国王を熱心に説得している。

「マウロワ王国の王太子がこの国に来ることなど二度とありませんよ。この機会を活用すべきです。我が国はマウロワ相手の輸出で息をして、新しい文化は全てマウロワ経由。軍事力でも到底敵わない。いっそのこと、国を開き、マウロワと手を取り合えばいいのではないですか？」

それはそっくり討伐派の貴族の考えだった。夜会や狩猟の集まりなどで、討伐派の貴族は折に触れてジェイデンに接触し、『巨大鳥討伐《ダリオン》』と『国を開き、マウロワとの交流を』という考えをジェイデンに吹き込んできた。

討伐派は今のままでは自分が浮上できない立場の者ばかりだったが、ジェイデンは自分を誉めそやし、耳に心地よいことばかり言う彼らが気に入っている。彼らの真意に気づかない。

「我が国は太古の昔から巨大鳥《ダリオン》に怯えて暮らしています。フェリックス殿下に話を聞いてもらい、マウロワ王国の軍隊の助力を得て、巨大鳥《ダリオン》を討伐すべきです。それこそが王族たる私たちの責任ですよ」

ジェイデンは無言で歩み寄ったヴァランタンに張り倒された。ガツッという音が部屋に響く。ジェイデンの口の端から血が流れた。

「父上！　なにをなさるのですかっ！」

国王ヴァランタンがジェイデンに鋭い視線と言葉を投げかけた。

「マウロワの軍隊に助力を求める？　父がマウロワに攻め込まれないよう、必死にこの国を守っているというのに。第一王子自らが他国の軍隊を招き入れるだと？」

ジェイデンは叩かれた左の頬を押さえながら、ヴァランタンに詰め寄った。

「マウロワは周辺国を合併し、辺境の国の文化を発展させ、民の生活を向上させているのです。我が国が門戸を閉ざしていれば、この世界で我が国だけが後れを取ります！」

「お前にそれを吹き込んだのはミレーヌか？　それとも討伐派の貴族か？　私はこの国の民を、マウロワの奴隷にするつもりはない。衛兵、ジェイデンを部屋に連れて行け。私の許可がない限り、一歩も部屋から出すな。他国の軍隊を招き入れると言うこいつを幽閉せよ」

強張った顔の衛兵たちがジェイデンを連れて行く。ヴァランタンは侍従を近寄らせた。

「ディランを呼べ。それからミレーヌ王女にはジェイデンは流行り病の疑い、と伝えよ」

侍従はディラン第二王子の部屋へと走った。すぐにやって来たディランは兄のジェイデンと同じ金色の髪に深い青色の瞳だが、髪は短い。軍人のような精悍さを漂わせる十五歳だ。

「父上、お呼びでしょうか」

「フェリックス王太子のもてなしは、お前が中心になってやるように。それともう一つ。アイリスは絶対にフェリックスに奪われてはならん」

ディランは少し驚いたような顔になった。

「もちろんです父上。彼女がどれほど民に愛され敬われているか、僕は神殿まで行って見てきました。彼女を他国に渡したりすれば、それは我が王家の終焉を意味します」

「頼むぞ」

「お任せください」


翌日の夜明け前。

マウロワのフェリックス王太子とマウロワ大神殿の神殿長、ミダスが護衛と共に王城に到着した。

夜明け前の、人も巨大鳥《ダリオン》も眠っている静かな時間だった。

王空騎士団ではウィルが団員たちに話をしている。

「マウロワ王国のフェリックス王太子が王都に到着した。広場の防鳥壕《ぼうちょうごう》で巨大鳥《ダリオン》と我々の仕事を見学するそうだ」

ウィルがそこでいったん言葉を切ると、団員たち全員が迷惑そうな顔になった。アイリスもげんなりしたが、この事態の原因は自分だから思わず下を向いた。

(王城の中から見ればいいのに！　みんなに申し訳なさすぎる)

うつむいたアイリスにギャズが声をかけてきた。

「アイリス、お前が下を向く必要はない。顔を上げていろ」

「その通りだ。私とカミーユが危険だからと何度も断ったんだが、聞き入れてはもらえなかった。フェリックス王太子はアイリスを連れて帰るついでに、巨大鳥《ダリオン》の前でアイリスが活躍するところも見物したいのだろうな。アイリス、フェリックス王太子のことは気にするな。普段通りに仕事をするように」

「はい！」

ウィルもアイリスを励まし、アイリスは気まずさを隠して明るい声で返事をした。

「さあ、もうすぐ日の出だ。行くぞ！」

「おうっ！」

外に向かう間に、何人かのファイターが声をかけてくる。

「アイリス、きっと団長が王太子から守ってくれる。安心して飛べ」

「優秀な囮役《デコイ》をわがまま王太子なんかに渡すかってんだ」

「俺たちは俺たちがやるべきことをやるだけだ」

（私のせいで面倒なことになっているのに）

嬉しくて泣きそうになるが、出陣前の涙は縁起が悪い。アイリスはことさらに明るい笑顔を先輩ファイターたちに見せた。

外に出ると、東の空が紺色から水色へと色を変えつつある。王空騎士団が一斉に浮かび上がり、広場の上空へ向かって飛んだ。広場の上空で、いつものように四つの小隊に分かれて巨大鳥《ダリオン》を待つ。

アイリスがチラリと広場の地下に設けてある防鳥壕を見ると、たくさんの人間が入っていることだけは見て取れる。中の人間が身を乗り出すようにして空を見ている。

（身を乗り出しすぎよ！　巨大鳥《ダリオン》の興味を引くじゃないの！）

そんなこともいちいち腹立たしい。やがてギャアッ！　ギャアッ！　と空腹を訴える鳴き声と共に巨大鳥《ダリオン》の最初の群れがやって来た。

アイリスたち囮役《デコイ》は、ファイターより高い位置へと素早く移動する。

巨大鳥《ダリオン》たちは広場の家畜へと一直線に向かい、次々と豚やヤギを捕まえて森へと去って行く。昨日のうちに全ての巨大鳥《ダリオン》が腹を満たしたからか、今日は数が少ない。三十羽ほどだった。

その頃、防鳥壕では……。

「これは驚いた。思っていたよりはるかにでかいな。見たか？　豚を軽々と持ち上げたぞ」

「殿下、身を乗り出さないでください」

「テレンス、この壕は奥行きがある。万が一こっちに来たら奥に引っ込めばいい」

「そうでしょうけれど、巨大鳥《ダリオン》の興味を引くのは危険でございます！」

身を乗り出すフェリックス、引き戻そうとする侍従のテレンス。その隣には枯れた老人が無表情に外を眺めている。マウロワの神殿長、ミダスだ。

王子とミダスの周囲にいる護衛たちは、巨大鳥《ダリオン》の大きさに恐怖を覚えつつ、いつ攻撃されても対応できるよう、剣に手をかけている。

最初の群れが森へと帰り、二番目の群れが飛来した。今回はさらに数が少なく二十羽ほど。

（白首がいる）

上空で白首の存在を確認して、アイリスは目で追った。

「あっ！」

思わず声を出した。他の巨大鳥《ダリオン》が広場の上空を回って飛んでいるのに、白首はまっすぐに防鳥壕に向かった。すぐに各小隊から三名ずつファイターが移動する。王太子がいるからだろう、いつもより白首を追う人数が多い。アイリスも指示される前に下降した。

白首は広場に着地して二本の脚でピョンピョンと大きく飛び跳ねながら防鳥壕に近寄った。太い脚は蹴る力も強いらしく、一回跳ねるだけで五メートルほども進んでいる。

白首が頭を下げて防鳥壕の中を覗いた。

防鳥壕の出入り口に扉はないが、その代わりに出入り口は人がやっと滑り込めるような隙間しかない。巨大鳥《ダリオン》は入れないが、このまま見ていることもできない。

煙を担当しているファイターが、棒の端を腕の金属製の保護具で強くこすりつけ、火をつけた。真っ黒な煙が吹き出して漂い流れる。アイリスは白首が一度飛び跳ねただけでは襲われないギリギリの場所にいる。誰かが叫んだ。

「アイリス！　もっと離れろ！」

目は白首に向けたまま手を拳にする。『大丈夫』の合図だ。

「白首、人間よりもヤギのほうが美味しいわよ。おいで、私と一緒に行きましょう」

フェザーを五十センチほど浮かせ、ゆらゆらと目の前で動いてみせる。

白首はヒョイと頭を起こした。丸く黒い目がジッとアイリスを見る。大きな体から捕食者のオーラが発散されていて、アイリスの背中を冷や汗が伝う。

（だめ、怯えたら気取られる。落ち着いて。冷静に。早くここから引き離さなくては）

近くを十二人のファイターが油断なくゆっくり飛んでいる。その姿を視界の端で確認しつつ、アイリスがもう一度声をかけた。

「白首、私と一緒に行こう。ついておいで。私と一緒に高く飛びましょうか」

その場でゆらゆらとフェザーを揺らし、クルッと横に回転してみせた。

「クルルルルル」

初めて聞く巨大鳥《ダリオン》の可愛い声。

「そうよ。私と空を飛びましょう。さあ、行こう。ついておいで」

アイリスは白首を見ながら、後ろ向きにゆっくり上昇する。白首がバサッと翼を広げ、地面を蹴った。それを見たアイリスが後ろ向きのまま速度を上げ、斜め上へと飛ぶ。飛びながら両腕を白首のほうに伸ばし、声をかけた。

「おいで。あなたの美しい羽で思い切り飛びましょう」

「クルルルル」

バサッバサッと優雅に翼を羽ばたかせながら、白首が返事をするように優しく鳴いた。そしてグン！と速度を上げる。見ていたファイターたちは全員「食われる！」と思ったが、そうはならなかった。白首はアイリスの隣に並んで上昇していく。捕食者と被食者のはずなのに、一羽と一人から楽しげな雰囲気が伝わってくる。

上空へ。上空へ。もっともっと上空へ。

アイリスと白首は並んで上昇している。恐怖心よりも楽しさのほうがはるかに大きい。思わず顔が緩んでしまう。

「楽しい！　こんな日が来るなんて！　嘘みたい！」

「クルルルル」

「あなたも楽しいの？」

通じるはずがないと思いながらも白首に話しかけてしまう。アイリスと白首は低層の雲を抜け、さらに上昇する。やがて薄い雲が散在する空域に出た。空気が冷たく、息が苦しい。マスクをずらして口でハァハァと息をした。

「空気が薄い。そろそろ戻らなきゃ」

アイリスが空中で止まると白首はアイリスを中心にしてゆっくりと旋回している。

「白首！　戻ろうよ！　ヤギを持ち帰るといいわ」

「クルルルル」

白首を大きく引き離さないよう気をつけながら、地上を目指す。白首は昇ってきたときと同じように、アイリスに寄り添い、一定の間隔を保って下降している。それだけでも白首の知能の高さが感じられる。やがて広場と柵の中にいる家畜たちが見えてきた。だが白首は家畜を捕まえず、ゆっくりと羽ばたいて巨大鳥《ダリオン》の森に帰って行く。

「おなかは空いていなかったってこと？　じゃあ、なんのために来たの？」

「アイリス！　よかった、無事だったか」

「ギャズ小隊長」

ギャズが両膝を軽く曲げた独特の姿勢で飛んできた。

「一体、なにがどうしたんだ？　白首がお前に懐いているように見えたぞ」

「私にもなにがなんだか。可愛い声で鳴いたんです。クルルルルって」

「巨大鳥《ダリオン》が？　まさか！」

「本当ですって」

アイリスは自分でも今の出来事が信じられない。心が浮き立って空中でジタバタしたいぐらい嬉しい。同時に『特別な巨大鳥《ダリオン》が生まれるとき、特別な能力者もまた誕生する』という言い伝えを思い出す。

「あの言い伝えが『人間と仲良くできる巨大鳥《ダリオン》』という意味だったら嬉しいけど。でも、油断して近づきすぎたら、パクリと食べられるかもね」

苦笑して自分の仕事に戻った。

広場の防鳥壕では、フェリックスが額の汗を拭いながら息を吐き出した。

「なんともすさまじい大きさだったな。ここまで大きいとは。絵で見たときは『大げさな』と笑ったが、あの脚の太さを見たか。人の腿よりよほど太かった」

興奮した様子のフェリックスに、侍従のテレンスが返事をする。

「殿下、私はもう、生きた心地がいたしませんでした」

「お前、顔が真っ青だぞ。相変わらず気弱なやつめ」

そこでもうひとつの声が参加した。

「あの娘、なかなか愛らしい顔立ちでございましたな」

枯れた声で話しかけたのはマウロワの神殿長ミダス。その発言を聞いて、すかさずゾーエ神殿長が割って入った。

「殿下、アイリスはこの国の民にとって女神の申し子のような存在です」

ゾーエ神殿長はフェリックスが見物をすると言い出したのを聞いて、同行してきたのだ。ゾーエの言葉を聞いてミダスが苦い顔になったが、ゾーエは気にしない。

「あの娘がどれほどこの国の民に愛されているか、ご覧いただけないのが本当に残念です」

「ほう。それほど民に愛されているのか。今夜、アイリスを晩餐に呼ぼう。話がしたい」

「そうですな。それがいいでしょう」

ミダスがおもねるように同意するのを聞いて、ゾーエは笑顔のまま心の中でつぶやいた。

（欲まみれのじじいに愚かな王子。この国をお前たちの好きになんてさせてたまるか）


ファイターたちは交代で短い休憩を取り、日没まで飛び続けた。

すっかり暗くなってから撤収の号令がかけられ、全員が王空騎士団の建物に戻った。建物の前にウィルが立っていて、声をかけてきた。

「アイリス、ちょっと来い」

「はい、団長」

小走りになって団長室に向かうと、団長ウィル、副団長カミーユ、ゾーエ神殿長が座っていた。

「本日の王家主催の晩餐会にお前が招待された」

「それはお断りできないんですよね？」

「陛下のご招待だからな。だが、ゾーエ神殿長に考えがあるらしい。ここから先は神殿長が」

ゾーエが落ち着いた様子で話し始めた。

「今夜の晩餐会の途中に、民たちが広場に集まります。あなたの名前を呼んで称えるでしょう。称えられながら民たちの上を飛べるよう、フェザーを忘れずに準備しておきなさい」

「はい」

「あなたはゆっくり民たちの上を飛べばいい。できれば申し子の真っ白な衣装が望ましいけれど、王空騎士団員として招かれているから、騎士団服なのは仕方ないわね」

そこでウィルが提案をした
「神殿長、ではマントを用意します。白に金糸で刺繍してあるマントをつけて飛べばよいのでは？」

「風にマントを翻しながら飛ぶ申し子。いいですね。アイリス、あなたがこの国の民たちにどれほど慕われているか、見せつけてやりなさい。そのあとのことは私に任せて」

そう言ってゾーエは薄く笑った。団長室を出ると、事務員のマヤが待っていた。

「アイリス、晩餐会の服装はどうするって？」

「騎士団の制服です」

「ならいいわ。あなたがピンクのドレスで参加したら『こりゃ可愛い』って連れて行かれるもの」

「可愛くはないですけど」

「アイリスは可愛いわよ。いい加減気づいて。全く、サイモンの心労がしのばれるわ」

アイリスは苦笑して神殿に帰り、騎士団の制服に着替え直して城に向かった。城までフェザーで移動して門番の前に着地すると、「アイリス！」と声がかかった。

「どこ？」とつぶやきつつ見回すと、上からカミーユが下りてきた。

「団長に頼まれた。これをつけろ」

「マントって、食事のときはどうすればいいのでしょう？」

「つけたままにしておけ」

「わかりました。王空騎士団からは、他に誰が参加するんですか？」

「お前だけだが、ま、安心しろ」

カミーユはそう言ってニヤリと笑うとアイリスにマントを着せてくれた。そして「これでよし。頑張れよ！」と言って飛び去った。

「王家主催の晩餐会で堂々と頑張る方法なんて、学院でも家でも習っていないんですけど」

王城の中に入るアイリスの足取りが重い。真っ白で長いマントを翻しながらフェザーを右腕に抱えて歩くのも落ち着かない。

待っていた文官に案内されて晩餐会の会場に入った。白と金を基調とした広い晩餐室には数えきれないほどのロウソクが灯され、室内は昼のように明るい。案内してくれた文官がアイリスの青いフェザーに視線を向けた。

「フェザーをお預かりいたします」

「いえ、これは必ず近くに置けと団長に指示されました」

「では他の人から見えないテーブルの下に置いていただけますか？」

「はい」

真っ白なテーブルクロスをかけられた長方形の大きなテーブルには、秋のバラが四人にひとつの割合で豪華に飾られている。陛下から一番遠い席に座るのだろうと思っていたら大きなテーブルの中ほどの席に案内された。フェザーをテーブルの下の、いつでも取り出せるような位置に置いて着席する。着席している人には知っている顔がない。

居心地の悪さを感じつつ背筋だけはぴしりと伸ばした。母に教わった貴族のマナーを思い出して頭の中でおさらいをする。食事のマナーを知っているだけでも心細さはだいぶ違う。続々と貴族たちが入ってきた。

全員が着席したところで国王夫妻に続き、マウロワの王太子らしき若者と老人が入ってくる。ジェイデン王子は現れず、絵姿でしか見たことがないディラン第二王子がミレーヌと一緒に最後に登場した。

他の貴族たちに合わせて起立し、国王の挨拶に耳を傾けるアイリスは落ち着かない。国王の挨拶が頭の中を素通りしていく。続けてマウロワの王太子も挨拶をしたが、形式的な挨拶だった。

全員でグラスを掲げ、「グラスフィールドとマウロワの繁栄を願って！」の掛け声を、アイリスも小声で唱えてから形だけ口をつけた。

(早く終わりますように)

そう願いながら小さく切った肉を口に入れたところで視線を感じた。そちらに視線を動かすと、マウロワの王太子フェリックスが自分をジッと見ている。アイリスはごくわずかに頭を下げた。フェリックスが笑顔になる。

(気持ち悪い。私のことを珍しい動物みたいに思っている人と目を合わせてしまった)

口の中の肉の味が一気にわからなくなった。ただただサイモンに会いたかった。

食事が途中まで進んだところで、窓に近い席の貴族たちがソワソワし始めた。皆が一様に窓のほうを見ているが、窓は鎧戸《よろいど》で塞がれている。

(まさか夜なのに巨大鳥《ダリオン》の飛来じゃないわよね)

持っていたナイフとフォークをテーブルに置き、いつでも飛び出せるようにフェザーの位置を確かめた。国王に侍従が近寄り耳打ちすると、ヴァランタン国王はおもむろに立ち上がり、窓に近寄った。ディラン第二王子も続く。

「窓を開けよ」

護衛騎士が一瞬躊躇したが、命令に従って窓を手前に開け、次に鎧戸を外に向かって押し開けた。

途端に声の波が室内に流れ込んできた。

「アイリス様！」

「アイリス様！」

「女神の申し子、アイリス様！」

ごうごうと轟く民衆の声。アイリスは立ち上がり、テーブルの下からフェザーを取り出した。

「おい！　娘！　そんなものを持って、どうするつもりだ？　晩餐会の途中だぞ」

フェリックス王太子が咎めると、すかさずヴァランタン国王が声をかけてきた。

「アイリス、民がお前を待っているようだ。姿を見せてやりなさい」

「はい、陛下」

アイリスは笑顔で振り向いた。母仕込みの優雅なお辞儀をする。

「民が私を呼んでおりますので、行かねばなりません。これにて失礼いたします」

そう返事をしてフェザーに乗り、開け放たれた大きな窓からスウッと夜空に向かって滑り出した。国王の前を通り過ぎるとき、「御前を失礼いたします」と声をかけながら頭を下げた。ヴァランタン国王とディラン第二王子が楽しそうに笑っているのに気がついた。アイリスが窓から夜空に飛び出ると「ワアアアッ!」という歓声が自分に向かって放たれる。

「堂々と。ただひたすら堂々と飛ばなくちゃ」

数千人はいそうな群衆の上をゆっくりと飛ぶと、白いマントが翻る。アイリスは右手を大きく振りながら人々に愛想を振りまいた。毎日毎日神殿でやって来たことだ。低速で優雅に飛び、笑顔を見せる。

人々は松明をかかげていた。群衆の中の松明の位置が均等で、この群衆が動員されたものであることが察せられた。

「ゾーエ神殿長、やりますね」

白いマントをなびかせながら夜空を飛ぶアイリス。松明で照らされた姿は本当に女神の申し子のように優雅で美しい。人々は興奮し、手を振り、笑顔と歓声をアイリスに送る。

「アイリス様あっ!」

その声を聞きながらアイリスは飛び続けた。窓際でフェリックスが自分を見ていることに気づいた。同時に、ウィル、カミーユ、ヒロ、ケイン、マイケル、他にも多くの王空騎士団員が群衆を誘導していることにも気がついた。

「みんな、疲れているのに。ありがとうございます。私は王空騎士団の囮役《デコイ》です。相手が誰であっても、かごの鳥になる気はありません」

群衆に笑顔を向けながら、アイリスは自分にだけ聞こえる声で宣言した。少しして晩餐会会場の窓が閉められた。それを確認してホッとした。

（鎧戸まで閉められた以上、私はもう晩餐会に戻らなくていいのよね？）

安心して人々を見下ろすと、群衆のみんなが笑っている。これから二週間から三週間は家の中に閉じこもる日々と思っていたのに、こうして外に出て集まる機会は貴重だ。

「アイリス様！　お会いできてよかったです！」

「巨大鳥《ダリオン》に気をつけてください！」

「また神殿に参ります！」

全ての声に笑顔を向けて手を振り、アイリスは飛び続ける。カミーユが近くに飛んできた。

「よおし、アイリス、そろそろ終わりだ。みんなに帰宅を促そう」

「はい！」

王空騎士団のファイターたちが、集まった人々に声をかけながら低空で飛ぶ。

「本日の集会はこれで終わりです！　さあ、家に帰りましょう。集まってくださり、ありがとうございました。渡りが終わったら、また神殿にどうぞ！」

「みなさん！　また神殿でお会いしましょう！」

王都民が帰って行くのを見届けて、王空騎士団も解散した。

「アイリス、お疲れ！」

「ヒロさんこそ疲れているところをありがとうございました」

「優秀な囮役《デコイ》を奪われないためなら、このくらいどうってことないさ。さて、俺も帰る。お前も早く寝たほうがいい。明日も白首が『遊んで！』って来るかもしれないぞ」

「そうですね。えへへ」

アイリスとヒロもフェザーで飛び去り、王城前広場には誰もいなくなった。


一方、城の中では中断された晩餐会が再開され、盛り上がらないまま終わりになった。

ヴァランタン国王、第二王子のディラン、フェリックス、フェリックスの妹ミレーヌが比較的小さな部屋に移動して話し合いを始めた。

ヴァランタン国王がフェリックスに話しかける。

「フェリックス殿下、ご覧になったように、アイリスはこの国の民にとってなくてはならない存在です。彼女は特別な巨大鳥《ダリオン》が生まれたときとほぼ同時に能力が開花した特別な能力者。まさに言い伝えの飛翔能力者なのです。アイリスをマウロワに連れて行けば、我が国の民の間に根強い恨みを残すことになります」

先ほどの景色を思い出したか、フェリックスが一瞬詰まった。しかし気を取り直して反論する。

「ずいぶん大げさですね。確かに多くの民に慕われているようですが、彼女はただの飛翔能力者ではありませんか。女性の能力者は珍しいですが、それだけのことですよ」

ヴァランタンは笑顔を崩さなかったものの、ヒリヒリした空気になった。すかさずディラン第二王子がやんわりと間に入る。

「今日、彼女は巨大鳥《ダリオン》と仲睦まじい様子で飛んでいました。フェリックス殿下もご覧になったでしょう？　彼女が誘導したのは群れの中でも特別大きくて若い個体です。あの巨大鳥《ダリオン》が群れのリーダーになったら、彼女はこの国を救う女神になるかもしれませんよ」

フェリックスの顔に嘲りの表情が生まれる。

「ほう？　どうやって？」

「あの特別大きな巨大鳥《ダリオン》がアイリスの指示に従うほど懐けば、巨大鳥《ダリオン》の群れ全てを我が国以外の場所に誘導できるかもしれません。そして巨大鳥《ダリオン》は千キロの距離を楽に飛べます」

「何が言いたい？」

苛立ったフェリックスが尋ねると、ディランがチラリと父を見た。ヴァランタンがうなずく。

「巨大鳥《ダリオン》島とグラスフィールド島間の距離はおよそ千キロ。巨大鳥《ダリオン》島と大陸間もほぼ同じ千キロです」

ディランがそう言って穏やかに微笑むと、フェリックスが思わず立ち上がった。

「我が国に巨大鳥《ダリオン》の群れを誘導すると、そう脅しているのか！」

「そんなことは申しておりませんよ。距離を考えればそれもあり得ると申し上げたまで」

「貴様！」

ディランに詰め寄るフェリックス。ミレーヌが兄の身体にしがみついた。

「お兄様、やめてっ！」

「ミレーヌ、まだ間に合うぞ。私と一緒にマウロワに帰ろう。ジェイデンは流行り病だというではないか。お前にまで病がうつる前に兄と帰ろう」

「嫌です！　ねえ、お兄様、巨大鳥《ダリオン》なんてマウロワの軍隊で全滅させればいいのですよ。私のためにそうしてくださいませ。あの巨大鳥《ダリオン》さえいなければ、私も安心してジェイデン様とこの国で暮らせます」

「お断りします！」

ディランが毅然とした声でミレーヌの言葉を遮ると、フェリックスがニヤリと笑う。

「ディラン殿は我が国の軍が入るのは困るか」

「当然です。どこの国に他国の軍隊を喜んで迎え入れる国がありましょうか」

「フェリックス殿下、その辺で」

背後から声がして、全員が振り返った。マウロワの神殿長ミダスだ。

「お話の途中で失礼いたします。殿下、あの娘を連れ帰るのは考え直されるのがよろしいと存じます。どう考えても割に合いませぬ」

「なぜだ！」

ミダスはヴァランタンが視線で椅子を勧めるとゆっくり座り、語る。

「女神の申し子としてあれほど民に愛されている娘を連れ帰れば、この国の民たちの憎しみを買うだけではありません。マウロワの信者たちからも反感を買うでしょう。命懸けで戦場に立つ兵士たちは女神の怒りを恐れるものです」

「いいや。女神の申し子を連れ帰れば、むしろ喜ぶのではないか？」

ミダスがやんわりと首を振る。

「民を侮ってはなりません。何か不都合なことがあるたびに『殿下が無理にあの娘を連れて来たから』と言い出しますぞ」

そう言われてフェリックスが怯んだ。

「民だけにあらず。玉座を狙うお身内は、嵐が来ても洪水が起きても『それ見たことか』『嫌がる申し子を故郷から連れて来たから』と殿下を批判するに決まっています。それほどの憂いと引き換えに連れ帰る価値が、あの少女にあるとは思えませぬ」

それは先ほどまで別室で、ゾーエがミダスに言い募った言葉だった。

「ミダス様、あの子を連れ帰るというなら、私にも考えがあります。どんな手を使ってでも、あの子を守りますよ」

「なぜそこまであの娘にこだわる！」

「国が滅びるときに『ああ、あのときが運命の分かれ道だったのか』と後悔したくないからです。後悔を抱えながら女神の御前に出たくはありません。ミダス様にも、覚えがございましょう？」

「ゾーエ！　軽々しくそのようなことを口にするな！　誰が聞いているかわからぬ！」

「ほほほほ。これは失礼」

あちこちで大人たちが火花を散らす原因となったアイリスはというと、この日から毎日のように白首と一緒に飛ぶようになっていた。白首は森からやって来ると、まずはアイリスと一緒に飛ぶ。高く上昇したり遠くまで飛んだり。時には広場に降りて見つめ合うこともあった。

「いつかあなたに触《さわ》れたらいいんだけど。触れても背中に乗るのは無理でしょうね」

「クルルルル」

白首とアイリスの様子は『巨大鳥《ダリオン》は恐ろしい鳥』『凶暴な生き物』とのみ思って生きてきたファイターたちには、なんとも不思議だ。

一日の仕事を終えて騎士団の建物に入ろうとしているギャズとマイケルが立ち話をしている。

「特別な巨大鳥《ダリオン》と特別な能力者って、敵対するものだと思っていたよ」

「ギャズ小隊長もですか。僕もです。あの景色を画家に描かせたいですね」

「侯爵家の広間に飾るってか？　マイケル」

「違いますよ。僕の個室に飾るんです」

「サイモンが嫌がるぞ」

そこにサイモンがゆっくり歩いてきた。

「僕はそれほど心が狭くありません、マイケルさん。でも、アイリスを絵にするなら、後ろ姿だけにしてくださいね」

「十分心が狭いよ、サイモン」

日々神経を張り詰めるような状況で働いているファイターたちも思わず笑って聞いている。

穏やかな空気の中、ファイターたちは自分の寝床へと消えて行った。

第五章

巨大鳥《ダリオン》の叫び

事件が起きたのは、フェリックスたちが王都に来て五日目。ディラン第二王子が「帰国にも一ヶ月はかかります。あまりお国を留守にするのも政務に差し障りが出るでしょう。そろそろお国にお帰りいただいたほうがよろしいのでは」と帰国を促した日のことだった。

今朝も巨大鳥《ダリオン》が三つの群れに分かれ、順番に家畜を持ち帰った。

最後の群れの最後の一羽になったとき、アイリスは広場を挟んで城の反対側にある建物の窓が開き始めたのに気がついた。

「なんで窓を開けてるの？　巨大鳥《ダリオン》に突入されたら危ないのに」

アイリスはギャズのところまで下りて、窓が開けられつつある建物を指さした。

「ギャズさん、あれ、なんですか？　窓が開けられていますけど」

ギャズがアイリスが指さすほうを見た。そして「ふざけんなっ！」と語気鋭く怒りを吐き出し、ファイターたちに向かって大きな声で指示を出した。

「長弓で巨大鳥《ダリオン》を狙っているヤツらがいるぞっ！　捕まえろ！　手段は問わねえっ！」

そしてアイリスに向かって「アイリスはここにいろっ！」と叫ぶなり、自分も開けられている窓に向かって突進した。ギャズの声に反応して、ファイターたちの大半が無言ですっ飛んでいく。

最高速度で飛んで行くファイターたちは、全員が剣を抜いていた。

アイリスはもう一度目を凝らして窓を見る。五階建ての建物の四階部分。今はもう四階の全ての窓が開け放たれている。全ての窓に射手《いて》が並び立って長弓を構えている。

「だめ！　巨大鳥《ダリオン》を攻撃したらどうなるかわからないのに！」

ファイターたちが全速力で飛んでいたが間に合わなかった。ゆっくり上昇し始めた最後の巨大鳥《ダリオン》を目がけ、長弓から一斉に矢が放たれた。

「ファイターもいるのに！　なんでよっ！」

広場上空に残っていた王空騎士団員たちが怒りのうめき声を漏らした。

八本の矢が弧を描いて飛んで来る。

建物に向かっていたファイターたちは身を翻《ひるがえ》して矢を避けたが、一本の矢が巨大鳥《ダリオン》の片脚に深々と刺さってしまった。

巨大鳥《ダリオン》の体の大きさに比べたら矢はあまりに細く小さいものに見えたが、巨大鳥《ダリオン》は空中でバランスを崩し、広場の家畜たちの中へと落下した。慌てふためく家畜たちの中で、巨大鳥《ダリオン》は大きな翼をばたつかせている。

「どうしよう！　矢が刺さった！」

少しの間もがいていた巨大鳥《ダリオン》が動きを止めた。空に向かって首を伸ばし、全身に力を入れた。首を一周している白い飾り羽が立ち上がっている。

巨大鳥《ダリオン》が腹の底から声を絞り出すようにして、鳴いた。

「キイイイイイイイイイイッ！」

その声が放たれたとたん、広場周辺に残っていた十名ほどのファイターたちは耳を塞ぎながら、身を折るようにして落下し始めた。

ゆっくりふらふらと落ちる者もいたが、一直線に落ちて石畳に叩きつけられた者もいる。

「キイイイイイイイイイイイッ！」

巨大鳥《ダリオン》は叫び続ける。

空中にいたファイターたちは今、全員が石畳の上でもがいている。両手で耳を押さえながら金属的な悲鳴に苦しんでいた。アイリスも急いで耳を塞いだものの、急激に飛翔力が弱るのを感じる。ありったけの力を出してバランスを取り、落下を防ぐ。どうにか空中で踏みとどまることができた。

「痛い……痛い……痛い……」

ハァハァと荒い呼吸をしながら激痛に堪える。耳の奥が太い針を刺されたように痛む。頭も殴られたように痛い。巨大鳥《ダリオン》の悲鳴は止まったが、空中に浮いているのは今、アイリスだけだ。先輩ファイターたちは全員落下している。

「大変！　こんな状態で巨大鳥《ダリオン》たちが戻ってきたら、全員殺される！」

歴史の授業でルーラが教えてくれた、六十年前の討伐隊全滅の話が甦る。

『討伐隊は巨大鳥《ダリオン》を殺すことはできず、軍人と飛翔能力者は全員が連れ去られました』

それを思い出した瞬間、アイリスは広場に向かって突っ込んだ。

石畳の上で苦しんでいるファイターをフェザーに乗せ、見学用の防鳥壕まで運ぶ。いつもならどうってことのない大人一人分の重さが、酷く重く感じられる。

防鳥壕には今日も見学している訓練生たちがいるから、アイリスは入り口の前までファイターを運んで防鳥壕の前にファイターを転がした。

「中に入れてあげて！　飛べる人は救助に向かって！」

叫んでから気がついた。防鳥壕の中の訓練生たちも、全員が耳を押さえて床に転がっている。

「飛べなかったらせめて先輩を中に引っ張ってあげて！」

何人かの訓練生がフラフラと立ち上がり、耳と頭の痛みに顔をしかめながらも動いた。防鳥壕前で転がっているファイターに腕を伸ばし、三人がかりで中へと引っ張り込んでいる。それを最後まで確認することなく、アイリスは次のファイターを助けに飛んだ。

そのうち、弓兵に向かって行ったファイターたちが大急ぎで戻ってきた。戻ってきた全員が地面で苦しんでいる仲間を自分のフェザーに乗せる。アイリスも二人目のファイターを自分の青いフェザーに乗せようとしているとき、柵の中の巨大鳥《ダリオン》がまた首を伸ばした。首の白い羽を立ち上げている。

「耳を塞いで！　早くっ！　耳を塞いでくださいっ！」

自分も耳の中に強く指を突っ込みながら、全力で叫んだ。

アイリスの叫びを聞いて、仲間を救出中のファイターたちもその手を止めて耳を塞ぐ。柵の中の巨大鳥《ダリオン》が、また金属的な声で叫んだ。

「キイイイイイイイイイイッ！」

耳を塞いでも侵入してくるその叫び声は、もはや声というより音の暴力だった。今回は全員が地面に降りていたが、救出していたファイターたちは耳と脳の痛みで動けずにいる。

「ハアッ、ハアッ、ハアッ。痛い、痛いっ！」

耳の奥が痛い。だがそんなことを言っている時間の余裕がない。アイリスは力の入らない身体で二人目をフェザーに乗せて防鳥壕へと運んだ。アイリスの後ろから声が聞こえてくる。

「くそぉぉ！　耳が痛え！」

叫んでいるのはケインだ。

「これだな、討伐隊を全滅に追い込んだ原因は。早くしねぇと群れが戻ってくるかもしれねぇ！」

返事をする時間ももったいなくて、アイリスは二人目を防鳥壕の前に転がすと三人目を救出に向かった。ケインも仲間を防鳥壕の前に転がし、訓練生たちに引き渡した。

耳を塞いでいたファイターたちは、ダメージを受けたものの立ち直り始めている。最初にもろにあの声を聞いてしまったファイターたちは、立ち上がろうとするがふらついている。

アイリスが三人目をフェザーに乗せようとしているときだ。上空から声が降ってきた。

「アイリス！　無事か！」

「サイモン！」

フェザーに乗って駆け付けたサイモンは制服を着ていない。療養中だったおかげで叫び声にやられなかったらしい。サイモンはすでにファイターをフェザーに乗せていた。

「早くしないと巨大鳥《ダリオン》が来るぞ！」

サイモンの視線を追って西の空を見上げると、空を黒く染めるような数の巨大鳥《ダリオン》の群れが小さく見えた。

「大変！」

全力で先輩ファイターをフェザーに乗せようと悪戦苦闘していると、団長のウィルが飛んできた。

「私が乗せる。アイリスは防鳥壕に避難しろ！」

ウィルの命令を聞いて広場を見ると、最初に落下したファイターたちは、戻ってきたファイターたちの手によって、全員が救出されている。

（よし、戻ろう）

そう思ったときにはもう、巨大鳥《ダリオン》たちが広場の上空に迫りつつあった。

「ギャアアアアッ！　ギャアアアアッ！　ギャアアアアッ！」

全ての巨大鳥《ダリオン》が怒りの叫びをあげながら、広場の上空で渦を巻くようにして旋回し始めた。七百羽から八百羽いる巨大鳥《ダリオン》が全て叫んでいる。

その叫び声の大きさは、もはや鳴き声というより轟音だ。広場の上空で、誰も見たことのない光景が繰り広げられている。

空には辺りが暗く感じるほどの巨大鳥《ダリオン》の群れ。おそらく全ての個体がここに集結している。彼らの鳴き声は恐怖を感じさせるほどの音量で途絶えることなく続いている。彼らを見慣れている騎士団員たちも、こんな景色を見るのは初めてだ。防鳥壕の中で、騎士団員と訓練生が言葉を失っている。

矢が刺さった巨大鳥《ダリオン》は、仲間が駆け付けてからは叫ぶのをやめている。仲間に合流しようとして何度も飛び立とうとするが、地面を蹴る力が足りないからか、バランスを崩して転がるばかりで飛び立てないでいる。

一方、最初の叫びで落下した者のうち、石畳に叩きつけられるように落下したファイターは、ベンチであおむけに横たわり、脂汗をかいている。顔色が青い。付き添っているのは訓練生指導係のエリックだ。

飛翔能力者が百二十人以上集まっているにもかかわらず、防鳥壕は静まり返っている。そこにウィルの声が響いた。外の猛烈な騒ぎに負けないよう、ウィルは大きな声を出した。

「エリック！　ジミーの怪我の状態は？」

「左右の腕、左鎖骨、肋骨複数本、骨折していると思われます。脛骨と上腕骨は複数個所骨折している模様」

「引き続き注意して見ていてくれ。容体が悪化したらすぐに知らせるように」

「はい！」

ウィルは全員の視線が自分に集まるのを待って、話を始めた。

「この騒乱がいつまで続くか不明だ。今ここから出るのはあまりに危険すぎる。巨大鳥《ダリオン》の群れが森に帰るまで、または興奮が収まるまで、全員ここで待機する。時間がある今、訓練生に伝えるべきことがある。各小隊の囮役《デコイ》は話を聞きながら外を見張れ」

一度だけ深呼吸をして、ウィルが話し始めた。

「トップファイターたちが窓から室内に突入したところで、あの巨大鳥《ダリオン》の叫びが始まった。広場上空に残っていた仲間が落下するのを確認し、我々はトップファイターを残して引き返した。室内にいた人間は少なかった。弓兵は接近戦が苦手だし、トップファイターがフェザーに乗って戦えば、彼らを制圧するのに時間はかからない。今、トップファイターは戻ってきていないが、彼らのことは心配無用だ。問題は……室内にジェイデン王子がいたことだ」

聞いている者たちが小さくため息をついた。

「王子は討伐作戦を強行しようとして謹慎中のはずだった。陛下のご命令でドアは外から施錠され、警備が付いていた。カミーユ、君はジェイデン王子がどうやって部屋から出たと思う？」

「窓からでしょうね。夜間に窓の鎧戸を開け、フェザーに乗って脱出したのだと思います」

訓練生たちが互いに顔を見合わせた。カミーユが放った言葉の意味が理解できないでいる。

ウィルは口を閉じてそんな彼らを見ていたが、カミーユへと視線を動かした。

「カミーユ、今朝、王空騎士団は全員揃っていたな？」

「はい、団長」

ウィルはそこで訓練生の監督係であるエリックに目を向けた。

「エリック、今ここにいない訓練生は？」

「マリオが欠席しています。酷い腹痛で今日は休ませてほしいとボブから報告が来ました」

「ボブはマリオと同室だったな？」

「は、はい」

「ボブ、マリオは君が部屋を出るとき、ベッドにいたか？」

「い、いいえ。マリオさんは深夜に部屋を出て行きました。僕はマリオさんに『腹痛で休むと伝えろ』と言われました。それと……出かけたことを誰かに話したら……ただじゃおかないとも……」

ボブの顔は真っ青で、視線が泳いでいる。

「全騎士団員に告ぐ。マリオを見たらその場で捕まえろ。訓練生はマリオを見つけたら手を出さずに大人を呼べ。彼は追い詰められているから何をするかわからん。マリオは王空騎士団法により裁かれることになる。マリオは……巨大鳥《ダリオン》討伐派とつながっている」

アイリスはなぜマリオがそんな愚かなことをしたのか理解できない。

(なんで！　巨大鳥《ダリオン》を討伐しようとすれば、騎士団員が全員連れ去られて食い殺されるかもしれないのに！　自分だって、そんな裏切りをすれば無事では済まないのに！)

訓練生たちは初めて聞く話に驚いた顔をしているが、騎士団員たちは既にマリオの行動を知らされていたらしい。驚いている者はいない。驚いているアイリスにウィルが声をかけた。

「アイリスは神殿に詰めていたからまだ知らなかったな。マリオは討伐派と接触していた。それを見つかり、私とカミーユが事情聴取をした。マリオは『二度と討伐派と接触しない』と誓い、書面にもサインした。マリオは現在、執行猶予中の状態だった。だがこれで……マリオが王子を抜け出させ、あの矢につながっているのであれば、王空騎士団に入団することはない」

ウィルがいったん言葉を切り、話を続ける。

「訓練生はよく聞いておくように。男児の一万人に一人しか開花しない飛翔能力があっても、必ず王空騎士団員になれるとは限らない。それだけではない。飛翔能力を悪用し、国家に害を為したと判断されれば……片脚をひざ下から切断され、二度と飛べないようになる」

訓練生たちは硬い表情で沈黙した。

飛翔能力を有することは大変な名誉なだけではない。王空騎士団に在籍中は高額な報酬が支払われる。それは普通に働いていたら決して手に入らないような金額だ。さらに、引退しても生涯にわたって相当額のお金が支払われ続ける。

その上、飛翔能力を持ちながら空を飛べないのは、能力者にとって何十年も拷問され続けるような絶望的な状態だ。

「団長！　巨大鳥《ダリオン》の群れがばらけ始めました！」

第一小隊の囮役《デコイ》の報告に、全員が出入り口に移動して空を見上げた。ウィルが話をしている間に、巨大鳥《ダリオン》たちは様々な方向に自由に飛んでいた。

窓にはすでに鎧戸が閉められ、巨大鳥《ダリオン》は侵入できない。それでも二十羽ほどが矢の放たれた建物の周辺をグルグルと飛んでいる。

また、七、八羽が広場の傷ついた巨大鳥《ダリオン》の近くに降りていた。そのうちの一羽が仲間の脚に刺さっている矢を咥えて抜こうとした。

「まずいな。あのまま引っ張って抜くと、矢尻の返しで傷が大きくなる」

「ヒロさん、傷を大きくしないで抜くにはどうすればいいんですか？」

「刺さっている場所にもよるが、太い血管を傷つけないようにしながら向こう側まで貫通させてから、シャフトを叩き切る、かな」

「それは……」

「まず無理だろう。そんなことをしているうちにこっちが引き裂かれてしまう」

(なにかいい方法はないのかしら)

唇を噛んでアイリスが矢を抜く手段を考えている最中に、一羽の巨大鳥《ダリオン》が嘴《くちばし》で矢を咥え、強引に引き抜いた。

「ああっ!」

見ていた誰かが声を出すのと同時に、石畳の上に巨大鳥《ダリオン》の真っ赤な血が飛び散った。

防鳥壕にいる全員が固唾をのんで見守る。矢が抜けた巨大鳥《ダリオン》は「ギャアアアアアッ!」と痛みを訴えてひと声鳴いた。大きな翼を広げて羽ばたき、スッと空へ浮かび上がる。

「飛べた!」

「よかった」

「これで騒ぎが収まるか?」

人間たちは喜んだが、一向に巨大鳥《ダリオン》の騒乱は収まる気配がない。巨大鳥《ダリオン》たちは怒りの声で叫びながら飛び交っている。ウィルが訓練生に向かって話しかけた。

「傷ついた巨大鳥《ダリオン》の叫びは、他の巨大鳥《ダリオン》を興奮させ、攻撃的に変えた。言い伝えは真実だったな」

訓練生も騎士団員も、みなが無言でうなずく。

「団長、ジミーの呼吸が浅く早くなりました!」

「まずいな……。エリック、ジミーを乗せて宿舎まで運んでくれ。ケインとギャズは護衛につくように。巨大鳥《ダリオン》もさすがに暗くなれば森に帰るだろう。我々はそれまで待機だ」

「来た！」

ファイターの誰かが叫び、全員がザザッと後ずさった。白首が防鳥壕の前に降り立った。他の個体より長い白い飾り羽ですぐに見わけがつく。アイリスは白首の嘴が届かないギリギリの場所に踏みとどまった。

「アイリス！　もっと下がれ！」

「団長、ちょっとだけ試させてください！」

「おいっ！」

「アイリス！　危ないから！」

「サイモン、白首が首を伸ばすようなら下がるから」

白首は頭を下げ、顔を傾けて防鳥壕の中を覗いている。黒く丸い目を動かし、キョロキョロと中を見回していたが、アイリスを見つけて「クルルルル」と愛らしく鳴いた。

「白首、人間が仲間を傷つけてごめんね」

「クルルル」

「もう二度としないわ。だから森に帰ってくれないかな。仲間と一緒に森へ帰ろうよ」

「クルルルルル」

言葉が通じている気配はないが、必死に話しかけた。

アイリスが一歩前に出ると、白首は太い脚をタタッタタッタタッと踏み鳴らした。喜んでいるように見えるが、興奮しているようにも見える。白首がいきなり首を突っ込む可能性もある。防鳥壕の中の男たちは、アイリスが食べられるのではと手に汗を握りながら見ている。

白首が少しだけ後ろに下がった。その分アイリスが前に出る。白首が下がる。アイリスが出る。

何度か繰り返し、今、アイリスは防鳥壕の入り口ギリギリの場所に立っている。これ以上前に進めば、防鳥壕の外に出ることになる。

さらに白首が下がった。中の人間たちには、白首がアイリスを外に誘い出しているように見えた。

アイリスが自分のフェザーに手を伸ばした。たまらずウィルが声をかける。

「アイリス、飛ぶのか？　他の個体に攻撃されるぞ」

「いざとなったら全速力で飛んで逃げます。団長、許可を！」

「お前の速さならいける、か。……いいだろう。許可する」

「ありがとうございます！」

アイリスは地面に愛用の青いフェザーを置いた。地下の防鳥壕からグイ、と身を乗り出した。

白首は両足でピョンと後ろに下がる。アイリスは自分を狙っている巨大鳥《ダリオン》がいないのを確かめてから防鳥壕から出た。素早くフェザーの上に立ち、白首に声をかける。

「白首、私についておいで！」

そう叫んで広場の上へと飛び上がる。地面と巨大鳥《ダリオン》の群れの間を高速で飛ぶ。チラッと振り返ると、白首は後ろをついて来ている。広場から森の方向へ向かって急上昇した。モタモタしていれば他の巨大鳥《ダリオン》に襲われる。

（上へ。もっと上へ。速く。もっと速く）

飛びながら背後を振り返った。白首がついて来る。そしてそのかなり後方に他の巨大鳥《ダリオン》が五羽、六羽と小さな群れとなってついて来る。

（やった！　この時期は群れで行動するから、もしかしたらと思ったけど。うまくいった！）

このまま一直線に飛んでしまうと他の巨大鳥《ダリオン》を置き去りにしてしまう。アイリスは大きな弧を描いて広場へと戻った。白首と小さな集団がついてくる。そのまま広場の上を旋回していると、次々と巨大鳥《ダリオン》たちが合流してくる。合流した巨大鳥《ダリオン》たちはもう、叫んでいない。

「そうよ。心を落ち着かせて、ついておいで！」

頻繁に背後を振り返りながら、上空で旋回を続けた。五周する頃には全ての巨大鳥《ダリオン》が黒い雲のようになってアイリスと白首の後ろを飛んでいる。

（よし、行こう！）

そのまままっすぐに森を目指した。王都の西にある森に到着したアイリスは、速度を落とすことなく木々の間に突っ込む。木にぶつからないようジグザグに方向を変えつつ飛び進んだ。

背後の巨大鳥《ダリオン》たちは両脚を前に突き出しながら羽ばたき、速度を落として気に入った枝を選んで止まっていく。

「よし！　よし！　よし！」

そのまま森を突っ切り、かなり離れた場所まで飛び続けた。それから上昇して王都の広場を目指して引き返した。

「やった！　群れを誘導できた！　白首のおかげよ！」

アイリスは広場へ戻るために最高速度で飛んだ。顔が自然と笑ってしまう。

その頃、広場の防鳥壕では、全員が安堵のため息をついていた。真っ先に怪我人たちが医務室に運ばれていく。広場のすぐ北側にある王城でも皆が胸を撫で下ろしていた。


「会議を始める！」

一部始終を見ていた国王ヴァランタンが侍従に命じた。王命で集まったメンバーは六人。王空騎士団長ウィル、軍務大臣ダニエル、第一王子ジェイデン、第二王子ディラン、宰相ルーベン、そして国王ヴァランタン。

ジェイデンは王子でありながら後ろ手に縛られ、殺気立った顔をしている。ヴァランタン国王が怒りと悲しみの混じった表情で話しかける。

「ジェイデンよ。謹慎中の身で、あのような事態を招いた罪は重い。第一王子の身分を剝奪し、今後は南端の領地で謹慎せよ。命ある限り指定された地区から出ることを禁ずる。従者たちと共に暮らすがよい。王太子はディランとする」

ジェイデンは暗い眼差しで父を見た。

「父上、そんなことはできませんよ。大陸の覇者、マウロワ王国の王女を平民の妻にさせるわけにはいかないでしょう。フェリックス殿下もマウロワ国王も黙ってはいないはずです」

「残念だが、そうでもない。フェリックス殿下も巨大鳥《ダリオン》の騒乱を見て大変に驚いていた。『あのような鳥と共存しているこの国に妹を置いては帰れない』とおっしゃってな。ミレーヌ王女を連れ帰るそうだよ」

「そんなっ！」

ヴァランタンはそれまで浮かべていた憐れみの滲む表情を一変させ、息子を怒鳴りつけた。

「愚か者！　自分がどれほど民を危険に晒したかわからんのかっ！　あれほどの興奮状態では、軍は言うに及ばず王空騎士団も動くことができなかった。恐れをなした民が皆家の奥深くに隠れていたからよかったものの、万が一子供や具合の悪い民が外にいたら……」

「渡りの季節に外に出る者が悪いのではありませんかっ！」

声を裏返して叫ぶ息子を、ヴァランタンは冷たく見返した。

「やはりお前は王になる器ではなかったようだ。残念だよ、ジェイデン。衛兵、ジェイデンを北の塔に幽閉せよ。ジェイデン、窓には鉄格子がはめられておる。もう逃げ出せないぞ」

「巨大鳥《ダリオン》は弓矢で討伐できます！　もっともっと弓兵を養成し、一度で殺せばよいのです！　父上！　考え直してください！」

「衛兵、ジェイデンを連れ出せ」

「父上！」

もう自分を見ようとしない国王に怒りと絶望を抱え、ジェイデンが部屋から連れ出された。

「陛下、軍の弓兵の行動は私に責任があります。弓兵は死罪とし、私はこの場に辞職の覚悟で参りました。私もこの命をもって、お詫びいたします」

「ダニエル。弓兵たちはジェイデンに命じられて断ることができなかったのだ。最大の責任はジェイデンを育てた私にあるのだよ」

「しかし、討伐は中止と伝えてあったにもかかわらず、軍に無断であのようなことをしたのですから、何かしらの処罰は必要です。他の者への示しがつきません」

考え込むヴァランタンにウィルが発言を求めた。

「陛下、我が王空騎士団の訓練生も、ジェイデン殿下の脱出に協力しました。私の責任です。団長の座を辞して……」

「待て。二人ともそう慌てるな。これからジェイデンを持ち上げてきた討伐派の貴族たちへの処罰を決め、そやつらの貴族籍を剝奪する。新たに他の貴族の爵位を上げる仕事もある。我が息子の愚行ではあったが、討伐派の貴族を一掃するきっかけになった。ダニエル、空賊退治は今まで王空騎士団が中心になっていたが、今後は弓兵を増やして使ってみるのはどうだ。接近戦が苦手な弓兵だが、試す価値はある。死刑にするよりそのほうが有効というものだ。そして宰相ルーベンよ」

「はっ」

「慣習に従えば、その訓練生の少年は片脚を切断だが、まだ十五歳だ。国境空域警備隊に所属させて徹底して鍛えさせよう。ただし、その者の家族は王城の下働きとして監視下に置く。再び国の指示に逆らえば、家族全員が処罰を受ける、と伝えよ」

「はっ」

「その少年はジェイデンが国王になれば重用されると思ったのだろうが、もうその望みは叶わないし王空騎士団にも入れない。その上十五歳の脚を切るのは、恨みの火種を残すだけだろう。かといって死刑は気が進まぬ。我が息子の育て方に失敗した身ではなおさらだ。それにしても……全ての巨大鳥《ダリオン》を引き連れて飛ぶアイリスは、まこと、女神のようだったな。人間にあのようなことができるとは……」

その場にいた全員が無言でうなずいた。

実はこの日、あまりにすさまじい巨大鳥《ダリオン》たちの声を聞いて、数十万の王都の人々は「なにが起きているんだ？」と窓やドアののぞき穴から外を見ていた。

七、八百羽の巨大鳥《ダリオン》を森へと誘導するアイリスはまさに女神の申し子であり、聖アンジェリーナの再来に見えた。

「女神の申し子、アイリス様！」

どの家でも民たちがそう呼び、感謝の祈りを捧げていた。

その夜は渡りの期間中にしては珍しく、夜道のそこかしこで人々が興奮気味に語り合っていた。

「見たか？」

「アイリス様だろう？　見たよ！　いや、あれはすごかった……」

「うちの女房なんて、『女神の申し子様をこの目で見られた。ありがたい』って泣いてたよ」

「十五歳の少女が巨大鳥《ダリオン》の大群を引き連れて飛ぶなんてな。ちょっと間違えたら食われてしまうのに、すごい勇気だよなあ。ちくしょう、思い出したら涙が……」

「俺たちは家の中で静かにしているだけなのにな。アイリス様はあんな……」

涙ぐみながら熱く語り合う男たちの会話に、たまたま通りかかった老人が参加してきた。

「身を挺してあのように群れを誘導してくださって、まさに女神の申し子様だった」

「それに比べて、聞いたか？　あの騒ぎを引き起こしたのは、第一王子だってよ」

「王子は、討伐派なんだろ？　ミレーヌ様の影響らしいじゃないか」

「大陸の人間にはわからないんだよ、この国の苦労が！」

「この国は何千年も昔から巨大鳥《ダリオン》と共に生きてきたのに！」

「長弓で射るなんて！　俺は言い伝えは本当だったと心から思ったね！」

「大陸の人間が口を出すならアイリス様に巨大鳥《ダリオン》を全部大陸まで誘導してもらうぞこの野郎、ってな」

「そうだそうだ。あの群れに敵う軍隊なんか、この世にはなかろうよ」

王都の民は怒りに染まった巨大鳥《ダリオン》の群れを見、空気を震わせるような鳴き声を聞いた。

「このまま食われて人生が終わるのかも」と親子、夫婦で抱き合って震えた者も多かった。それをたった一人で事態を収拾したアイリスは、今や崇められている。

アイリスは王空騎士団の宿舎に戻ったあと、ファイターたちの手荒い歓迎を受けた。アイリスの頭をごしごしと強く撫で、背中をバシバシ叩きながら褒める。

「よくやった！」

「素晴らしかった！」

「アイリスは王空騎士団の誉れだな」

もみくちゃにされているアイリスに、カミーユが近寄ってきた。

「アイリス、団長がお呼びだ」

団長室ではウィルが微笑みを浮かべて手を差し出した。アイリスが戸惑いながら右手を差し出すと、ガシッと強くアイリスの手を握った。

「アイリス、全ての王空騎士団員を代表して、君の勇気に深く感謝をする」

「えっ、あっ、はい……ありがとうございます」

「アイリスは我が王空騎士団の誇りだ。よくやった。『巨大鳥《ダリオン》を殺すな』の意味を、王都の全ての民に叩き込んだ。一本の矢が、あのような事態を引き起こすとはな……」

「私も、驚きました」

「城から連絡が来た。フェリックス王子は今夜にも帰国の途に就くそうだ」

「そうなんですか！　よかったです！」

「さ、明日も仕事だ。今夜はゆっくり休め。本日はご苦労だった」

濃い一日を終えたアイリスが神殿に戻った。

「ただいま帰りました！」

「アイリス様！　王都をお守りくださり、ありがとうございました」

駆け寄って声をかけてきたシーナの背後からゾーエも話しかけてきた。

「素晴らしかったわ、アイリス。あなたは自らの勇気と能力で、女神の申し子であることを証明しました。生きている間に女神の申し子に出会えて、私は幸せです。さあ、こちらへ」

神殿長室に招かれると、真っ赤な髪の若者と老人がいた。マウロワの王子と神殿長だ。

「フェリックスだ。座ってくれ。今朝の活躍、見事だった。まさかあの状態で飛ぶ者がいるとは、と、我が目を疑った」

アイリスは話の先が見えず、黙って聞いている。

「私は君を連れ帰るつもりでここへ来た。今朝のあの景色を見るまではね。けれど、そんなことをしたら、私は子々孫々まで『愚王』の誹《そし》りを受ける。そう思ったのだろう？　ミダス」

アイリスをじっと見ていたミダスは、そこで初めて口を開いた。

「空を覆うほどの巨大鳥《ダリオン》の群れを、この少女はたった一人で鎮めました。ただ飛べるというだけではなく、鍵のような存在だと感じました」

「私が鍵……」

「あなたはこの国の鍵です。扉を開き、この国に新たな未来と可能性をもたらす鍵です。ゾーエ、このお方が何を見て、何をして、どうこの国の未来を拓いたか。しかと見届け、記録し、後世に伝えるのだ。それがお前の役目のようだ」

「はい……ミダス様」

再びフェリックスが口を開いた。

「私は今日の夜には帰ることにしたよ。ジェイデンがこの国の王にならないのだから妹は連れ帰る。妹のことでもめないよう、父には私が口添えをする」

「殿下、ありがとうございます！」

「君を連れ去ろうとした私に礼を言ってくれるんだね」

「はいっ」

アイリスが本心の笑みで返事をすると、フェリックスは一瞬その笑顔に見とれた。

「ミダス、諦めた小鳥は思いのほか美しいな」

その夜、フェリックスは妹のミレーヌを連れて王都を出発した。それを見送っているアイリスにゾーエが話しかけてきた。

「アイリス。私はこの国の神殿長になったおかげであなたに会えた。その素晴らしい御業《みわざ》をこの目で見ることができる。私は歴史の証人になれるのです。アイリス、女神が与えてくださったその力を、思う存分使いなさい。それと、今夜からでも自宅に帰っていいわよ。もう、あなたを縛っていた面倒な大人の思惑は消えたのだから」

アイリスは嬉しくて、思わずゾーエに抱きついた。

「神殿長！　ありがとうございます！　これから家に帰ります！」

「ちょっと、これ、アイリス！」

アイリスが赤くなってゾーエを抱きしめていた腕を離した。ゾーエは笑っている。最初に会ったときの厳しそうな人という印象は、すっかり塗り替えられている。

「アイリス。もうサイモンと婚約しようが結婚しようが自由よ。おめでとう。幸せになりなさい。恋も結婚も知らないまま人生を終えたアンジェリーナの真似をしてはだめよ。私たちの申し子様には、幸せになってもらわないと困ります。それと、たまには神殿にも来てくれると助かります。信者の皆さんがあなたに会いたいでしょうから」

「はい！　必ず来ます！」

嬉しくて涙が込み上げるが、「さあ、早く帰って家族を安心させなさい」と背中を押されて神殿を後にした。


突然帰ってきたアイリスを見て、家族は全員驚き喜んだ。リトラー家の三人も、のぞき窓からアイリスの活躍を見ていたのだ。サイモンとの婚約を元に戻せることも、泣いて喜んでくれた。

「明日、サイモンに会って報告してくるわ」

「アイリス、本当によかったわね。今朝、巨大鳥《ダリオン》があんなに怒っているのを見て、この世の終わりだと思ったわ。なのに、あなたが全ての巨大鳥《ダリオン》を誘導して飛んで行った姿を見たら、私は別の恐ろしさで泣いてしまったわ」

「そうよ、母さんだけじゃないわ。私も父さんも全員が心配で泣いちゃったんだから」

その夜は家族で泣いたり笑ったりを繰り返し、アイリスは久しぶりの実家を楽しんだ。


翌日。

巨大鳥《ダリオン》たちはいつも通りに広場に来て、家畜をつかんで去って行った。その中に傷ついた個体を見つけ出そうとしたが、誰も見分けられない。

第三小隊長のギャズは「矢傷では死んではいないだろう。治りが早かったのかもな」と言う。

王空騎士団は通常通りに見守りと誘導に力を注いだ。ただ、アイリスだけはいつも通りにはいかなかった。白首が遊びに誘ってくるのだ。

白首は餌に向かおうともせず、アイリスの周囲を飛ぶ。「クルルルル」と可愛らしい声で鳴きながら、アイリスを中心に円を描いて飛んでいる。

（私がここにいては危ない）と判断して、アイリスは上空へとフェザーで飛んだ。白首はぴったりくっついてくる。

上空で追いかけっこをして、他の巨大鳥《ダリオン》がいなくなるのを待った。一人と一羽で飛び回っている間に、白首以外の巨大鳥《ダリオン》は全て森へと帰って行った。

最後に白首は家畜のいる柵の中ではなく、柵の外の石畳に降りた。そしてジッとアイリスを見ている。（どうしよう）と迷っていると、ギャズがスウッとフェザーで隣に来た。

「どうする？　白首に近寄るなら、俺が援護に立つが」

「いえ……ギャズさんが近くにいると、白首が警戒するような気がします。大丈夫です。フェザーに乗ったまま近寄りますから。いざとなったら全速力で逃げます」

「わかった。いつでも飛んで逃げる準備はしておけよ」

「はい」

フェザーに乗り、アイリスは白首に近寄った。白首は動かない。正面から向かい合い、目と目を見合わせる。以前はあんなに恐怖を感じた黒く丸い目が自分を見つめているのに、恐怖心は湧かなかった。

「白首、もっと可愛い名前をつけてあげればよかったわね」

「クルルルル」

「あなたはオスなの？　メスなの？」

「クルルルル」

少しだけ迷って手をゆっくり持ち上げた。

「触ってもいい？」

「クルルルル」

（動物相手に緊張したら伝わってしまうわよね）と思うが、やはり緊張する。恐怖はあるものの、

（白首がここまで懐いているのなら大丈夫）とも思う。フェザーに乗ったまま、ゆっくり近づき、白首の隣に立った。白首が少し首を動かしてアイリスを見る。白首はアイリスよりはるかに大きく、頭の位置は二メートル半くらいだろうか。見上げる大きさだ。ちらりと周囲を見ると、全ファイターたちが、いつでも飛び出せるように構えてこちらを見ている。

　アイリスは白首を驚かさないよう、ゆっくり腕を伸ばして翼に触れた。硬そうに見える翼は、思っていたよりもずっと柔らかい。

「クルルルル」

「触らせてくれてありがとう」

　なぜか小声になってしまう。もう一度撫でてみようと腕を動かしたところで、白首が頭を下げてアイリスの顔にグッと嘴《くちばし》を近づけてきた。

（襲われるっ！）

　あの日と同じように、全身の皮膚がチリチリした。だが、白首はグリッとその頭をアイリスの顔に押し付けてきた。白首がアイリスにグリグリと頭をこすり付けている。

　そっとその頭を撫でると、「クルルルル」と鳴く。アイリスは嬉しくて、爪先立って巨大鳥《ダリオン》の体に抱きつき、自分も顔を翼にこすり付けた。巨大鳥《ダリオン》の体は、日向に置いておいた毛布みたいないい匂いがした。

　その日から白首は体を触らせるようになった。目を半分閉じてグリグリと頭をこすり付けてくる。体の大きさが全く違うから、アイリスが両足を踏ん張っていないとあっさり押し倒されてしまう。

だが、すぐに白首のほうが力を加減するようになった。

「あなたは賢いのね」

「クルルルル」

「白首って名前は可愛くないから、私だけはルルって呼ぼうかな。ルルって名前はどう？」

「クルルルル」

何度か白首に「ルル」と声をかけると返事をするようになった。

広場でアイリスと白首が触れ合っている姿を目にしているのは、広場にいる王空騎士団員と訓練生、周辺に屋敷を構えている貴族たちだけ。だが、その話はあっという間に身分を超えて人々の間に広まった。

「アイリス様は巨大鳥《ダリオン》と触れ合うことができるんだ」

「特別に大きな巨大鳥《ダリオン》が、アイリス様に懐いたそうだ」

「俺はアイリス様と巨大鳥《ダリオン》が楽しそうに飛んでいるのを見た」

「私も見たわ」

渡りの期間中、いつもなら家の奥深くで静かに夜を待つ人々が、『巨大鳥《ダリオン》に懐かれたアイリス様』を見たくて、のぞき窓から外を見るようになっていた。結果、アイリスと白首が楽しそうに空中で戯れる姿をたくさんの人々が目撃することになる。

「やはりアイリス様は女神様の申し子。聖アンジェリーナの再来だ」

渡りの期間は夜だけしか家を出られない生活なのにもかかわらず、アイリス宛てに菓子の箱や花の鉢植えなどが続々と届く。こんなことはマヤが王空騎士団で事務員として勤め始めて以来初のことで、マヤは「アイリスはすっかり多くの人々に慕われているのね」と喜んだ。

当のアイリスは毎日白首と遊ぶのが楽しいものの、囮役《デコイ》の仕事をできていないのが悩みの種だ。

だが団長のウィルには考えがあった。

「囮役《デコイ》はアイリスほど速くなくても他の団員が務められるが、白首の相手はアイリスにしかできない。白首が近い将来に群れのリーダーになった場合、アイリスが仲良くなっておいて損はない」

「私はこのままでいいんですか？」

「ああ、かまわない。白首と心を通わせるのもアイリスの仕事のうちだ」

団長の許可が出たのでアイリスは心置きなく白首と戯れることができるようになった。

サイモンがリトラー家にやって来たのは、団長とアイリスの会話の数日後である。

「明日、ジュール侯爵家から正式な婚約の申し込みがリトラー家に来る。それまで待つように言われたけど、僕はまず自分の口からアイリスに申し込みたいんだ。アイリス、もう一度僕と婚約してくれる？」

そう言われてアイリスが泣き笑いの顔になった。

「喜んで婚約の申し込みをお受けします」

「ありがとう、アイリス」

アイリスは家族に婚約の申し込みを受けた報告をした。もちろん家族は大喜びである。

翌日の夜、ジュール侯爵家からリトラー家に使いが来た。『侯爵家で婚約式を行いたい』との手紙を受け取って、夜間にリトラー家の全員でジュール侯爵家に足を運び、今回は両家の家族全員揃っての婚約式となった。

サイモンは黒のスーツの上下、アイリスはジュール侯爵家で用意した青いドレス。

二人で書類にサインをして、あらためて婚約のし直しとなった。サイモンの顔の傷は完全に塞がってはいるものの、整った顔立ちに縦に走る傷が痛々しい。

久しぶりに会ったサイモンの顔の変わりようにアイリスの家族は皆驚いた。そんなリトラー家の前で、サイモンが自分からその話題に触れてきた。

「驚かせてしまいましたね。これは仕事でついた傷です。もう痛みは全くありません。アイリスさえ嫌だと言わない限り、僕はこの傷を気にしません。貫禄がついたなと思う程度です」

そう笑って説明するサイモンにアイリスの父ハリーは真面目な顔でこう返事をした。

「騎士の顔の傷は敵に背を向けなかった勇気の証です」

「そうだよ、サイモン。騎士に傷はつきものだ。私はお前を誇りに思っている」

ハリーに続き、ジュール侯爵も本音を述べる。

こうしてアイリスとサイモンの婚約は結び直され、夕食を兼ねた簡単なお祝いの席が設けられた。和やかに夕食会は進み、笑い声が何度も起きる。最後に侯爵が挨拶をして締めくくった。

「慌ただしくて申し訳ないが、今夜はこれでお開きといたしましょう」

「侯爵様、どうぞアイリスをよろしくお願いいたします」

「安心してお任せください。渡りが終わって落ち着いたら、あらためて皆で集まりましょう」

その夜は和やかな雰囲気のまま終わりとなった。


その頃、王都から百キロほど離れた漁村を目指して、数十隻の船が航行していた。

船は、輸出入の玄関口である『西の港』からあえて離れた場所を目指している。国を示す旗も所有者を表す旗もない。一見普通の漁船だ。

だが、乗っているのは全員、大陸の飛翔能力者であり『空賊』と呼ばれる男たち。空賊の首領ギヨムは船室で酒を飲みながら、古参の手下を相手に話をしていた。ギヨムは今も、自分が可愛がっていた部下を大勢失った怒りを忘れないでいる。

「巨大鳥《ダリオン》が来る前にグラスフィールド王国に行って、あの女を奪う。多くの仲間を海に落としたあの女に復讐してやらなきゃ気が済まねえ」

「しかし親分、王空騎士団が大人しく仲間を差し出すとは思えねえんですが」

「まあな、あっちは子供の頃から戦闘訓練をみっちりやってる。俺たちみたいな寄せ集め所帯とは違う。だからここを使うのさ」

ギヨムは自分のこめかみを指でトントンと叩いた。

ギヨムたち空賊は、最近までずっと大陸の南岸を中心に船を襲っていた。だから今年に限って、巨大鳥《ダリオン》の群れが一ヶ月以上も早く来ていることを知らない。


日の出と共にアオリ村の漁港に数十の漁船が姿を現した。

小さな漁村と農村しかない地区の周辺には、国境空域警備隊が存在しない。漁船は止められることもなく、悠々と港に入ってくる。集落の人々は見慣れない船団が入港してくるのに驚いた。

「今は渡りの最中だというのに、どこから来た？」

「見慣れぬ船だな。夜の間も航行してきたのか？」

王都からかなり距離があるとはいえ、アオリ村でも渡りの期間は日中の外出を極力控えている。村人たちが恐る恐る家から出て船団を見ていると、船でドラの音が打ち鳴らされた。そのとたん、蜂の巣から蜂が出てくるように、全ての船からフェザーに乗った飛翔能力者が飛び出してきた。

初めて王空騎士団以外の飛翔能力者を見た人々は呆気にとられ、対応が遅れた。

「あれは……どういうことだ？」

「フェザーの形がまちまちな上に制服も着ていない」

「なんだか柄が悪くないか？」

漁村の人々が怪しんでいる間に空賊たちは村に到着した。あっという間に女性と子供を捕まえる。剣を振り回しながら飛ぶ男たちに、村の男たちは全く歯向かうことができない。

「きゃあああっ！」

「助けてっ！」

「お母さんっ！」

村は女性と子供たちの悲鳴、男たちの怒号が飛び交い大混乱となった。村長のラベークは妻と息子を非常時に使う床下の抜け穴に入れ、十四歳の息子に役目を与えた。

「どうやらあれは他国の飛翔能力者のようだ。顔つきも言葉も違う。いいか、ギーウ、隣村まで走れ。なるべく空から見えないように木があるところを走るんだ。そして隣村にこのことを知らせろ」

「わかりました。父さん、母さん、どうか無事で！」

ギーウは穴の中を四つん這いで進み、家の周囲に生えている松林の出口から出た。

（空を飛ぶ敵に見つかれば殺される）

恐怖と使命感に心を乱しながら、ギーウ少年は林の中を走り続けた。林が途切れた街道に出ると、上に敵がいないかを見る時間も惜しんで走り続ける。

隣村の村長は、汗だくで飛び込んできたギーウの報告に驚き、信じていいものかと悩んだ。

「ギーウ、本当だな？　冗談では済まない話だぞ？」

「嘘じゃありません！　漁船の中から大勢の飛翔能力者が飛んできて村を攻めたんです！　みんな剣を持ってました！　どうかうちの村を助けてください！」

（これは本当だな）と判断した村長は、狼煙《のろし》を上げ、自ら早鐘を打った。一番近い国境空域警備隊の支部にも早馬を送る。

知らせを受け取った国境空域警備隊の南西支部は、アオリ村に向けて警備隊を出動させた。王空騎士団と王国軍にも連絡の使者を送り出した。

アオリ村に入った空賊たちは女子供を人質にして家の中に閉じ込め、男たちを村の広場に集めて縛り、くつろいでいた。

「大人しく言うことを聞けば、誰も殺さねえ！　まずは水と食い物を出せ！　金目の物もだ！」

空賊たちは「うまくいった」と笑っている。縛られたまま、村の男たちは小声で言葉を交わした。

「あいつら、何が目的だ？　さっさと金目の物を奪って逃げるのが普通だろ？」

「何かを待っているような……でも何を？」

村の男たちがヒソヒソ話をしているのを見て、空賊の首領ギヨムが大きな声を出した。

「俺たちは女の飛翔能力者と金目の物を手に入れたらすぐに引き揚げる！　それだけだ」

しかし言葉が全く通じない。村人は困惑した。

「なんて言ったんだ？」

「わからん」

言葉が通じない空賊たちは勝手に村の家から金目の物を略奪し、女性たちを使って食べ物を用意させて休憩している。

「久しぶりの陸地はいいなあ」

「地面はやっぱりいい」

はしゃいでいる部下たちを眺めながら、首領のギヨムは暗い眼差しでつぶやいた。

「さあ、王空騎士団でも軍隊でもやって来やがれ。俺たちを攻撃するなら、女子供は全員皆殺しだ。飛翔能力者の女一人と村人二百人、どっちを取るかは馬鹿でもわかる計算だ」


国境空域警備隊からの一報を受けて、王空騎士団は殺気立った。

軍務大臣のダニエル、王空騎士団長のウィル、副団長のカミーユが話し合いをしていた。

「巨大鳥《ダリオン》が来ている以上、我々王空騎士団は全員でアオリ村に向かうことはできない。空賊の数は百名以上。支部の国境空域警備隊はわずか十人。ううむ」

「なに、我が王国軍と王空騎士団が共闘すれば制圧できるでしょう」

そこで副団長のカミーユが会話に参加した。

「日が落ちるのを待って出るにしても、王国軍は馬ですから、到着が遅れますね」

軍務大臣ダニエルがうなずいた。

「王国軍を八百名、日没と同時にアオリ村に出発させる。王空騎士団からは何人が？」

「五十名をアオリ村に行かせます」

「通訳も連れて行こう。空賊はほぼマウロワ語だ。軍がマウロワ語の通訳を一人手配しよう」

「ヒロがマウロワ語を話せますがどうしますか」

「ヒロには巨大鳥《ダリオン》の誘導を優先させたい。他を探してくれ」

こうして王国軍八百名、王空騎士団五十名が夜を待って出発することになった。

ここで軍が通訳者に当たりをつけて使者を出したが、貴族や学者は軒並み断った。自ら応募してきたのは、父親に招集がかけられたオリバー・スレーターただ一人だった。軍務大臣のダニエルは、報告に来た部下に、怪訝そうな顔で尋ねる。

「オリバー・スレーター？　スレーター家の令息か？」

「はい。まだ十四歳ながら問題なく通訳ができるそうです。学者たちは全員尻込みをしまして」

ダニエルはため息をついた。

「空賊を知らなかった学者が怯えるのも仕方ないか。それにしても十四歳か……。まあいい、通訳ができるなら問題はない。学院に確認してくれ。連れて行って使えなかったら困る」

「もう調べてあります。フォード学院の入学試験で満点を取って入学したものの、学院に通っていない天才少年でした。マウロワ語に関しては父親が『全く問題なく会話できる』と」

「現場で怯えないといいが」

一方、王空騎士団でウィルとカミーユがアオリ村での作戦を話し合っていると、アイリスとサイモンが部屋に来た。

「なんだ？　二人で何の用事だ」

「団長、僕とアイリスを空賊討伐に行かせてください。僕たちは空賊との戦闘経験があります。人手が足りないときに、役に立ちたいのです」

「私に空賊たちと戦わせてください。私がやつらを地面に叩き落とします。その後は王国軍が捕えてくれればいいかと思います」

わずかな時間ウィルが考え込み、結論を出した。

「サイモンは同行せよ。アイリスは残れ。白首を誘導できるのはお前だけだ」

アイリスはがっかりした。だが団長の決断は絶対である。オリバーとサイモンが参加した空賊討伐団は、暗い中、アオリ村へと出発した。


空賊の首領ギヨムは、アオリ村に到着した王空騎士団と王国軍に向かって大声で要求を告げた。

「武器とフェザーの放棄を要求する。女の飛翔能力者を引き渡せ。あの女さえ引き渡せば俺たちはおとなしく縄張りに帰る！　でなければ人質は殺す！」

オリバーはギヨムの要求を聞いてほんの一瞬固まったが、すぐに通訳をした。

「アイリスを引き渡せば帰ると言っています」

王国軍の大隊長カールは四十五歳。角刈りの頭に青い瞳の大柄な男である。オリバーの通訳を聞いて王空騎士団長ウィルを見た。意味ありげな表情だ。

「ウィル、陛下のご指示は村人の命を第一にとのことだが、数ではこちらが圧倒的に有利。俺は空賊の要求など聞かなかったことにして攻め込むべきと思うが、お前はどう考える？」

「戦闘になれば村人の半分は殺されるだろう。生き残った村人には王空騎士団と王国軍への恨みが残る。子は一生恨むだろうし、その恨みはそのまた子や孫の代まで引き継がれるものだ。長い目で見ればそれは、大きな負の遺産だ。アイリスは極力温存しておきたかったが、奴らの狙いがアイリス一人ならば仕方ない。アイリスを呼び寄せる」

「なっ！　お前は自分の部下を空賊に差し出すつもりか！」

ウィルはカールに向かって片方の眉を上げてから、オリバーを呼んだ。

「あいつに要求に応じると伝えてくれ。だが、王都までアイリスを呼びに行き、連れてくるまで時間がかかる。そうだな、到着は明日の朝くらいだと伝えろ」

「はあっ？　あんなやつらにアイリスを引き渡すんですか？」

カールが険しい顔になった。

「おいっ小僧！　王空騎士団長に向かって、なんて口のきき方だ！」

「カール、この少年はアイリスの従弟だ。君、そうだったな？」

オリバーがカールを見ながらうなずいた。

「オリバー、落ち着いて我々の作戦を聞いてくれ」

オリバーはウィルから作戦を聞かされ、「それなら」と納得し、カールはその間に各小隊にウィルの作戦を伝えをさせた。オリバーがギヨムに作戦以外のことだけを通訳する。

「女性能力者の到着は、明日の朝以降になるでしょう。それまで武器とフェザーの放棄は拒否する。村人を殺すなら戦闘開始だ。お前たちを全滅させるまで戦う」

「そのぐらいは待ってやる。俺もこれ以上部下を失いたくない。ただし！　援軍を増やすなんて考えなら、この村の住民は皆殺しってことを忘れるな。俺たちは全滅の覚悟だ」

ここに来ている王空騎士団員の中から一番速く飛べる者を送ることになり、サイモンが呼ばれた。

「サイモン、このメンバーなら以前のお前が一番速かったが、今はどうだ?」

「もう怪我の影響はありません。行かせてください」

「よし、では今から言うことを聞いて覚えろ。そして全速力で飛べ」

サイモンはウィルの作戦を聞かされて驚いた顔になる。

「では、団長、行って参ります」

「頼んだぞ」

サイモンがフェザーで飛び立つ。その姿はあっという間に小さくなり、見えなくなった。


翌朝、日の出から二時間ほどで上空に待機していたファイターがウィルのところに下りてきた。

「団長、アイリスとサイモン、それと巨大鳥《ダリオン》が一羽、こっちに向かっています。大きさからすると、白首です」

「そうか。わかった。できるだけ大きな声で巨大鳥《ダリオン》の襲来を知らせろ。そのあとは昨夜伝えた通りだ」

「はっ!」

そこからアオリ村は大騒ぎとなった。まず、見張り役のファイターが村中に響く声で怒鳴った。

「巨大鳥《ダリオン》だ! 巨大鳥《ダリオン》がこっちに向かってくるぞ!」

グラスフィールド語の叫びを聞いた村人たちは恐慌に陥った。

「ぎゃあああ」

「助けてくれ！　家の中に入れてくれ！」

「食われる！　外にいたら食われちまうっ！」

そこに大隊長カールの声が響いた。

「王国軍は各自村人を家の中へ避難させよ！　その後自らも屋内にて待機！　繰り返す！　村人を避難させ、自らも屋内にて待機！」

剣を構える空賊たちにはオリバーが同じ指示をマウロワ語で叫ぶ。

「巨大鳥《ダリオン》だ！　巨大鳥《ダリオン》が来るぞ！」

王国軍の軍人たちは大隊長カールの指示で一斉に村人たちを縄で縛られたまま、手近な家に避難させ始めた。

「おいっ！　勝手なことをするな！　ぶっ殺されてえかっ！」

「いいからあれを見ろ！」

空賊たちに軍人たちが空を指さす。皆が朝日の方向を見た。

ギヨムは固まった。ゴマ粒ほどの二つの点は人。その隣を飛んでいる巨大な物体は……。

「なんだありゃあっ！」

「巨大鳥《ダリオン》だよ！　あんたも早く家の中に入らないと食われるぞ！　僕は逃げる」

「あっ！　待て、小僧！」

巨大鳥《ダリオン》がだいぶ近づいたところで、空賊たちもやっとその正体に気がついた。初めて見る巨大鳥《ダリオン》の大きさに、全員が一瞬絶句した。そして恐慌に陥る。

「巨大鳥《ダリオン》だっ！」

「でかいっ！」

「逃げろ！　早く家の中へ！」

蜂の巣をつついたような騒ぎになり、全員が家の中に入ってから白首とアイリスとサイモンが到着した。二人と一羽は広場に降り立つ。

「誰もいないわね」

「そりゃそうだよ。巨大鳥《ダリオン》が来たんだから」

この地区は巨大鳥《ダリオン》が立ち寄らないことから、金属製の鎧戸ではなく、やわな木製の扉が窓に取り付けられている。家の中に逃げ込んだ総勢千数百名の人間のうち、巨大鳥《ダリオン》を初めて見る空賊たちは、全員が驚愕の表情で木製扉のすき間から外を見ている。巨大鳥《ダリオン》への恐怖心が染み込んでいる村人たちは、家の奥で縮こまっていた。

一軒の家からオリバーが出てきて、白首から距離を取った位置で声をかけてきた。

「やあ、アイリス。早かったね」

「オリバー！　なんでこんなところに？」

「通訳を買って出たんだ。みんなやりたがらなくてね」

「ああ、なるほどね。よく伯父様たちが許したわね」

「事後承諾だよ。さあ、ここからは僕とアイリスの出番だよ」

「わかった。団長からの指示は理解しているわ」

アイリスは白首の隣に立ち、広場で声を張り上げた。

「空賊の首領に告ぐ！　要求に応じてやって来た。私が王空騎士団でただ一人の女性の飛翔能力者よ！　私をどうしたいの？」

アイリスのその言葉が合図だった。漁村の小さな家々に、敵味方一緒にすし詰めになって避難していた男たち。その中の王国軍と王空騎士団の男たちが一斉に空賊に飛び掛かった。

すぐに逃げ込める場所にあった数十軒の家は、立っている者同士が押し合うほど混み合っている。空賊たちは剣を振り回すこともフェザーに乗ることもできなかった。そして圧倒的な数の差。

抵抗する間もなく、空賊たちは全員が押さえ付けられ、縛り上げられた。オリバーはそこからてきぱきと通訳し続ける。

「あの子が私以外の人にあんなにしゃべるの、初めて見たわ。オリバーも成長したものね」

アイリスが感心して見ていると、ウィルが話しかけてきた。

「よくやったな、アイリス。村人を一人も死なせずに制圧できた」

「白首がおとなしく私について来てくれて、本当によかったです」

「白首が来なければ、多くの被害が出るのを覚悟で戦闘を始めるところだった。あっ！」

ウィルが少し慌てた。白首が村長の家の屋根に飛び乗ったのだ。村で唯一の二階建ての家だ。

「退屈しているのかもしれません。あの子は遊びたいんだと思います」

「このまま王都まで白首を連れて帰れるか？」

「はい。大丈夫です」

「アイリスはサイモンと一緒に帰れ。お前たち二人は、今日はもう仕事は終わりだ」

「はい。わかりました」

アイリスは白首が止まっている村長の家の屋根に飛び乗った。

「ルル、一緒に帰ろう。あなたの仲間のところへ。一緒に来てくれてありがとう」

「クルルルル」

「さあ、行こう。お前は大活躍だったのよ」

「クルルルル」

アイリスはフェザーで白首の前に浮かんだ。遅れてサイモンも少し離れた場所に上昇する。

「僕はまだ働けるけど」

「私も。だけど、サイモンは王都まで往復したし、ここは人手が足りているわ。それに、帰る頃にはどっちにしろ夕方だわ。言われた通りに帰りましょう」

白首が大きな翼を羽ばたかせ、飛び上がった。アイリスが誘導して二度三度と村の上空を回り、それから王都へ向かって飛んだ。白首がアイリスを追いかけ、サイモンは少し距離を置いて白首の後方を飛んでいる。

アイリスは飛びながら、くつろいでいる。来るときは呼吸が苦しくなるほどの高速で飛んだが、帰りはゆっくりだ。暖冬とはいえ、二月の空気を切り裂いて飛ぶと、かなり寒い。

（寒いけど、気持ちいい！）

アイリスは目元を緩ませながら飛んでいる。

アオリ村の人々は巨大鳥《ダリオン》に話しかけ誘導するアイリスを見て感動していた。全員が家の外に出てアイリスと巨大鳥《ダリオン》が見えなくなるまで見送った。少し寂しそうなオリバーもまた、アイリスを見送っていた。

（アイリスに懐いている巨大鳥《ダリオン》があんなに大きいとは。アイリスは空を飛べるようになって、変わった。すっかり僕の手が届かないところに行ってしまった）

アイリス、サイモン、巨大鳥《ダリオン》がもう見えなくなった。オリバーは自分の初恋が相手に気づかれないまま終わったことをやっと受け入れた。

「すごかったなあ。こんな光景を見ることができるなんて」

「巨大鳥《ダリオン》が飼い慣らされたように従っていたな」

「あのお方が女神の申し子のアイリス様か」

「美しいお方だったわねえ」

「なんと勇ましく尊いお姿だろう」

誰からともなく皆が祈り始めた。

村人たちに祈られているとも知らず、アイリスはゆったりした速さで飛び、王都の隣にある巨大鳥《ダリオン》の森へと白首を送り届けた。白首は名残り惜しそうにアイリスの周囲を回っていたが、やがて巨大鳥《ダリオン》の森へと帰った。

「サイモン、これからどうする?」

「少し話をしたいんだけど、いいかな」

「ええ! 私もゆっくり話をしたかった。神殿で暮らし始めてから、ずっと会えなかったものね」

二人は王都に戻り、巨大鳥《ダリオン》を監視していたカミーユに帰還を告げてから、ちょうど仕事が終わりになった王空騎士団と一緒に広場から離れた。

「オリバーが頑張っていたわね。私の中のオリバーは気難しい天才少年なんだけど、いつの間にか国のために活躍していてびっくりしたわ」

サイモンは複雑な気持ちで聞いている。

(アイリスはオリバーが自分をどんな目で見ているか、気づいていないのか。あれは従弟の目じゃない。彼はきっと……。いや、余計なことを言うのはやめよう。オリバーに失礼だ)

「アイリス、これからジュール侯爵家に行って父に今回のことを説明したい。僕たちの今後のこともある」

アイリスは微笑んで、サイモンの先導でジュール侯爵家に向かった。侯爵が出迎えてくれた。

「おお、サイモンとアイリスじゃないか。どうした? なにかあったのかい?」

「父上、本日、空賊がアオリ村に上陸しました」

「なっ! それでどうなった?」

サイモンが説明する。アイリスを要求されたこと、白首を連れてアイリスが現地に向かったこと。白首を同行したことでウィルの思惑通りの展開になったこと。

「そうか。ついに空賊がこの国の民に見られてしまったか。国はどうするつもりだろうな。他国にも飛翔能力者がいると知られてもなお、王空騎士団は存続できるのだろうか」

「僕は、他国出身者であっても、王空騎士団に迎え入れたらいいと思います」

「それはどうかなあ」

　黙って聞いていたアイリスが何か言いたそうなのを見て、侯爵が声をかけた。

「アイリス、言いたいことがあるなら言ってごらん」

「私は、巨大鳥《ダリオン》島に行ってみたいです。空賊が大勢捕まった今、空賊退治に人手を割く必要は大幅に減りました。今がチャンスだと思うんです」

　部屋の中がシーンと静まり返った。最初に口を開いたのは侯爵である。

「巨大鳥《ダリオン》島に？　なんのためにかね？」

「本当は終末島《エンドランド》に行ってみたいのですが、これから巨大鳥《ダリオン》が向かうから行けません。逆に、巨大鳥《ダリオン》島は今、空き家状態です。巨大鳥《ダリオン》のことを知るために、彼らがどんなところで暮らしているのか、見てみたいんです」

　神殿で読み漁った本に、それを願う学者の言葉が書いてあった。

『巨大鳥《ダリオン》の生態を知らずに巨大鳥《ダリオン》と共存することは困難である。グラスフィールド王国の未来のために、彼《か》の地まで足を運び、調査の必要がある。だが、誰の賛同も得られず、資金も調達できない』

（私は聖アンジェリーナ以降、七百年ぶりに女性として能力を開花した。特別な巨大鳥《ダリオン》に懐かれ

た。飛翔能力も豊かにある。まだ若く能力が豊かなうちに、行ってみたい）

「それなら僕も同行するよ」

「考えもしなかったな。巨大鳥島《ダリオン》か。ふむ……面白い。私も協力しようではないか」

侯爵の言葉に、サイモンもアイリスも目を丸くした。

「アイリスとサイモンが優れた飛翔能力者でも、帰路も飛ばねばならんのだ。船の手配をしよう。飛べない学者も連れて行こう。船ならば万が一怪我人が出たときに備えて医者も連れて行けるというものだ」

アイリスは（巨大鳥島《ダリオン》に行けたら、オリバーがどれほど喜ぶだろう）と思う。

「渡りが終わり次第、船を出せるようにしよう。それまでに急ぎ各所に話をつける」

「父上、ものすごく嬉しそうですね。父上がそんな冒険を望まれるとは意外でした」

「冒険？　ふふふ。ああ、そうだな。冒険でもある。だが、誰も人が入っていない島だ。それも、島と言っても我が国と同じくらい広大。何が存在するかわからんではないか」

ジュール侯爵が含みのある笑みを浮かべた。それを見てサイモンとアイリスが同時に気づく。

「鉱石、とかですか？　父上」

「それとも役に立つ植物とかでしょうか」

「どちらもあり得る。未知の病気の可能性もあるが、太古の昔から巨大鳥《ダリオン》が行き来していてもこの国は滅んでいない。それは明るい材料だ。何も見つからなくてもいい。あの島に人が入ることが重要なのだ。ではちょっと出かけてくる。君たちはゆっくりしていきなさい」

侯爵は二人を残して足早に部屋を出た。廊下で侍従にあれこれ指示を出す声が遠ざかっていく。

「びっくりしたわ。賛成されるとは思っていなかったの」

「僕もだ。てっきりやめろと言われるとばかり。しかし、巨大鳥島《ダリオン》か。アイリス、誰も入ったことがない巨大な島に足を踏み入れるなんて、よく思いついたね」

「私が、ではないの。過去の学者さんの願いを本で読んだのよ。神殿には巨大鳥《ダリオン》と聖アンジェリーナに関する本がたくさんあったから」

二人がそんなやり取りをしている間に、ジュール侯爵は馬車で出発していた。行き先はエーリッヒ・グラスフィールド公爵邸である。ジュール侯爵の話に、大公は二つ返事で協力を申し出た。

「資金も人手も協力しよう。この話、他国との交流は国王の許可が必要だが、巨大鳥島《ダリオン》は国ではない。無断で行っても文句は言えないはずだが」

「大公様、あえて軋轢を生むことは避けましょう」

「そうだな。兄上に話を持っていくとしよう」

巨大鳥島《ダリオン》行きは順調に話が進み、渡りが終わったらすぐに出発する。

侯爵が『巨大鳥島《ダリオン》調査』の準備に動いている間も、王空騎士団は働いている。

今日は若い巨大鳥《ダリオン》三羽が王都の外れにある貧しい家に集まり、面白半分に窓の鎧戸を壊し始めた。すぐにファイターが煙を撒き、囮役《デコイ》も誘導に動いた。白首が途中からそれに参加したからアイリスもすっ飛んで行く。

「ルル、おいで。こっちにおいで」

白首がアイリスの声に反応すると同時に、他の若い二羽もアイリスに興味を示した。

「キエエエエッ」

「ギャギャギャギャ」

二羽が興奮した声をあげながらアイリスに向かって飛び掛かろうとした。それを想定していたアイリスは、全速力で上空へと向かう。あまりに急角度に飛んでいくアイリスを見て「へっ？垂直に上昇している？」と周囲のファイターたちが二度見した。

「あっ！」

白首が二羽を相手に空中戦を繰り広げていた。腹側の柔らかい羽毛が飛び散っている。素早く向きを変えながら二羽に向かって繰り返しぶつかるように向かって行く。

（あの鋭い爪だもの、強く蹴っただけでも肉が裂けるんじゃ）

アイリスは以前オリバーが『肉食の動物は相手を殺すまでの戦いはほとんどしない。どっちが上かわかればそこで終わりなんだ』と話してくれたことを思い出した。ハラハラしながら見守っているとマイケルがアイリスに近寄ってきた。

「アイリス、いい機会だよ。これで勝てば、白首はあの二羽に対して上位に立つ。アイリスを守ろうとして戦う白首が、群れの中で順位を上げてくれたら助かる」

一切鳴き声を出さずに続けられていた空中戦は、突然終わった。アイリスに飛び掛かろうとした二羽が逃げ出したのだ。白首はそれを途中まで追いかけたが、すぐに引き返してきた。

「ルル！　よかった！　怪我はない？」

心配になったアイリスが広場に誘導し、白首の腹をじっくりと見た。

「裂けてる！　どうしよう！」

腹の下のほうがパックリと四十センチほど裂けている。そう深くはないが、血が流れ、羽毛がべったりと濡れて貼りついていた。だが、白首はさほど気にしている様子はない。

「ごめんね、ルル。でも、私を助けてくれてありがとう」

そっと腕を伸ばして白首の羽に触れると、白首は力を加減しながらアイリスに頭をこすりつけた。最近では、くちばしを撫でることもできるようになっていた。それを見ているファイターたちは「アイリスが巨大鳥《ダリオン》のくちばしに手を伸ばすたびに、腹の辺りがぞわぞわする」「俺も」「心臓に悪い」と言い合っている。


春の渡りが始まってから一週間が過ぎた。

その日の朝も騎士たちが広場上空へと移動を開始した。アイリスは張り切って担当区域で巨大鳥《ダリオン》の飛来を待ち受けた。ところが巨大鳥《ダリオン》たちは用意された餌を食べに来ない。

広場の周辺で浮かんでいた騎士団員は、ウィルの指示で見張り役を残して全員が地上に降りた。

「どうやら今日か明日には旅立つようだ。最後まで気を抜かず、職務を遂行するように」

「はい！」

昼には巨大鳥《ダリオン》の旅立ちが始まった。

巨大鳥《ダリオン》の森から続々と巨大鳥《ダリオン》が王都の上空に集まり続けている。

七百羽から八百羽の巨大な鳥が上空を旋回し、「ギャッギャッ」「ギャアアアッ」と鳴き交わしながら飛んでいる。声の塊が降ってくるようで、普通の声の大きさでは会話ができない。先輩たちがアイリスの隣で大声を出していた。

「一週間でいなくなるのは俺が知っている中で最短だ」

「過去の記録の中でも最短じゃないか？」

「早くいなくなってくれるのはありがたいよ」

ファイターたちはそう言葉を交わしながら嬉しそうだが、アイリスは複雑な気持ちだ。

（私は……ルルとお別れするのはちょっと寂しいかな）

「あっ！」と思わずアイリスの口から声が漏れた。一羽の巨大鳥《ダリオン》が黒い輪から外れて下りてきた。

「ルル！」

近寄っていいものかとウィルを見ると、「いいぞ」と言うようにウィルがうなずいた。急いで白首と並んで飛ぶ。白首はゆっくり羽ばたきながら、広場に降りた。

「ルル、みんなと一緒に行かなきゃだめなのに」

「クルルルル」

「ルルはまだツガイを持たないのかもしれないけれど、それでもみんなと一緒にね」

「クルルルル」

「秋の渡りのとき、また一緒に遊ぼうね」

白首は頭を下げて、アイリスの顔に嘴をこすりつけた。アイリスは背伸びをして首に抱きつき、嘴に頬ずりする。見ている団員たちが心配していることはわかっているが、ルルと別れるのはやはり寂しい。

「あら？　昨日の傷がもうくっついてる」

傷口の周囲の羽毛に血が黒くこびりついているが、パックリ口を開けていた大きな傷は乾いて塞がっている。

「すごいわね。もう傷が治りかけている。安心したわ。終末島《エンドランド》に行っても元気でね」

「クルルルル」

アイリスが抱きついていた腕を離すと、白首は最後にアイリスを見つめてから翼を広げ、石畳を蹴って飛び立つ。そのまま旋回している群れの中に加わった。やがて巨大鳥《ダリオン》の集団は、北へ向かって飛び去った。

春の渡りは一週間で終了した。王空騎士団の面々は、全員が安堵の表情だ。

「これで半年は通常の生活に戻れるな」

「空賊たちがあれだけ捕まったから、今後の空賊退治はグッと楽になるな」

「弓矢の一件のときは、人生の終わりかと思ったよ。あれを無事に乗り切れた。よかった！」

声高にしゃべっている騎士団員たちの声が明るい。訓練生たちもホールに呼ばれ、ホールでウィルの挨拶が始まった。ファイターたちが喜んだのは次の部分だ。

「今回、弓矢事件の処分に王家と重鎮たちが忙殺されるため、慰労会は開かれない。その代わり、騎士団員は金一封を賜《たまわ》ることになった」

毎度短いウィルの挨拶が終わって解散となった。事務員のマヤが王家の紋章が入った革袋を全員に配り始める。あちこちにグループができて、これから街に繰り出す相談をしている。サイモンが駆け寄ってきた。

「アイリス！　お疲れ様」

「サイモンはもう走れるようになったのね」

「うん。問題なく走れる。この顔の傷は、訓練生の間では『かっこいい』と言われてるよ」

サイモンは苦笑すると「この後、ジュール侯爵家で集まりがある」と耳元でささやいた。アイリスは黙ってうなずいた。

(美しい顔に大きな傷がついても、私が思うほど気にしていないようでよかった)

二人でフェザーに乗り、ジュール侯爵家に向かう。眼下の王都は人であふれている。アイリスとサイモンに気づいて手を振る人も多い。

ジュール侯爵家にアイリスとサイモンが到着すると副団長カミーユとマイケルも来ていた。カミーユはアイリスたちが着席するとすぐに話を始めた。

「よお、来たか。では説明を始める。巨大鳥島《ダリオン》に上陸する飛翔能力者はアイリス、サイモン、マイケル、俺の四名。非能力者は私の父ガルソン伯爵、オリバー、医師一名、学者一名の四名。合計八名だ。船員たちは上陸せず、現地に港がないので沖で待機。能力者が非能力者をフェザーに乗せて上陸だ」

「オリバーも参加するんですね？」

アイリスが思わず驚いて声を出すと同時に、ドアが開いてオリバーが入ってきた。

「遅くなりました。オリバー・スレーターです」

オリバーはアイリスの左側に着席した。右側に座っているサイモンが小声で説明してくれた。

「彼が巨大鳥《ダリオン》のことを研究しているってアイリスがいつか言っていたでしょう？　だから父上から声をかけてもらったら、『絶対に行く』って即答だったらしい」

カミーユが説明を始めた。

「飛翔能力者は一週間後に出発。南端の港に向かってくれ。非能力者は先に船で港に向かう。港で全員が合流。船で巨大鳥《ダリオン》島に向かい、上陸する。なにか質問は？」

「はい！」

「なにかな、アイリス」

「南端の港まで、飛翔能力者が一人ずつ飛べない人を乗せて飛べば簡単なのでは？」

カミーユが苦笑し、マイケルはクスッと笑った。

「アイリス、みんながお前ほど飛翔力を持っているわけじゃないんだよ。三十過ぎの俺は、誰かを乗せて南端の港まで何百キロも飛び続けるのは、かなり厳しい」

「あっ……」

「申し訳ないって顔をするな、逆に傷つく」

その場にいた全員が笑う。オリバーが落ち着かない感じでつぶやいた。

「上陸の記録がない島に行けるのはワクワクします。本当に嬉しいです」

オリバーだけでなく男性たちが全員喜んでいるのは顔でわかる。オリバーが話しかけてきた。

「アイリス、突拍子もないことを思いついてくれてありがとうね」

「ふふふ。どういたしまして」

そこでカミーユが打ち合わせを終わりにした。

「島に滞在しているのは十日間の予定。行きたがる人間が軍人にも貴族にもいなかった。『巨大島《ダリオン》が島に残っていたら困る』という理由らしい。よって、軍船は同行せず、ガルソン伯爵家の船だけになった。ジュール侯爵家からは物資と資金の援助をいただいた。以上。解散」


合流の日、グラスフィールド島南端の港に四人の飛翔能力者が降り立った。アイリス、サイモン、マイケル、カミーユである。港にはカミーユの父ガルソン伯爵所有の船が停泊していた。

「大きな船！」

「うちの領地は海辺だからね。この船を見るのは俺も久々だ。懐かしいよ」

船の大きさに驚いているアイリスに、カミーユが嬉しそうに説明してくれた。

船から桟橋にタラップが渡され、水と食糧が次々と運び込まれている。全員がフェザーに乗って船に乗り込むと、他のメンバーが待っていた。カミーユの父ガルソン伯爵、オリバー、医者のクレイグ、動物学者アルトの四人だ。

帆船は風に恵まれ、南南西に位置する巨大島《ダリオン》島へと快調に進む。飛翔能力者は誰も酔わなかったが、オリバーと医者と動物学者は船酔いに苦しんだ。

三十歳の医師クレイグは濃い茶色の髪を一本に縛っていて、黒い瞳が聡明そうな男性。顔は真っ青だ。動物学者のアルトは四十歳。金色の髪に青い瞳で、やはり顔色は悪い。そのアルトが食事中の飛翔能力者たちを眺めている。特にアイリスを。

「なんでしょう？　アルトさん」

「アイリス、肉は美味しいかい？」

「はい！　上等な柔らかいお肉ですよ。ひと口だけでも召し上がればいいのに」

「いや、床に転がっているのが一番楽だ」とつぶやくと、クレイグが苦笑しながら話しかけた。

「アルト、飛翔能力者は幼い頃から空中で姿勢を保って飛べる人たちですからね。船酔いしないんですよ。我々はあと三週間ほどの辛抱です」

三週間と聞いてアルトは「長い」とつぶやいて目をつぶった。

海は一日ごとに色を変えている。濃い青から鮮やかな青へ。そしてさらに明るい青に変わっていく。海面にはイルカの群れが頻繁に見られるようになった。

「ねえサイモン、まだ二月だというのに、まるで初夏みたい」

「巨大鳥《ダリオン》島はもっと気温が高いんだろうね」

「楽しみ。美味しい果物とか実っているかしら」

「う、うん。そうだね。僕は見たことがないような猛獣がいないことを祈ってるよ」

「あっ、そうね。まずは飛べない人たちを守らなきゃよね」

二人の会話を聞いているマイケルが真面目な顔で参加してきた。

「僕は巨大鳥《ダリオン》が残っていないことを祈っているよ」

「マイケルさんがこの探検に参加したこと、私は意外でした」

マイケルは整った顔に笑みを浮かべて即答する。

「年を取れば僕たちはあまり飛べなくなる。そうなる前に巨大鳥《ダリオン》島を見たかった。サイモンは無事に飛べるまで回復したけれど、あのレベルの怪我で飛べなくなる人もいる」

「僕は幸運でしたね」

「その傷が残っても幸運といえるサイモンはすごいよ。それでね、他の騎士団員は巨大鳥《ダリオン》島には行きたくなかったらしい。『空賊退治のほうがよほどいい』とみんな言っていた」

アイリスとサイモンは黙り込んだ。

(そうよね。みんな、仕事だから巨大鳥《ダリオン》の前に出るのよね。私は……広い世界を見てみたい。とにかく遠くまで飛んでみたい。それがなぜかは自分でもわからないけど)

考え込むアイリスをマイケルが見ている。マイケルは自分が伝説的な飛翔能力者と同じ時代に生まれたことも、その当人と一緒に冒険の旅に出られることも幸運だと思っている。

(アイリスは何百年先、千年先にも語られる飛翔能力者だ。本人にその自覚はないようだけど)

船旅は順調に進み、やがて前方に巨大鳥《ダリオン》島が見えてきた。

「巨大鳥《ダリオン》島が見えるぞ！」

カミーユの大声を聞いて、三週間でげっそりやつれたクレイグとアルトも船室から甲板に飛び出してきた。

「やっとだ……」

オリバーは青い顔で壁を伝いながら出てきた。ここで誰が誰のフェザーに乗るかをカミーユが指示したが、アイリスの名前がない。

「副団長、私は？」

「ああ、悪いがアイリスは食料と水を運んでくれるか？」

「はいっ！　了解です！」

アイリスは躊躇なく引き受けるが、甲板に積み上げられた木箱は小山のようだ。

クレイグが「まさか、あれをこの少女一人で運べと？」と呆れ、アルトは「王空騎士団は女性を酷使する組織なんだね」と渋い顔になった。それを聞いたカミーユが苦笑する。

「王空騎士団は性別も年齢も関係ない。実力主義だ。この中ではアイリスが飛び抜けて飛翔力が多いんだ。では分担して出発するぞ」

カミーユが父親を、マイケルがオリバーとクレイグを、サイモンがアルトを乗せて甲板から浮かび上がる。そしてアイリスは網に入れられた山のような荷物をぶら下げながら浮かび上がった。

「島まで出発！」

カミーユの号令で全員がふわりと浮かび上がる。アイリスがニコニコしながら荷運びするのを見てアルトが「信じられない」と言いながら首を振った。

第六章

巨大鳥《ダリオン》島へ上陸

「これは……。カミーユ、巨大鳥島《ダリオン》がこのような土地だったとは」

「私も想像もしませんでした、父上」

島中にあふれているのは命。上空から見てもわかるほどの命の奔流だ。濃い緑の多種多様な木々が川を中心に広がっている。互いに太陽の光を求めて上に伸び、グラスフィールドではなかなか見ないような高さの木がぎっしり生えている。

樹木には大小さまざまの鳥たちが巣を作り雛を育てているのだろう。餌を求めて鳴き続ける雛の声が賑やかに聞こえてくる。空を移動するアイリスたちを見て、「キャアッキャッキャッ！」と警戒を促すサルたちの声が、鬱蒼とした森の中を伝わり広がっていく。

深い森を抜けるまで飛び進むと、次は広大な草原が見えてきた。

草原では鹿や平《ひら》ツノ牛《うし》の子連れの大集団が移動しながら草を食んでいた。

ゆったり流れる川では産卵する魚たちがあちこちでバシャバシャと飛沫を撥ね上げている。

「おそらくネズミやウサギも繁殖行動中だろう。多種多様な動物たちが巨大鳥《ダリオン》がいない間に大急ぎで繁殖する仕組みが出来上がっているんだな。今はまだ全てが推測だけどね！」

「僕もそう思います！　巨大鳥《ダリオン》が君臨するこの地では、種《しゅ》を存続させるためにはそれが一番効率がいいはず！」

動物学者のアルトがサイモンのフェザーの後部から声を張り上げ、オリバーはカミーユの前からアルトに返す。それを聞いたマイケルが背後に乗っているクレイグ医師を振り返った。

「学者さんはせっかちですねえ。まずは地面に下りてからにすればいいのに」

「彼らは興味ある対象を目にすると我を忘れる生き物だから。仕方ないよ」

マイケルとクレイグがそんな会話をしている脇を、山のような物資をフェザーにぶら下げながら、アイリスが高速で追い越していく。数百キロはありそうな大量の荷物が後ろになびいている。

それを見送ってマイケルが「ぷっ。もう、本当にアイリスの飛翔力は化け物じみてる」と笑う。

「うわー！　きれいな所ですねえ！　もっと殺伐としてる場所だと思っていましたよ！」

はしゃぐアイリスにサイモンが慌てて声をかける。

「アイリス待って！　君は先頭じゃないほうがいい！　万が一巨大鳥《ダリオン》が出てきたら、その状態じゃ危ないよ。それに、縄が切れたらシャレにならない」

「う、うん。そうね。そうだったわ」

アイリスが最後尾に戻った。カミーユが上空で一時停止し、小高い丘を指さした。

「拠点はあの丘の上にしよう！」

三機のフェザーが丘の周囲を一周してから岩の多い地面に着地した。最後にアイリスが静かに荷物を地面に下ろして着地する。男性たちがテントを張り、荷物を運んで並べる。アイリスは手際よく焚火を燃え上がらせた。唯一仕事をしそびれているのはオリバー。

「サイモン。僕もなにか仕事をしたいんだけど、なにをしたらいいかわからないんだ」

「じゃあ、鉈《なた》で茂みを払ってくれる？　我々や食べ物の匂いにつられて大型の獣が来たら困るから、周囲を見通せるようにしたい。鉈を使ったことあるかい？」

「ないけど、できると思う」

オリバーは不器用に茂みを払い始めた。それを見たアイリスは心底驚いた。研究以外は全て使用人任せで生きてきたオリバーが、自ら雑用をこなしている。「オリバーは変わったわね」とアイリスがそうつぶやいて枯れ枝を探しに行ってからマイケルがサイモンを意味ありげな顔で見る。

「なんですか」

少々ムッとしてサイモンが問いただすと、マイケルがニヤニヤしながら答える。

「よかったねえ、君の恋人が鈍感な人で。幼なじみなんて、ライバルとしては最強だからね。彼女、僕のアプローチにも全く気づかなかったっけ」

「なっ！」

「ああ、僕ならもうその気はないよ。サイモンは騎士団に入ったらトップファイター間違いなしだから。仕事で組む相手に嫌われて高い場所で何かされたくないよ」

「僕は仕事でそんな卑劣なことはしません！」

「だろうね。でも嫉妬は人を変えるものだ」

「そもそもアイリスはあなたになびいたりしません！」

マイケルは「はいはい。それはよくわかってるよ」と笑いながらフェザーで飛び上がり、見張りを始めた。

テントの設営が終わり、全員で出かけることになった。二人乗りでフェザーに乗った八人は、森の中をゆっくりと進む。アイリスは動物学者アルトを後ろに乗せて飛びながら話しかけた。

「全員で出かけてしまって、テントの食料を荒らされませんかね」

「僕が持参したオオカミの尿を周囲に撒いておいたから、大丈夫だと思う」

「へえええええ！　オオカミの尿にそんな使い方があるなんて」

地上二メートルほどを保ちながら、四機のフェザーはゆっくり移動している。二人乗りのフェザーは互いに会話ができる距離で飛んでいる。二時間ほど飛び、いったん小休止になった。大木の枝の上に腰かけての休憩だ。

「命が豊かだという以外、これといって変わったところはない、かな」

「そうなんです。美味しそうな果物が見つかりませんでした」

ガルソン伯爵に、アイリスが同意する。

「今まで誰もここに来たことがないというのが不思議です」

「みんな命は惜しいし、全部徒歩じゃ気が遠くなる広さだよ」

サイモンの疑問にマイケルが返す。

「僕は歩いてみたいんですが、危険すぎますか？」

「私も歩いてみたい。地表をじっくり見てみたいんだ」

オリバーの言葉にアルトがそれに同意した。

「いいだろう。アイリス、君は少し上から周辺を見張りながら移動してくれるか？　マイケルとサイモンは剣をいつでも使えるようにしておけ」

カミーユの指示で小休止のあとは徒歩移動になった。半日かけて移動しているときにその場所が見つかった。見つけたのはアイリスだ。

「十時の方向に、白い物が積み重なっている場所があります！」

すぐに全員がその場所へと進み、動物学者アルトとオリバーが積み重なっている物を見て興奮した。白い小山は全て動物の骨だった。オリバーが興奮した様子で叫ぶ。

「ここは、巨大鳥《ダリオン》の食卓だ！」

「動物の骨の山と鳥類の糞と巨大鳥《ダリオン》の羽。間違いないな。この広い島に点在しているはずの巨大鳥《ダリオン》の食卓に出会えるなんて、運がいいぞ」

「あの枝が重なり合っている場所で食べていたんだな」

アルトが周囲を見回して確信した様子でつぶやき、それを聞いたカミーユが同意する。ガルソン伯爵がおっとりと声をあげたのは、しばらくしてからだ。

「巨大鳥《ダリオン》の糞《ふん》はいい肥料だが、さすがにここまで採りに来るのでは採算が取れないな。王都の森に落ちる巨大鳥《ダリオン》の糞は高値で取引されるのに、もったいない」

巨大鳥《ダリオン》の糞と聞いてオリバーが駆け付ける。

「手つかずの巨大鳥《ダリオン》の糞！　幸運だ。王都の森では肥料業者がすぐに奪い合いをするから、僕は落ちている状態では見たこともない！　ん？　これは……なんだろう。ずっしり重い」

「なあに、オリバー。何を見つけたの？」

アイリスが下りてオリバーの手元を覗き込む。オリバーの手には長さ二十センチ、横幅十五センチほどの長い楕円形の物体。卵ほど滑らかではなく、表面には多少の歪みがある。

「糞が少しついているから、巨大鳥《ダリオン》が排泄したものかな？」

アルトがオリバーから黒い塊を受け取り、まじまじと眺めてから指の関節で黒い塊を叩いた。

「巨大鳥《ダリオン》の森では長年にわたって糞が採取されているが、こんな塊の話は聞いたことがない。かなり堅いな。他にもあるかもしれない。探そう！　みんな手伝ってくれ」

アルトは興奮した様子。それから全員で周囲を探したが、落ちていたのはそれ一個のみだ。八人は場所を移動しながら探した。黒い塊以外はこれといった収穫がないままその日は撤収した。

黒い塊の価値は、意外なことから判明する。

夜、カミーユが焚火で簡単な夕食を作っていた。カミーユは貴族だが野外料理は趣味だ。

「空賊退治の拠点では、団員たちに魚介料理を食べさせるのが私の楽しみなんだ。漁師たちの料理を、見よう見まねで覚えた」

「副団長、手際がいいです」

「ありがとうな、アイリス。オリバーは肉を焼く串を作ってくれ」

鉈《なた》を手にオリバーが木の枝を叩き切り、端を尖らせようとして……手を切った。親指の付け根がスッパリ切れ、結構な血が出た。

「痛っ！」

「血が出てるじゃないの。大変。血を止めなきゃ」

「手を洗っておいでよ。傷口が腐ったら困る。それからちゃんとクレイグ先生に診てもらってね」

「わかってる。母親みたいな言い方しないでくれよ」

しょんぼりしながらオリバーが木箱の上に置かれた水樽に近寄り、栓を抜いて手を洗い始めた。水はアイリスが川から汲み上げて運んだものだ。「アイリスは重い物を運ばせたら王空騎士団一だな」とマイケルがひやかしていた樽だ。

黒い塊を眺めていたアルトが「水がもったいないな」と言って、オリバーが手を洗っている下で黒い塊をこすり洗いし始めた。

「うん？　少しぬるぬるするな」

「えっ。僕にも見せてください！」

オリバーがアルトから黒い塊を受け取った。手を洗っている途中で傷を放置しているオリバーを見かねて、サイモンが包帯を差し出した。

「オリバー、まずは傷口を押さえたほうがいい」

「ああ、そうだった。痛くないからつい忘れた」

「痛くないわけがないよ。結構スッパリ切れていたじゃないか」

「そうなんだけど……。おかしいな。やっぱり痛くない。さっきまでズキズキしていたのに」

アイリスが焚火の近くにオリバーを引っ張ってきて傷を検分する。

「嘘！　傷がくっつきかけている。ついさっき切ったのに」

それを聞いたクレイグ医師が覗き込む。

「本当だね。数日前に切ったみたいになってる。普段からそうなのかい？」

「いいえ。こんなに早く傷口が塞がったのは初めてです。痛みがないのはなぜですかね」

「それ……もしかしてこれのせいってことはないよな？」

アルトが黒い塊を見る。黒い塊は水に溶けるらしく、アルトの手は赤く濡れている。

「この赤い水に傷を早く治す働きがあったりして。もしそうだったら大発見だな」

オリバーがアルトの手から塊を受け取り、滴《したた》っている赤い水を自分の傷に垂らした。

「オリバー！　巨大鳥《ダリオン》の排泄物から出たものなのに！　傷が腐るわよ！」

「無茶するなあ」

アイリスとマイケルが驚き呆れるのを無視して、オリバーは自分の傷に塊が溶けた水を擦り込む。

「見てよ。傷がどんどん治っていく」

マイケル、クレイグ、カミーユ、伯爵がオリバーを取り囲む。アイリスも男たちのすき間から焚火に照らされるオリバーの親指を見た。何も変化はないように見えるが、時間がたつと傷が目立たなくなっていくのがわかる。数分間で、オリバーの傷はくっつき、赤い線が残るだけになった。

クレイグがオリバーから塊をもぎ取った。

「これ、なんだ？　こんな効果があるものなら、とんでもない値打ちがあるぞ」

全員が興奮しているところにオリバーの冷静な声がかけられる。

「皆さん冷静に。この塊に傷を素早く治す働きがあるかどうか、今からもう一度試してみます」

言うなりオリバーは地面に置きっぱなしにしていた鉈を手に取って自分の手のひらに滑らせた。

「おいっ！」

「やめてっ！」

「オリバー！」

周りの人間が叫んだが遅く、オリバーの手が切れて血が流れ出した。そこに自分で黒い塊を擦り付ける。すぐに出血が止まり、ゆっくりゆっくり傷口が中から塞がっていく。

「これは……とんでもない発見だぞ」

「クレイグ先生、そういえばルルのおなかの傷も、次の日にはくっついていましたっけ」

アイリスの言葉を聞いてマイケルも思い出す。

「討伐派の矢に射られた個体も、次の日にはどれがそれなのか全くわからなかったな」

「マイケルさん、そういえばそうでした！」

カミーユが口を開いた。

「てことはだぞ、巨大鳥《ダリオン》の体には傷を早く治す力があって、これはその塊ってことか？　じゃあ、なぜ我が国の森にはこれが落ちていないんだ？」

動物学者のアルトがオリバーの傷を見ながらカミーユの言葉に応じる。

「もしかしたら、長期間かけて体内に体液のなにかがこうして溜まって、渡りの前に排出するとか？」

「副団長、それなら一羽につき一個なのかもしれませんね」

「カミーユ、今回はこの塊を探すことに注力すべきではないか？」

「そうですね父上」

カミーユと父親の会話にオリバーの言葉が続く。

「その塊が溶けた水を垂らしたら傷の痛みが引くのは間違いない。ほら、傷がほとんど治っている」

「時間がたってもオリバーの身体がなにごともないといいけど」

マイケルが怪しむようなことを言い、オリバーは微笑みながらマイケルを見る。

「副作用の有無を自分の身体で確かめられる。ありがたいよ。詳細に記録に残せる」

「オリバー……あんたって」

アイリスは呆れたが、オリバーの目はキラキラしている。

自ら切ったオリバーの二つ目の傷は、一時間もしないうちにくっついた。その合間にもオリバーは黒い塊を溶かした赤い水を傷口に塗る。カミーユがその様子を見ながら今後の計画を話す。

「もしこれが一羽につき一個ずつ排出されるのなら、この島にはこれが七百個から八百個あるはずだ。とんでもない宝の山だな」

「ですがこの先長期間オリバーの様子を観察しないと。思いがけない変化があるかもしれません」

「そうだな。マイケルの言う通りだ。オリバーは体調の変化に気をつけてくれ。何かあったら、必ず報告してほしい」

「わかりました」

オリバーはいつになく素直だ。動物学者のアルトは黒い塊を眺めながらつぶやいた。

「この塊が溶けてできる赤い色は血液由来なんだろうか。胆汁ってこともありえるか。どういう機序でこの塊ができるんだろう。巨大鳥《ダリオン》の解剖ができればわかるかもしれないが、そんなことはできないからなあ」

クレイグ医師は無言で考え込んでいる。サイモンがクレイグに話しかけた。

「クレイグ先生、なにか心配なことでもあるんですか？」

「心配より不安だ。こんな強い回復作用があると知ったら、マウロワ王国がこの島を占領するんじゃないか？　戦場にこれがあれば、兵士は傷ついてもすぐに回復してまた戦える」

焚火の周囲に集まっている全員が口を閉じた。それでなくとも強大な軍を持っているマウロワが、この塊を手に入れたら……。

「世界はマウロワの手に落ちるだろうな」

「父上。それだけは避けたいです」

「この塊のことは当分極秘扱いにしよう。皆、約束してくれるかね？」

全員がうなずいた。

二つのテントに分かれて入り、交代で見張りを務めた。アイリスは焚火を絶やさないよう枯れ枝をつぎ足しながら見張りを務めた。サイモンが途中でやって来て、二人で焚火の前に並んで座る。

「サイモン、なんだか大変なことになったわね」

「そうだね。あんなものが見つかるとは思わなかった」

「ルルは今頃終末島《エンドランド》でどうしているのかしらね」

「子育てをしているんだろうか」

「ルルは体こそ大きいけれど、まだ生まれて一年足らずだから、どうかしら」

背後から動物学者アルトの声がした。

「メスだと思うよ。ワシはメスのほうが体が大きい。おそらく巨大鳥《ダリオン》も同じだ。白首が他より飛び抜けて大きいのなら、メスだと思う」

「いつも私に甘えて鳴くルルが、いつかは卵を産んで雛を育てるんですね」

アイリスはしみじみしながらテントに入った。


翌朝は朝食後すぐにフェザーで飛び立った。全員がフェザーに二人乗りだ。

「おそらく巨大鳥《ダリオン》の縄張りは広い。飛びながら黒い塊を探そう」

カミーユの指示で四機のフェザーは南を目指した。グラスフィールド島よりおおよそ千キロ南に位置するこの島は、春とはいえすでに日差しが強い。照り付ける光の中を飛び続けた。

「ねえサイモン、僕を乗せて飛んで、疲れないかい？」

「大丈夫ですよ、クレイグ医師」

「私はなんとしてもあの黒い塊を採取したい。あれがあれば多くの怪我人を救える」

「そうですね。まずは骨の山を探しましょう」

アイリスはアルトを乗せている。アルトが「アイリス、あそこを見て！」と指さした。アイリスがすぐに声を張り上げた。

「副団長！　骨の山を発見しました！」

カミーユがピュウイッと指笛を鳴らし、四機がスッと集まる。マイケルがオリバーを乗せて先頭になり、ゆっくり旋回しながら周囲を確認してから着地した。次々と他のフェザーも着地したが、アイリスはアルトを降ろすと上空で見張り役を務めることにした。

「あったぞ！」

カミーユの声に全員が集まり、手元を覗き込む。昨日見つけた物よりひと回り大きな、黒い卵のような塊。

「やりましたね！　副団長」

「そうだな。さあみんな、次を探そう」

日没までに黒い塊は三個見つかった。全員の表情が明るい。カミーユの声も明るい。

「二日間で四個か。残り八日間でできるだけ集めたいものだ」

アイリスの隣からアルトが話しかけてきた。

「巨大鳥《ダリオン》の縄張りは広い。飛翔能力者がいなかったら、一個だって難しかったな」

「徒歩で探していたら、最初の一個にたどり着くまで、何ヶ月もかかったかもしれませんね」

焚火の周囲で簡単な野外食を食べながらそんな会話をしているとき、サイモンが「しっ！」と言いながら立ち上がり、剣に手をかけた。同時にマイケル、カミーユも立ち上がる。

アイリスは四人の非能力者に声をかけた。

「私のフェザーに乗ってください。なるべくくっついて乗れば乗れます。高い場所に移動します」

アイリスの前にオリバーとガルソン伯爵、背後にアルトとクレイグを乗せて、アイリスは高い位置まで飛び上がった。大木の枝に近寄り、停止する。

「この枝に降りてください。落ちないように動かないで」

「アイリスはどうするつもり？」

「大丈夫よオリバー。私は剣の腕はないけれど、なにかしら役に立てる。じゃ！」

アイリスは暗い森の中を見透かすようにしながら、ゆっくりと下降した。

「いた！　大型の猫みたいな獣がいます！」

木々の間に溶け込むように、真っ黒で大型の猫のような動物。子牛ほどもある黒ヒョウだ。

「二時の方向に黒ヒョウです！　すごく大きい！」

気づかれたことを理解したのか、黒ヒョウがサイモンたちに向かって走り出した。

黒ヒョウはマイケルに飛び掛かったが、すでにフェザーに乗っていたマイケルは素早く弧を描きながら上昇して避けた。剣を持った三人が空中に浮かんでいるのを見上げて、黒ヒョウが唸り声をあげながら焚火の周囲を歩き回っている。マイケルがカミーユに向かって声をかけた。

「副団長、僕が仕留めます。援護は不要です」

マイケルが黒ヒョウと向かい合い、サイモンは不要と言われたものの、黒ヒョウの背後側、斜め上に回り込んで剣を構えている。

（三人とも剣の腕が立つ人だから大丈夫、よね？）

そう思いながら見ていると、枝の上のほうにいるクレイグ医師の叫び声。

「なにかいる！　なにかでかいのがいるぞ！」

アイリスは素早くクレイグたちに近寄り、背後を透かし見た。だが暗すぎて何がいるのか見えない。枝の上の四人はそれぞれ大木の枝から落ちないように幹につかまったまま後ろを振り返っていて危なっかしい。オリバーは動揺のあまり身体がグラグラしている。

「オリバー、乗って！　早く」

オリバーの腕をつかみ、自分の前に乗せながらも、背後の闇を探した。

（どこ？　どこにいる？）

カミーユ、サイモン、マイケルも黒ヒョウから離れて飛んできた。サイモンが「乗ってください。早く！」と切羽詰まった口調でクレイグ医師に呼びかける。

高い場所で枝から空中に浮いているフェザーに乗り移るのは勇気がいる。非能力者四人が恐る恐るフェザーに乗り移るのを待ちきれず、能力者たちは彼らの腕をつかんで自分の前に引っ張り寄せた。

（今、なにかに飛び掛かられたら、誰かしら捕まるわ）

アイリスの背中を冷や汗が流れる。ようやく四機のフェザーにそれぞれ非能力者が乗った。その場から急いで離れ、夜の森の中を飛ぶ。木への激突を避けるため、速度は出ていない。

木を避けてフェザーを飛ばしながら、背後を何度も振り返る。

（来た！）

黒く大きな影が追ってくる。大きさからするとおそらく巨大鳥《ダリオン》。影はザザザッと音を立てつつ枝から枝へと飛び移り追ってくる。

（あれ？　もしかして飛べない？）

アイリスがそう思ったのと同時にカミーユも同じことに気づいたらしい。

「上昇！　上昇っ！」

同時に「ひえぇっ」と叫んだのは、急角度の上昇に怯える動物学者のアルトだ。

全員が二百メートルほど急上昇し、停止した。巨大鳥《ダリオン》らしき影は追ってこない。カミーユが「やはり追ってこないな」と言うとマイケルがぼやいた。

「アルトさん、飛んでいるときに叫ぶのは危険です。能力者の集中力が落ちます」

アルトの返事はない。目をつぶり、後ろに回した腕でマイケルの服をがっしりとつかんでいる。

オリバーも浮かんでいる場所の高さに気づき、アイリスの前でガタガタと震えている。

「地表に黒ヒョウ、森の中に巨大鳥《ダリオン》。なかなか切羽詰まった状況だなあ」

「カミーユ、そのようにのんびりしている場合ではないぞ」

「わかっていますよ父上。クレイグ医師、あの塊は？」

「ひとつだけは持っています。他は全部テントのリュックの中です」

カミーユはしばし考え込んでから指示を出した。

「いったん船に戻ろう。その後、飛翔能力者のみでテントに戻り、あの塊を回収する。では、これから船に向かって出……」

カミーユが「出発」の号令をかける前に、オリバーが遮った。

「待って！　僕たちの荷物は？　記録したノートが！」

サイモンが「僕たちが回収するから」とオリバーをなだめて一行は船を目指して飛び始めた。

船に着いて甲板に降りても、非能力者たちはげっそりしている。

アルトは「気持ち悪い」と愚痴をこぼし、オリバーが「僕もです」とそれに続いた。クレイグ医師は「飛翔能力者はもう、別の生き物だな」と青い顔で吐き気を堪えている。ガルソン伯爵は「酔った」とひと言。

苦笑しながらアイリスが眺めていると、カミーユが「朝日が昇ったら出発する。それまでは身体を休めておくように」と指示を出した。全員が部屋に引き揚げる中、サイモンが話しかけてきた。

「さっきの巨大鳥《ダリオン》はなぜ飛べないんだろう。強い治癒力を持っているなら、怪我をしてもすぐに治りそうなのに」

「傷はすぐ治るにしても、翼の骨折だったら、骨がちゃんと正しい位置でくっつかないと飛べなさそう。鳥は少しバランスが狂っただけでも飛べないと思う」

「そう言えば、矢を打ち込まれた巨大鳥《ダリオン》も飛び上がれなかったな」

「飛べる巨大鳥《ダリオン》がいなかったのは幸運だったわ」

翌日の日の出前。アイリスたちは甲板に集まった。

「今からあの塊を回収に行く。問題が発生しなければ他にも塊を持ち帰りたい。巨大鳥《ダリオン》が残っている以上、全員一緒に行動する。では、出発」

天気は快晴。ジリジリと照り付ける光が強い。全員がマスクとゴーグルを装着して高速で飛び、島に到着した。

四人は等間隔で横に並び、地表に目を向けながらゆっくりと飛ぶ。巨大鳥《ダリオン》の食卓は、上空から探すと見つけやすかった。食卓周辺の木が立ち枯れて森の中に小さな空間ができている。骨の山があれば、確定だ。

午前中いっぱいで黒い塊をさらに三個見つけ、いったん休憩になった。大樹の高い位置の枝に腰を下ろしてパンに肉を挟んだものをもそもそと食べる。アイリスが疑問を口に出した。

「巨大鳥《ダリオン》の食卓は、なんで木が枯れているんですかね。糞《ふん》は肥料なのに」

「強すぎるんだよ。農民は巨大鳥《ダリオン》の糞をそのまま使わない。落ち葉や敷き藁と混ぜて、寝かせてから畑に混ぜ込むんだよ」

「副団長は詳しいんですね」

「ああ、私の領地でも巨大鳥《ダリオン》の糞を使っているからね」

アイリスが納得していると、サイモンが小声で皆に話しかけた。

「十一時の方向にウサギがいます。でかい……」

「ほんとだ。でかいな。そして耳が短い」

マイケルが枝から飛び降りながらフェザーに乗る。ウサギに突進し、ウサギに飛び掛かった。

「はっ？　何をやっているんだ？」

カミーユが呆れている。マイケルは暴れる大型のウサギを抱えて戻ってきた。

「アルトさんに頼まれていたんです。この島特有の動物を連れ帰りたいって」

「そういうことか。さて、予定よりだいぶ早いが、巨大鳥島《ダリオン》の探索はこれで終了する。この塊を一刻も早く持ち帰りたい。テントに残した荷物もできる限り回収だ」

荷物を回収して船に飛翔能力者が戻った。カミーユの部屋で「黒い塊をどうするか」について八人が話し合いをしている。非能力者の四人は「国の援助なしで手に入れたのだから、半分はこのメンバーで分けていいのではないか」と意見を述べたが、カミーユは首を縦に振らなかった。

「王空騎士団員の我々が参加した以上、採取したものは全て国のものだよ」

カミーユに食い下がったのはクレイグ医師。

「この塊があれば私は多くの怪我人を治せます。人の命を救うためでもだめですか？」

「それでもです。この塊は王国軍の軍人や王空騎士団の治療に使われるでしょう。ただ……うっかり二個ほど落として割ってしまったのがある。割れた分はお許し願えるんじゃないかな」

カミーユはテーブルの上で布袋を逆さまにした。いつの間に割ったのか、ザラザラと黒い塊がテーブルの上に小さな山を作る。

「副団長ったら」

「なにも言うなマイケル。これはたまたま落として割ってしまったんだ」

「うっかり落としたらいい感じに割れたんですね。こんなに細かく割れたものは仕方ないですね」

皆が苦笑している中、唯一苦笑していないオリバーが提案した。

「副団長、これを僕にほぼ完ぺきに均等に分けさせてください」

オリバーが厨房に行き、小皿、棒、糸を組み合わせて簡易な天秤を作り、砕かれた黒い塊をきっちり均等に分けていく。迷いのない動きを見てアイリスが感心した。

「オリバーって頭がいいだけじゃなくて、手先も器用なのね」

皆の前で褒められて、オリバーが耳と頬を赤くしている。そんな二人を見ているマイケルがチラリと隣のサイモンを見た。サイモンが小声で抗議する。

「なんで僕を見るんですか、マイケルさん」

「大変だな」

「なにも大変ではありませんから。ほっといてください」

サイモンはオリバーがアイリスに好意を持っていることには以前から気づいている。気にしないようにしていたが、こうして二人が仲良く会話しているのを見ているのは心中穏やかではない。だが意地でも「なんでもない」という顔をした。

こうして参加者はオリバーが作った天秤で同じ重さの塊の欠片《かけら》を受け取った。帰りの船は再び三週間ほどかけてグラスフィールド島に向かって進む。動物学者のアルトは島で見てきた動物を絵に描いて記録し、せっせとウサギの世話をしている。木箱の中に入れられた大型のウサギは元気だ。

オリバーはほとんど部屋から出てこない。アイリスが心配してオリバーの部屋を訪れた。

「オリバー、船酔い?」

「いいや。さすがに揺れにも慣れたよ。僕は今、記録の整理に忙しい」

オリバーは相当数の種の絵を描き、種が実っていた草や木の絵を描いている。

「その種、歩きながら集めたの?」

「そうだよ。我が国では見ない種類の植物を選んで種を採ってきたんだ」

「どの種がどんな木や草に実っていたか、覚えてるの?」

「もちろんだ。種を採取するたびにしっかり見てテントに戻ったらすぐに記録したからね。全部で八十二種類だ」

「八……。天才だとは思っていたけど、あなた本当に天才なのね」

「記憶力がいいのと天才とは意味が違うけど、まあいいや。アイリスだからね」

「……あなたねえ。ううん、やっぱりいいわ。いまさらだった」

そんな日々が過ぎて、船はグラスフィールド島の港までもうすぐだ。

「我々飛翔能力者はフェザーで帰る。休憩しながら帰るぞ」

「そうしましょう。アイリスを基準にして飛んだら、そのうち誰かが墜落しますよ」

マイケルが真顔でそう言う。アイリスは「持久力はみんな似たようなものじゃないかしら」とつぶやいたが、誰も同意しなかった。

カミーユは上機嫌だ。(あの黒い塊は、間違いなく巨大鳥島《ダリオン》まで来ただけの価値がある)と喜んでいる。

飛翔能力者の四人は港から高速で飛び、王都に帰還した。

王城の学者と医者は、黒い塊の効果を見せられ、騒然となった。研究者たちは夢中になってその効果を調べた。怪我人を対象に何度も実験を繰り返した。

今、その結果をクレイグ医師がディラン王太子に報告している。ジェイデンが王太子の座を取り上げられた今はディランが王太子である。

「この塊には治癒を早める強い働きがあります。塗っても溶かした水を飲んでも有効でした」

「飲むのか。巨大鳥《ダリオン》が排泄したものなのに？」

「はい。動物でも人間でも実験しましたが、害は今のところありません」

「ふむ。今後は巨大鳥《ダリオン》がいない時期を狙って巨大鳥《ダリオン》島に定期的に人を送ろう。これは我が国にとって願ってもない輸出品になる。もちろん、これの由来もどこで手に入れたのかも極秘だ」

「もちろんでございます」

「こうなると、巨大鳥《ダリオン》島は我が国の領土にするべきだな」

「そうなれば、巨大鳥《ダリオン》が生きている限り、永続的にこの塊を手に入れられます」

黒い塊はディラン王太子によって『アイリス鉱』と名付けられた。鉱石ではないが、そう名付ければ巨大鳥《ダリオン》の排泄物であることを隠せる、という理由だ。王空騎士団の詰め所では、それをカミーユから聞かされたアイリスが叫んだ。

「なぜ！　なぜ巨大鳥《ダリオン》が排泄した物に私の名前をつけるんですか！」

「あれを発見できたのは、アイリスが巨大鳥《ダリオン》島に行きたいと言い出したことがきっかけだからな。それと、あれが巨大鳥《ダリオン》から排泄されたことは極秘だ。誰も知らないんだから気にする必要はないだろう」

「それでも嫌ですよ」

アイリスが嫌がっても王太子のつけた名前が変わるわけもなく。驚異の治癒効果がある黒い塊は『アイリス鉱』としてこの国の民の間に知られていく。

軍の関係者を中心に『アイリス鉱』の話が人々の間に広まり、「とんでもなく早く怪我を治す薬が見つかったらしい」と評判になっている。


王都でアイリス鉱が噂になっている頃、王都から馬車で向かうと一日ほどかかる場所にある『重犯罪者収容所』では、百名近く拘留されている空賊たちが自分たちの処遇を案じていた。

「俺たち、なんで処刑されないんだ？」

「大陸では捕まったらすぐに処刑だよな？」

「もしかしたら……次の巨大鳥《ダリオン》の渡りのときに、俺たちを家畜の代わりに差し出すつもりなんじゃないだろうな？」

ヒュッと息を吸う音があちこちから漏れる。

「生きたまま食わせる気なのか！」

「チクショウ、そんな恐ろしい目に遭う前に脱走してやる！」

もちろんそんな理由ではなく、グラスフィールド王国の重鎮たちは「空賊を活用すべし」という声と「即刻処刑せよ」という声でもめていた。

「訓練されていない空賊など、巨大鳥島《ダリオン》誘導に使えるわけがない。食われるか逃げ出すかだ」

「連絡係として使えばいいのではないか」

「重要な連絡こそ、他国出身の空賊に預けるなどとんでもない！」

結論が出ず、判断はいったん国王の預かりとなった。そんな状況のところへアイリス鉱が発見され、国に持ち込まれたのである。

次の会議で、空賊の処罰問題とアイリス鉱の話を同時に聞いたディラン王太子がこう提案した。

「空賊どもを巨大鳥島《ダリオン》に送り、強制労働としてアイリス鉱の採取をさせたらいいのではないか？　我が国の船乗りたちが空賊どもにどれだけ殺され、積み荷を奪われたことか。即刻処刑すべしという気持ちはわかる。だが、処刑よりも有益な労働をさせればいいと思う」

会議の場が一瞬静まり、会議の参加者全員がディラン王太子の意見に賛成した。会議の結果を受け、王空騎士団団長ウィルがディラン王太子に呼ばれた。

「ウィル、空賊どもをアイリス鉱の採取に行かせようと思う。輸出船が襲われることは激減したと報告を受けている。アイリス鉱採取の警備は王空騎士団にも参加してほしいのだが、どうだ？」

ウィルはカミーユの報告を素早く思い出した。

「殿下、およそ百人の空賊の監視には、王国軍もつけますか？」

「そのつもりだ」

「空賊どもを飛ばせないのなら、やつらを巨大鳥島《ダリオン》に連れて行ったところで役には立ちません。大型の獣に襲われ、軍に損傷が出ます。大型の肉食獣の他に飛べない巨大鳥《ダリオン》もいたそうです。かといって空賊どもに剣を持たせれば反乱、フェザー代わりの物を見つければ飛んで脱走するでしょう」

ディランが椅子の背もたれに身体を預け、ため息をついた。

「そうか、飛べない空賊は使えないか。やつらがマウロワ王国で厄介者扱いされる意味がわかったよ。が、王空騎士団ばかり働かせるわけにはいかないな。アイリス鉱の採取には王国軍を出そう」

そこでディランが独り言のようにつぶやく。

「空賊は処刑すべきだろうか。どうも後になってから『空賊を処刑しなければよかった』と思う日が来る気がしてならないんだよ」

「でしたら炭鉱では？　炭鉱はいつでも人手不足です。他国の能力者という存在を隠すのでしたら、空賊たちだけで固めた作業場を設ければいいのでは」

「ふむ。その手があったな。掘削道具を使わない運搬などに回そう」

こうして空賊たちはグラスフィールド島の北東にある炭鉱へと送られた。「囚人たちの周囲に板を置くな」という奇妙な命令つきで。

　王城の一番高い屋根の上。ヒロとアイリスが腰を下ろしてしゃべっている。

「穏やかですね、ヒロさん」

「穏やかだな、アイリス」

「いつもなら巨大鳥《ダリオン》がいない時期は空賊退治なんですよね？　私は一度しか空賊退治に出ていないので、なんだか申し訳ない気持ちです」

　ヒロがそれを聞いて苦笑した。

「いやいやいや。アイリスはその一回で何十人分も活躍したじゃないか」

「それはそうかもしれませんけど」

　アイリスがわずかに顔を歪める。空賊になるしかなかった男たちを海に沈めたことは、アイリスの中ではまだ白とも黒とも判断がつかない記憶だ。

　例年ならば巨大鳥《ダリオン》の渡りが終わるとすぐ、王空騎士団は交代で輸出船の護衛につき、空賊から船を守る。だが今年は最大の空賊集団を全員捕まえたから、ほとんど輸出船が襲われていない。少人数の空賊はちらほら出没しているが、王空騎士団が全て制圧している。交代しながらだが、ファイターたちはいつになく長い休暇を楽しんでいた。

「ヒロさん、私、知りたいことがあるんです」

「なんだ？」

「私の祖父は八隻の船と共に突然姿を消しました。高価な積み荷も一緒だったので、リトラー商会は破産しました。巻き添えで破産した人もたくさんいたそうです。私、思ったんですけど、それ、空賊に襲われたんじゃないですかね。以前、公爵家のご令嬢に祖父は失踪じゃなく持ち逃げじゃないのかと言われたんです」

「空賊たちが船を積み荷ごと売り飛ばしたのかもな」

「祖父は私たちが苦労するのをわかっていて持ち逃げするはずがない、と思いたいです」

じわっと滲む涙は意地でもこぼすまいと、アイリスが唇を強く噛んだ。

「あいつら、今は炭鉱で働いているんだよ。確認してみるか？ 確認してスッキリするなら、ひとっ飛び付き合うぞ」

「でも、うちが破産したのは十三年前です。空賊の親玉は覚えているでしょうか」

「覚えていなかったら諦めればいい。少なくとも八隻の船を奪ったのなら、相当な人数の集団のはずだ。あいつらの可能性は高い」

アイリスが少し考え込み、ヒロが無言で空を見上げたまま待つ。

「本当のことを言うかどうかもわかりませんけど、確認したいです」

「よし。ギャズを誘って行くか。炭鉱都市はギャズの故郷なんだ。サイモンも連れて行ってやりたいところだが、あいつは養成所の訓練がある。おじさん二人とアイリスの三人で行こう」

「はいっ！」

「さあ、我が懐かしの炭鉱都市に、出発！」

ヒロ、ギャズ、アイリスの三人がギャズのかけ声で出発した。アイリスが所属している第三小隊長のギャズはご機嫌だ。

地上五十メートルほどを飛ぶと森や畑、牧場の様子がよく見える。春の終わりの風が気持ちがいい。三時間ほど飛んで、小川のそばに着地して休憩になった。

「なあ、アイリスは学院に行かないでいいのか？」

「学院での授業は免除になりました。私は奨学生なので卒業後は国の仕事に就く約束なのですが、すでに王空騎士団なので問題ありません。課題は出ていますが、全部終わっています」

「ギャズ、アイリスは優等生らしいぞ。ご家族に聞いたが、学院に入学してからずっと首席だったそうだ」

「そりゃあ……すごいな、アイリス」

ギャズはその辺に生えている草を抜いて茎をかじりながら言う。素で感心しているギャズに、アイリスは思わず笑ってしまう。ひと休みして再びフェザーを飛ばし、炭鉱都市の上空に到着した。

「うわあ、思っていたよりたくさんの家が！」

「俺が子供の頃はもっと小さい町って感じだったけどな。大国マウロワの人口が増えてどんどん輸出する量も増えて、ここに住む人間も増えたんだ」

「俺は炭鉱都市を初めて見たが、まるっきり迷路みたいだな」

ヒロが炭鉱都市を見下ろしながら感心している。

大きな通りから細い通りへと枝分かれしている道は、最後には人がすれ違うのも苦労しそうな細い道になっている。道の枝分かれ具合が木の枝にそっくりだ。夢中になって街を見ているアイリスに、ギャズが迷路の理由を説明する。

「新しい家を建てるときに、なにも規制がないんだ。好きな場所に家を建てて、その家の前が道になるんだよ。さ、降りよう。まずは炭鉱の責任者に空賊たちの作業場を聞かないと」

炭鉱の近くに降りて歩き出すギャズの後ろを、アイリスとヒロが並んで歩く。

「ヒロさん、前から不思議だったんですけど、ヒロさんはギャズさんに敬語を使わないんですね」

「俺のほうが先輩だからそうしてくれと頼まれてる。公式の場では俺だってちゃんとしてるさ」

前を歩いているギャズが振り返った。

「ヒロさんはさんざん飛び方や剣の使い方を教えてくれた先輩だからね。ヒロさんだってなろうと思えば小隊長になれたのに、断り続けてきたんだよ」

「そうだったんですか！」

「俺は他人をまとめるなんて苦手だ。ギャズのように向いている人間がやればいいんだよ」

そんな会話をしながら採掘事務所に到着した。フェザーを抱えた見慣れぬ三人を、周囲の男たちがジロジロ見てくる。

「おーい！　責任者はいるか」

「はい、どちらさん……王空騎士団ですか？」

「ちょっと囚人たちの仕事場に用事があるんだ。案内を頼む。遠いならフェザーに乗ってくれ」

「いいんですか？」

四十代の管理責任者が喜色満面になった。ギャズが男性を自分の後ろに乗せ、しっかりと腰につかまらせた。

「じゃ、右とか左とか大きな声で教えてください」

そう言ってギャズがふわっと浮かび上がる。そのあとのことは、アイリスにも想像がついていた。男性は想像以上の高さに驚き、恐怖で固まっていた。

「あれです。あれが囚人たちです」

前方で多くの人間が石炭を運んでいる。三機のフェザーが地面に降りると、元空賊の囚人たちの鋭い視線が集まる。ギャズとヒロがスタスタと歩いて近寄り、ヒロがマウロワ語でそのうちの一人に話しかけた。

「元首領のギヨムはどこだ？」

「あっちです」

元空賊の若者は大人しくギヨムがいる方向を指さす。

「アイリス、フェザーを奪われないように気をつけろ」

「はい！」

ギャズに注意されて、アイリスがしっかりフェザーを抱きかかえて歩く。ギヨムがいた。長い髪はそのまま、暗い表情で働いている。アイリスたちが近寄るのに気づいて動きを止め、睨みつけてきた。ヒロがマウロワ語で声をかけた。

「よお、ギヨム。元気そうだな」

ギヨムはヒロと背後のアイリスたちをチラリと見るなり、ペッと唾を吐いた。

「俺たちはもうずっと飛んでねえ。それがどれだけ苦しいか、お前らが一番わかってるはずだ」

「まあ、そうだわな。さぞかし苦しいだろうな」

「この野郎……」

険悪な空気になり、ギャズが一歩前に出た。ヒロは表情を変えずに話を続ける。

「人を殺したら殺されても文句は言えないのに、お前たちはこうして生きている。真っ当な船乗りたちが殺されたことに比べりゃあ、今のお前が恵まれていることぐらい気がつけよ」

ギヨムがゆっくりヒロに近づく。ヒロは腰に下げている剣を見せつけながら笑った。

「喧嘩をしに来たわけじゃないんだ。俺たちはお前に聞きたいことがあって王都から飛んできた」

「話？　今さらなんの話だよ」

アイリスが一歩前に出た。

「聞きたいことがあるのは私です。私の祖父は十三年前に八隻の船と一緒に失踪しました。穏やかで風もない日のことだそうです。十三年前、石炭運搬船と鉄鉱石、小麦を積んだ船を襲いましたか？」

ヒロが通訳すると、ギヨムが馬鹿にしたように笑う。

「は？　そんな昔のことを覚えてるわけねえだろう！　馬鹿じゃねえの？」

「なんだ、そうか。答えてくれたら少しだけフェザーに乗せてやってもいいと思ったんだがな。飛びたいだろ？　ずっと飛んでいないもんな」

ヒロの提案にギヨムが顔色を変えた。

「待て！　飛ばせてくれるのか？　いいのか？」

ギヨムの必死な様子に、ヒロがうなずいた。

「ああ、少しの間なら飛ばせてやるぜ。逃がさないけどな」

「わかってる。もちろん逃げねえ。十三年前だな？　八隻の船。俺が十四で空賊になったばかりの年に、襲った船だ。とんでもねえ儲けになって、一番下っ端だった俺にもたっぷり分け前が入った。空賊はいい商売だと思ったから覚えてる」

ヒロはアイリスが傷つかないように要点だけを通訳した。

「そうですか。祖父はやっぱり襲われたんですね」

「どうする？　好きなだけこいつを殴っても見て見ぬふりをしてやるぞ」

「ヒロさん、そんなことをしても誰も幸せになりませんから。それに、この人たちは食い詰めて空賊になるのだと聞きました。私は真実を知れたので、もう、十分です」

「そうか。アイリス、お前は大人だな」

ヒロが感心している間にも、ギヨムはヒロのフェザーに食いつくような視線を向けている。

「なあ、正直に答えたぞ。飛んでいいんだよな？」

「ああ、いいぞ。ちゃんと戻ってこいよ」

「もちろんだ」

ギヨムの表情を見たヒロは、グラスフィールド語でアイリスにささやいた。

「こいつは間違いなく逃げる。アイリス、追いかけてフェザーを落としてやれ。こいつのことはギャズが拾うから」

「わかりました」

ヒロがギヨムにフェザーを差し出すと、ギヨムはひったくるようにしてフェザーを受け取り、瞬時に空高く飛び上がった。

アイリスがフェザーに乗ってギヨムを追いかける。ギヨムは全力で飛んでいるのだが、アイリスから見ればかなり遅い。王空騎士団のファイターたちと比べても、遅い。

「もっと高い場所から落としたほうが、ギャズさんは拾いやすいかな」

落ち着いて一定の距離を開けて追跡する。ギヨムが振り返り、斜め下を飛行するアイリス、さらにその斜め下にいるギャズの二人に気がついた。

「ったく、小うるさいハエがっ！　振り切ってやる！」

ギヨムは久しぶりに飛ぶから気持ちがいい。飛翔力を全放出する快感に恍惚となっていた。

「あっはっはっは、ざまあみやがれ！」

笑い声をあげながら速度を上げたギヨムを見て、アイリスも加速する。アイリスはまだ半分以下の力しか出していない。ギヨムはどんどん炭鉱から離れている。もうすぐ炭鉱都市の上空に入る。

「あの迷路みたいな街に逃げ込まれたら厄介ね」

アイリスはマスクの中でため息をつく。

「やっぱり逃げる気満々だったのね。それなら仕方ない。落としますか」

前のめりの姿勢を取り、一気に加速する。ギヨムがアイリスの気配が近づいているのに気づいたときには、もう遅い。アイリスが腕を伸ばし、ギヨムのフェザーに触れると同時に大量の飛翔力を流し込んだ。ヒロの黒いフェザーはギヨムの足からスッと離れた。

無言のギヨムとフェザーは一緒に落ちていく。アイリスは素早くギャズとギヨムの位置を見る。

（大丈夫。ギャズさんは間に合う。それなら私は……）

地面に向かって垂直に飛ぶ。落ちていくヒロの黒いフェザーを両腕で抱え込んだ。

「よし！　ヒロさんのフェザーを守れた！　ギヨムは？」

落下するギヨムと並んで一直線に下降していくギャズが見えた。ギャズは恐怖の表情で落ちていくギヨムの隣を、同じ速度で地面に向かいながらニヤニヤ笑って見ている。

（もう、意地悪な）と苦笑しながら見守っていると、ギヨムが地面に激突しそうになる寸前にギャズが腕を伸ばした。ギヨムを自分のほうに引き寄せながら乗っているフェザーをキュッと回転させた。ギヨムをフェザーの後部で受け止め、急減速。最後はふんわりと着地した。

「お前、逃げないって言ってたのに。嘘ついたんだなあ」

ギャズはニヤニヤしながら、激突死の恐怖で動けずにいるギヨムを手早く縛り上げた。

「王空騎士団をなめんなよ」

「ギャズさん……意地悪」

「そうか？　こいつの骨の二、三本、いや、七、八本は折れても別によかったんだけどな」

「世話する人が必要になるだけもったいないです」

ギャズは「確かに」と言いながら身動きが取れないギヨムをフェザーに乗せると、「おい、動くと転げ落ちるからな」と警告して浮上した。

「さあ、戻るぞ」

並んでヒロが待つ炭鉱へと飛ぶ。炭鉱ではヒロが剣を手にアイリスたちを待っていた。縛られて両脚で必死にフェザーにしがみついた状態のギヨムを見て、ヒロが冷たく笑う。

「やっぱり逃げたか。こいつは速いのか？」

「いえ、全く」

ギャズとヒロが同時に「ふっ」と笑う。ヒロが「ま、アイリスからしたらそうだろうな」と言ってからギヨムの縄をほどいた。

「少しだけでも飛べてよかったな。さあ、休憩は終わりだ。さっさと働け」

ギヨムは表情を失い、背中を丸めて石炭の山に向かって歩く。顔色は真っ青だ。ギヨムの様子を見ている囚人たちの目に、諦めが生まれる。周囲の囚人たちに、ヒロがマウロワ語で声を張った。

「見ての通りだ。我々王空騎士団に勝てると思うなよ。飛んで脱走してみろ、そのときは追いかけて落とす。地面に激突して死んでもいいなら試せばいい。じゃあな」

炭鉱都市へと飛び立った三人は、街の中心部に降りた。ギャズの案内で炭鉱都市の中を歩いて進む。くねくねと曲がる道の両側には店が並んでいて、呼び込みの声が賑やかだ。

「ここだ。俺のお気に入りの店だよ」

ギャズが案内してくれたのは鉄鍋専門店だ。しかも肉はウサギ、鶏、豚、羊、ヤギ、牛と様々だ。鍋を三人で取り分けて食べながら、アイリスは考え込んでいる。

飛翔能力がありながら飛べない日々。(四人たちはどれだけ苦しいだろう)と思う。

(祖父は彼らに殺された。だけど……)

他の人間と違うことの苦しさは、自分もよく知っている。

「女のくせに」「英雄気取り」

言葉に出して言われたし、言わない人もまるでアイリスが見えないかのように距離を置いた。

アイリスを遠巻きに見るだけの訓練生たちのことも思い出す。

祖父の命を奪い、リトラー家とその顧客を破産に追い込んだ空賊は憎い。その一方で、マウロワ王国での彼らの苦労を思う。

(彼らを憎んでも、過去は変わらない)

「アイリス、もっと食べろ。育ち盛りだろうが」

「ギャズさん、私ならそろそろ成長は止まりつつありますけど」

「そう言わずに食べろ」

「はいはい」

黒い鉄鍋は分厚く、いつまでも汁が熱い。ふうふうと吹き冷ましながら食べ、考える。

能力に応じた仕事があれば、彼らは空賊にはならなかったかもしれない。アイリスは煮込まれたヤギ肉を噛みながら、考え込んでいた。

その日は炭鉱都市に泊まることなく、三人は王都に飛んで帰った。


帰宅すると、サイモンの字で『明日、また来ます』と書かれたメモを姉に渡された。

「明日はデート？　ちゃんとおしゃれするのよ」

「うーん、飛ばないならね」

ベッドに入り、記憶には残っていない祖父を思う。

（おじいさん、できることなら私は空賊を助けたい。許してね）

父と母には、空賊が祖父の船を襲った話を、どう伝えたものか、と考えながら眠りについた。

翌朝。商会の仕事をしている父のところに行き、アイリスが改まった様子で父親に話しかけた。

「お父さん、ちょっといいですか」

「かまわないよ。どうしたんだい？」

「最近知ったのだけど、お祖父さんの船は失踪じゃなかったらしいの」

ハリーは帳簿を記入していた手を止めてアイリスを見た。その表情には驚きも疑問も浮かんでいない。妙に無表情な父を見ながら、アイリスが話を続けた。

「私ね、王家主催の慰労会でとある人に、『あなたのお祖父さんは持ち逃げしたんじゃないのか』

という意味のことを言われたの」

「なんだと？」

ハリーの顔に、はっきりと怒りが浮かぶ。

「私はお祖父さんの記憶はないけれど、悔しくて忘れられなかった。だから王空騎士団の先輩に頼んで少し調べたら、お祖父さんの船は襲われて奪われたことがわかったの」

「ああ、そうか。ついにはっきりしたのか。アイリスや、当時から相手はわかっていたことだ。ただ、国の秘密だからお前とルビーには言えなかったんだ。うちの船を襲ったのは、空賊だろう？」

「えっ……お父さんは空賊の存在を知っていたの？　お母さんも？」

思わず大きな声を出したアイリスに、ハリーがうなずいた。

「輸出に関わる仕事をしている人間はみんな知っている。他国にも飛翔能力者がいることを国が隠したがっているから、我々は口にしないだけだ。国民はそれほど愚かではないよ。輸出の仕事は儲けは大きいが、船や積み荷を失って、絶望して命を絶つ人だっている。関係者にとっては命がけの仕事だ。だから空賊の話も、水面下では知られていることさ」

父を悲しませないよう、どう話そうかと悶々としていたアイリスは力が抜けた。

「なんだ。みんな知っていることだったのね」

「慰労会のようなお祝いの場で、そんなことを言われたのか。今まで話してやれなかったばかりに、可哀想な思いをさせたね」

ハリーがそっとアイリスの頭を撫でた。

「お前にそんなことを言った人は世間知らずだよ。本当のことを知らないのに他人を傷つける、愚かな人間だと憐れめばいい」

「そうね。家族のことであんな悪意を向けられたことがなかったから……驚いたわ」

「そうじゃなくてもアイリスは妬まれる状況だからな」

「私ね、空賊退治にも出たし、捕まった空賊にも会いに行ったの」

それまで落ち着いていたハリーが目をむいたのを見て、慌てて事情を説明した。自分は武器を使わずに空賊たちを海に落としたこと。捕まった彼らは今、炭鉱で働いていること。彼らはマウロワ王国では疎まれて、稼げる場がなくて空賊に流れ着いていくこと。

「だからね、私はあの人たちにもできる仕事がないかなって、思ったの」

「空賊が働ける仕事ねえ……楽に稼げることを知ってしまった連中が、真面目に働くかねえ」

「お父さん、私がマウロワで生まれていたら、同じような境遇になっていたわよ。女なのに飛べるのよ？　空賊どころか、もっと酷いことをしていたかもしれないわ」

「それは父さんも考えた。わかった。なにかいい仕事を思いついたらお前に伝えよう」

アイリスは満足して立ち上がった。

「今日は出かけるのかい？」

「ええ。サイモンと」

「そうか。楽しんでおいで」

ハリーはアイリスが出て行ったドアを眺めながら複雑な気持ちだ。本音を言えば、空賊を即刻処刑してほしい。だがその一方で、アイリスを見ていれば彼らが飛ばずにはいられなかったことも、国の保護がないマウロワ王国で彼らが疎まれるのもわかる気がする。

「空賊でも働ける仕事ねえ。期待はできないが、それで一人でも二人でも真っ当な生き方に戻れる人間がいれば大成功ってところだろうな」


アイリスとサイモンの待ち合わせの場所は広場の端。

「サイモン！　お待たせ！」

「待ってないさ。今日はフェザーで出かけるのでよかったの？」

「ええ。思い切り飛べるのは嬉しいわ。準備は万端よ」

アイリスは背中にリュックを背負っている。サイモンは（リュックの中身はなんだろう）と思いながら、嬉しそうなアイリスの顔を見られただけで満足だ。

「よし、今日はアイリスが行きたい所まで飛ぼう」

「私が行きたい場所は……海。サイモンと二人で海に行きたい」

「いいね」

サイモンは、嬉しさを抑えきれない。久しぶりの二人だけのお出かけなのだ。夏の空を二機のフェザーが飛ぶ。あまりに速くて、その姿に気づく人は少なかった。二人はゴーグルとマスクを装着し、全速力で海を目指して飛んだ。

高速で飛び続けること数時間。二人の前には太陽の光を受けてキラキラと光る夏の海が広がっていた。

「気持ちがいいわね」

「そうだね。海を見るのが好きなの？」

「ええ。眺めるのも好きだけど、今日は買い物をして帰ろうかと思って」

「買い物ってまさか、魚？」

「ええ、王都は海から遠いから、新鮮な魚や貝を食べられないでしょう？　たいていはきつい塩漬けだったり、干したものだったり。だから魚や貝やエビを買って持ち帰ったら喜ばれると思うの」

「あ、ああ。確かにそうだね」

サイモンは遠くを見つめる。二人で遠出をするから、おしゃれなレストランや歌劇場などを調べていたのだが、アイリスからは「飛ぶ用意をして来て」と言われて（あ、やっぱりか）と思った。

だがまさか往復するだけで大半の時間を使う海まで来るとは思わなかった。海産物を買って帰る買い出しのお出かけになるとは、もっと思っていなかった。

「さすがはリトラー商会の娘だね」

「うん。ありがとう」

（いや、そうではなく！）と思うが、すぐに（これがアイリス）と思い直す。何しろ七百年ぶりに生まれた女性の飛翔能力者なのだ。その辺の普通の女の子と同じわけがない、と思う。全力で思うことにした。

「サイモン、どうかした？　海は嫌だった？」

「嫌じゃないよ。僕はアイリスが楽しければ、それで大満足だ」

「よかった。さ、どこへ行けば魚が手に入るか、聞いてみましょう？」

ここまで飛んできた疲れを全く見せずにフェザーに乗るアイリス。それを見て、サイモンも急いでフェザーに飛び乗った。

道を歩いている男性はフェザーに乗ったアイリスに驚いていた。

「魚だったら市場へ行けばいいですよ。王空騎士団の方が、魚を買いにいらっしゃったんで？」

「はい！　新鮮な魚は、王都ではなかなか食べられませんから。楽しみです。行ってきます」

今度はゆっくり飛びながら市場を目指すアイリスに、サイモンが話しかける。

「もしかしてリトラー商会で売るの？」

「ええ。サイモンは侯爵家で食べる分だけにする？」

「いや。海辺の街出身の仲間にも食べさせたいから、持ち帰れるだけ持ち帰ろうかな」

「そうしましょうよ。きっとみんな喜ぶわ。楽しみね」

サイモンは「そうだね」と答えたものの、（帰り道で使う飛翔力のことを考えたら、そんなに多くは持ち帰れないな）と思う。なにしろ、アイリスは桁外れの力を持っているからいいが、トップファイター候補のサイモンでも、何十キロもの魚を積んで長距離を飛ぶのはしんどいのだ。

サイモンの不安をよそに、アイリスは市場で大量の魚介類を買い込んだ。サイモンはアイリスが買い込む量の多さに言葉を失っている。

「箱ごと買うの？　どうやってフェザーに積むつもり？　途中で落としたら大惨事になるよ」

「そのためにこれを持ってきたわ。サイモンの分もあるわよ」

アイリスが鼻息荒くリュックから取り出したのは、細い麻縄で編まれた網だ。王空騎士団でも使われるもので、軽くて丈夫だ。

「これに箱を入れて、フェザーでぶら下げて飛ぼうと思って」

「あー……なるほどね」

見た目を重視する能力者なら嫌がりそうな状況だ。だがサイモンはアイリスのためなら魚をぶら下げて飛ぶことぐらいなんでもない。アイリスはフェザーの前後に網をぶら下げ、サイモンは真ん中に網をぶら下げて浮かび上がった。

「さ、帰りましょうか」

「うん……」

甘いデートを考えていたサイモンは苦笑しながら王都を目指した。

二人が持ち帰った魚介類は、リトラー商会がレストランに売りさばき、サイモンは養成所の厨房に運び込んで喜ばれた。

「次はもっと普通のデートがいい」

疲労困憊をアイリスに気づかれないよう見栄を張っていたサイモンは、その夜、疲れ果ててベッドに倒れ込んだ。アイリスはたいした疲労感もなく家族で魚料理を楽しみ、「今日は楽しかった！」と満足して眠ったのである。

リトラー家は数日間にわたって海の幸を楽しみ、家族に交じってルビーの恋人も海の幸を楽しんだ。アイリスとサイモンが海辺のデートを楽しんだ翌週、ルビーは恋人とささやかな結婚式を挙げた。リトラー家は今、久しぶりに平和だ。


王空騎士団の訓練場で、団長ウィルとヒロがフェザーに乗ったまま剣の打ち合いをしている。空賊を想定した訓練だ。高速で場所を変えながら木剣を交え、相手を叩き落そうとしたり斬り伏せようとしている。

やがて訓練を終え、二人は上半身裸になって汗を拭きながら会話をしている。どちらも鍛えられた身体だが、ヒロのほうが若干細い。

「団長、今年の夏は楽ですね」

「そうだな。空賊の被害がほとんど出ていない」

「百名以上の空賊を捕まえた甲斐がありましたね」

「アイリスのおかげだな。彼女の様子はどうだ？」

「意外なことを考えているようです。空賊に仕事を与えられないか考えてるそうです」

「そうか……。あれだけの数の能力者が役に立ったら助かるんだが。実際のところはどうかなあ。人間は、そうそう変われないからな」

「人の物を奪うことで生きてきた人間が、きれいさっぱり真っ当な人間に変われるとは、俺も……」

「強盗の更生は難しいって言うからな。空賊は空の強盗だ」

「ですねぇ」

二人の男は空を見上げながら口を閉じた。

「空が不穏だな」

「ええ。春の終わりの嵐は、たまに大きいのが来ますからね」

「被害が出ないといいが」

そのころ既に南の海で嵐が生まれていた。嵐は巨大な渦を回転させながら、巨大鳥島《ダリオン》からグラスフィールド島、終末島《エンドランド》の順番にゆっくりと移動していく。グラスフィールド島では巨大鳥《ダリオン》対策として屋根、窓、ドアが補強してあるため、国民は家の中で息を潜めて嵐が通り過ぎるのを待つ。慣れたものだ。

まる二日間、嵐が吹き荒れたが、王都ではそれほど大きな被害は出なかった。嵐が過ぎ去ったあと、青空の下でどの家も庭の片づけに追われていた。


そんなとき、オリバーは動物学者アルトに呼び出されて王城の一室にいた。

「アルトさんお久しぶりです。僕に見せたい物って、なんですか？」

「こっちにおいで。驚くよ」

研究室を出て、オリバーは中庭に案内された。犬小屋を大きくしたような造りの小屋がある。

「巨大鳥《ダリオン》島で捕まえてもらったウサギがね、ふふふ。まあ、見てごらん」

オリバーが小屋を覗いて何度もまばたきをする。

「子ウサギが生まれている。捕まえた個体が妊娠していたんですね。うわ、やっぱり大きいな。普通のウサギの倍はある」

「大型だが、可愛いだろう？　六匹も生まれたんだ。オリバー、この子ウサギが次に出産ができるようになるのはいつか、知っているかい？」

「普通のウサギと同じなら、半年もすればだいたいが繁殖可能です」

オリバーは表情を変えずに即答した。

「そうだ。外敵に襲われず餌も豊富なら、無限に増えるな。家畜の代わりに増やしたウサギを差し出すようにすれば、かなりの経費節約になると思わないかい？」

「巨大鳥《ダリオン》の餌にですか。それはどうでしょうか。過密状態で飼育すれば精神的な重圧から攻撃的になる個体が出るでしょう。不自然な環境で出産の間隔や生まれる子ウサギの数も変わるでしょう。過密状態で伝染病が発生すれば、一気に集団が壊滅することもあり得ます」

「まあ、ない話ではないな」

アルトはオリバーの意見を聞いてしょっぱい顔をするが、オリバーはアルトの表情には気づかず、眼鏡をクイと持ち上げて、話を続ける。

「それらの事態を避けるには、かなり広い飼育小屋が必要になります。ですが、ウサギは穴を掘るから。ほんの少しの油断で脱走されるんですよね」

「ずいぶんウサギの生態に詳しいね。飼ったことがあるのかい？」

「はい。正確には飼わされた、ですが」

オリバーは無表情に返事をする。オリバーが人と交流したがらないのを心配した両親は、彼が幼い頃に小鳥やウサギなどを買い与えた。オリバーは（ここで最初から断るとかえって面倒なことになる）と考えて、しばらくはきちんと動物たちの世話をしていた。だが、九歳のときにそれをきっぱり断ったのだ。

「僕は本を読みたいし研究もしたいのです。動物の世話に時間を取られたくありません。兄さんが毎日動物たちと遊んでいますし、欲しそうにしていますから、小鳥もウサギも兄さんに譲ります」

親はがっかりして愛玩用の動物の世話をさせることは諦めた。だがオリバーは、それらの生態についてはしっかり学んでいた。オリバーの話は続いている。

「大型家畜の味を知っている巨大鳥《ダリオン》がウサギに満足するでしょうか。一度で満腹になるヤギや豚を諦めますかね」

「そう言われたらそうか……。うん、家畜小屋を襲い始めるかもしれないな。君は子供時代をすっ飛ばしてたのかい？　二十代の若者としゃべっているかのようだよ」

「それはよく言われます」

オリバーが苦笑した。


アルトとオリバーがそんな会話をしている頃、グラスフィールド島の東海岸では、見慣れぬ物体が漂着していた。

島の東海岸を巡回しているのは、王空騎士団を退役した騎士たちだ。彼らは能力に応じて海岸線の巡回警備をしている。嵐のあとは海岸を巡回飛行して、難破船や打ち上げられた船乗りがいないか確認するのが仕事だ。

二人の能力者は並んで波打ち際の上を飛びながら、目は不審な物がないか確認している。

「今回は嵐の被害が少なくて助かったな」

「風は強かったがなあ」

「おい、あれはなんだ？　あそこに何かが大量に打ち上げられている」

「どれ……ほんとだ。行くぞ」

速度を上げ、緑とも茶色とも見える塊に近づく巡回警備員二人。茶色や緑色が入り混じったこんもりした何かは、ところどころ微妙に動いている。

「うわ、動いている」

「気持ち悪いな。あれ？　これ、でかいけど……」

「バッタに似てるよな？　でも、こんなでかいバッタ、初めて見た。三十センチはある」

二人は砂浜にフェザーを着地させ、いつでも飛べるようにフェザーを片手で抱えながら巨大バッタに近づいた。打ち上げられ、折り重なった巨大バッタは、分厚い絨毯のように広がっている。

そこに近づいた一人が、ブーツのつま先でバッタをつついた。

「あっ！　飛んだ！」

「うわわ」

二人は羽を広げて飛び立つ超大型のバッタから後ずさった。

「これは報告すべき事案か？」

「超大型とはいえ、バッタだからなあ。書類で報告しときゃいいだろう」

「あとから怒られないか？」

「団長に？　じゃ、もう死んでいるやつを届けるか」

「そうだな。あっ、こっちも生きてる」

二人が見ている前で、朝日に照らされた超大型バッタが数匹、ブウンと羽音を立てて飛び去った。

王城に海岸線を巡回している警備隊員から異様なものが届けられた。

テーブルの上のバッタの死骸を見ているのは王空騎士団団長ウィルと軍務大臣のダニエルだ。

「ウィル、これは……バッタ、だな？」

「バッタではありますが、ここまで大きな種類がいるとは。驚きました」

バッタの死骸を運んできたウォルトは、焦っている。念のためにと思って届けたバッタの死骸を見たウィルが「君も来い」と言って急いだ先は軍部の建物だ。

「大臣にお会いしたい。大至急だ」

すぐに大臣の部屋に通されて今である。ダニエルが淡い水色の瞳をウォルトに向けて矢継ぎ早に質問してくる。

「東海岸に打ち上げられていたこれの数は？」

「数千……くらいだと思います。分厚く積み重なって打ち上げられていました」

「これまでにこれを見たことは？」

「自分たちは初めて見ました」

「全部死んでいたんだな？」

「いえ……生きているのもいました」

ウィルとダニエルが同時にギョッとした顔でウォルトを見る。二人の表情を見たウォルトは、安易に運び役に立候補したことを後悔した。

「生きている個体がいた？　なぜそれを早く言わない！」

「申し訳ありません！」

「生きているバッタは始末したんだろうな？」

ウィルの声が低い。ウォルトの全身に鳥肌が立った。

「いえ、その、何匹も飛んで行ってしまいましたので……。申し訳ございませんっ！　殺すことは思いつきませんでした！」

身体を二つに折り曲げて謝罪するウォルト。団長と大臣は遠くを見ているような目つきだったが最初に我に返ったのはダニエルだ。

「ウィル、これは一刻を争う事態だ。地元の全ての人間に『超大型のバッタを見つけ次第殺せ』と触れを出さなければ」

「指示を周知させるために、うちの団員を出します」

「そうしてくれるか。私は陸下に触れの一文を書いていただいてくる。我が軍も東海岸方面に出発させる。軍の到着は遅れるが、しらみ潰しに捜索させるには数がいるからな」

「お願いします。それと、昆虫に詳しい学者も派遣したほうがいいでしょうね？」

部屋を出ようとしたダニエルが足を止めてウィルを振り返った。

「アイリスは学者を乗せて海まで行けるか？」

「行けます。アイリスなら二人乗せても余裕でしょう」

無言でうなずいたダニエルが部屋を出て行き、ウィルはウォルトに視線を戻した。何も言われていないが、ウォルトはまた頭を下げた。

「申し訳ございませんっ！」

「ウォルト、国境空域警備隊の任務はなんだ？」

「国外からの攻撃に備え、海岸線を警備することです！」

「そうだ。国に害を為す存在が人間だけじゃないことは、王空騎士団に所属していたお前なら気づくべきだった。これはとんでもない災害になりうる」

「申し訳ございません！」

ウィルは立ち上がり、バッタが入っている木箱を抱えて王空騎士団の建物へと足早に向かう。

残されたウォルトも慌ててその後を追いかけた。

王空騎士団事務員のマヤは、血相を変えているウィルを見て立ち上がった。

「団長、どうなさいました？」

「アイリスは？」

「本日は神殿です。呼び戻しますか？」

「大至急で頼む。それと、カミーユ……は西海岸か。マヤ、すまないが全員に伝えてほしい。長距離が得意な団員を集めろ。東海岸まで飛んで、そこからまた集落を回る任務だ」

「すぐ伝えます」

国王のお触れ用の書面が届けられ、各小隊長たちが長距離が得意な団員を集めてホールに集合させた。長距離が得意な物の中にはサイモン以下、数名の訓練生が混じっている。そこへアイリスが風を巻き起こす勢いで飛び戻ってきた。

「遅くなりました！」

「いや、十分早い。全員聞いてくれ。これを見てほしい」

大きな声を出したウィルの手には木箱。木箱を覗き込んだ全員が、驚きと嫌悪の顔になった。

「見ての通り超大型のバッタだ。東海岸に打ち上げられた。発見した国境空域警備隊員の話では、その数は最低でも数千。おそらく嵐で吹き飛ばされ、流れ着いたのだろう」

ウィルは皆を見回し、全員が事情を飲み込んだのを確認してから話を続けた。

「打ち上げられた場所が一ヶ所とは限らない。何か所にも打ち上げられていたとすれば、万単位のこれが流れ着いた可能性がある。しかも、生きているバッタもいた。飛んで逃げたそうだ」

話の途中だったが、ヒロが手を上げながら口を挟んだ。

「たとえ十四でもこの国に入り込んだら、とんでもないことになりますね。穀倉地帯でこれが繁殖したら、国が滅びかねない」

「そうだ。今、一気に殲滅しておかないと我が国の民が餓死する事態になる。君たちの役目は、東海岸まで飛び、東海岸の集落に『超大型バッタを見つけ次第、殺せ』と伝えることだ」

団員たちが事態の深刻さを噛みしめているところに、動物学者のアルトが駆け込んできた。

「遅くなりました！　動物学者のアルトと申します。昆虫専門の学者は野外調査で所在がわかりません。代わりに私が！」

「よし、ではさっそく出発してもらおう」

「すみません！　私の他にもう一人連れて行きたい人物がいますが、無理でしょうか？　巨大鳥《ダリオン》島の調査に参加したオリバーも同行させたいのです。彼は必ず役に立つはずです」

ウィルがアイリスを見た。アイリスが小さくうなずいた。

「私がオリバーを乗せて皆さんの後を追いかけます。先に出てください」

「頼んだ。アイリス、百メートルの高さで追いかけてこい」

「わかりました！」

アイリスがオリバーの家に向かって飛び、王空騎士団員たちが東海岸に向かって飛び立つ。

飛んでいく部下を見送るウィルにマヤが歩み寄った。

「団長、そのバッタ、どこから来たのでしょう」

「海流は巨大鳥《ダリオン》島から北上してくるが、あの大嵐だったからな。終末島《エンドランド》の可能性もある」

ウィルは晴れた空を見上げてつぶやいた。

「間に合うといいのだが」

「巨大鳥《ダリオン》が来るだけでも大変なのに、こんなものが我が国で繁殖したら……」

今年は気味が悪いほど暖かかった冬を越し、いつもよりひと月以上も早い巨大鳥《ダリオン》の渡りがあった。春を一気に通り越したような暑い夏も今は終盤で、また巨大鳥《ダリオン》の渡りが始まる。

「巨大鳥《ダリオン》の渡りと同時ではなかったのが、せめてもの救いだな」

ウィルとマヤがもう一度空を見上げるが、空飛ぶ男たちの集団はもう見えない。


アイリスがオリバーの家に着くと、伯父と伯母がテラスでお茶を楽しんでいた。

「伯父様、伯母様、こんにちは。オリバーに招集がかけられました。行き先は東海岸です」

オリバーの父親であるスレーター伯爵は「フェザーで行くのかい？」と心配そうな顔をしたが、

母親は何度もうなずきながら喜んだ。

「オリバーが国のお役に立てるのは光栄な事だわ。よろしく頼むわね。あ、来たわ。オリバー、東海岸でお国の仕事ですってよ。よかったわねぇ」

オリバーはいつもの通り無表情だ。

「アイリス、東海岸でなにが起きたんだい？」

「超大型のバッタが海岸に打ち上げられたの。しかも生きている個体が飛んで逃げたそうよ」

オリバーの目が輝いた。「わかった」とだけ言うと部屋に走って行く。スレーター伯爵は「初めて走る姿を見たような気がするぞ」とつぶやいた。

オリバーがまた走って戻ってきた。背中には小ぶりなリュックを背負っている。

「アイリス、僕はいつでも出発できるよ」

「伯父様、伯母様、ではオリバーをお借りします」

「頼むわねアイリス。行ってらっしゃいオリバー、頑張るのよ」

「言われなくてもわかってます」

アイリスはオリバーをフェザーの後ろに乗せた状態で浮上した。いったん屋敷の屋根の高さで停止してから、一気に加速する。急加速されてガクンと頭をのけぞらせたオリバーは、（次にアイリスのフェザーに乗るときは、首を保護するものも用意しておくべきだな）と考えつつアイリスにしがみついている。飛び続けて十分ほど。アイリスが話しかけた。

「そろそろ王空騎士団のみんなが見つかるはずよ」

やがて前方に飛んでいる男たちの集団を見つけた。

「いた！　オリバー、加速するからしっかりつかまっていてね」

ギュンッ！　と速度を上げたアイリスが仲間に合流し、王空騎士団は東海岸を目指して飛び続ける。風圧を軽減して飛ぶため、集団は矢の形で飛んでいる。高速で飛び続けること数時間。集団は速度を落とし、やがて停止した。ギャズが皆を見回して大きな声を出した。

「ここから三人一組になって散開する。全ての集落に『王命により、超大型バッタを見つけ次第処分せよ』と周知すること。アルト、オリバー、なにか言っておくべきことはあるか？」

オリバーがアイリスにしがみついたまま「あります！」と声を張り上げた。

「バッタの産卵は夏の終わりから秋の初めです。まさに今です！　卵を産みつけられたら、春には何十倍にも増えてしまいます。とにかく今！　今、始末しなければなりません。植物の生えているところを重点的に探してください！」

「アルト、君の意見は？」

「オリバーの言う通り、チャンスがあるとすれば今です！」

ギャズが剣を高く掲げる。

「聞いたな？　全員、集落の農民に周知するだけでなく、見つけ次第バッタを始末しろ！　散開！」

王空騎士団員たちが素早く三人ずつチームを組み、散っていく。アイリスはオリバー、サイモン、ヒロの四人でチームを作った。ヒロがオリバーに尋ねる。

「オリバー、まずどこを目指す？」

「そうですね……あの集落から行きましょう。近くに小麦畑があります。そっちも確認すべきです」

まっすぐ一番近い集落で農民に声をかけて回ったが、全員首を振る。

「超大型のバッタですか？　見ていない。見つけたらすぐに殺せばいいんですね？」

「そうだ。卵を産みつけられたら作物が食べ尽くされてしまう。餓死者が出かねない」

きょとんとしていた農民たちも、やっと事態の深刻さに気がついた。

「村長にも知らせてきます。子供らも使って探させますんで」

「頼んだ。俺たちはあっちの草原を探す。もしバッタを見つけたら必ず始末してくれ」

「承知いたしました！」

団員たちは草むらや畑に入り込んで超大型バッタを探しまくった。しばらくすれば軍隊もやって来るが、たとえ一匹でも見逃せばどんどん増える。村人も団員たちも必死だった。日が暮れて「本日はここまで」とされた時点で、地面にいるのを見つけられ始末されたのは五匹。飛んで逃げたのをフェザーで追いかけて斬り伏せられたのが三匹。合計わずか八匹である。

夜、王空騎士団は分散して各集落の村長の家に宿泊した。なかなか会うことも会話することもできない王空騎士団は歓迎された。まだ十五歳のアイリスとサイモン、オリバーは食事を済ませてから石垣に座って話をしていた。

「どうしたの、オリバー。沈んでいるわよね？」

「さっき、始末されたバッタを全部確認したんだけど、手遅れだった」

「なにがだい？」

オリバーは月明かりの中で、落ちている木の枝を拾い上げると地面に絵を描いた。

「後ろから見てこっちがメスの尻、こっちがオスの尻だ。産卵孔の線が縦に入っているのがメス。今日見つかった八匹の内、五匹がメスだった。腹が空っぽだった。もう卵は産み終わっていたってことだよ」

アイリスが「うわ」とつぶやき、サイモンは無言のまま唇を噛んだ。

「バッタは卵を産んだあと、土をかけて穴を隠す。卵を探すのは無理だ。春にバッタの形をした羽のない幼虫が地上に現れる。それが超大型バッタとなって僕たちが目にするのは、来年の夏以降だ」

「オリバー、僕たちができることは？」

「ないよ。見つけ次第始末するくらいだけど、人間が特定の虫を全滅させることなんて、僕はできないと思う。共存しながら相手を増やさないくらいだと思う」


馬に乗った王国軍が数千名、東海岸に到着した。

農民たちと共にバッタ探しをしていた王空騎士団は、王都に引き返すことになった。

それまでに王空騎士団と農民たちが見つけた超大型バッタは、およそ五十匹。数は少ないものの、オリバーは「おそらく手遅れ。産卵されてしまっているから、バッタとの真の戦いは来年の春以降。目に見えて作物に被害が出るのは再来年以降」と断言した。

その頃にはもう、王空騎士団の中で「あの少年はとんでもない天才」という認識が広まっていた。何を聞いてもサクサクと答えるオリバーは、大量の本を持ち歩いているような膨大な知識の持ち主だ。だから「あの少年がそう言う以上、再来年あたりがバッタの被害が出る最初の年になりそうだ」と全員が覚悟した。

「オリバー、すっかり王空騎士団のみんなに頼りにされているね」

「そう？」

サイモンに話しかけられ、無表情に答えるオリバーだったが、少しだけ嬉しそうだ。そして人の心の機微に疎いオリバーは、自分の中の複雑な感情に驚いていた。

（アイリスと僕は幼いときからの仲良しだった。アイリスだけは僕のことを馬鹿にしなかったし、嫌わなかった。だからずっとアイリスと僕は仲良しだと思っていたのに）

だがアイリスはオリバーのことを親戚としか見ていないのも知っていた。そこに登場したのが見た目も美しく、爽やかで、飛翔能力者のサイモンだ。あっという間にサイモンはアイリスと婚約し、将来の夫となる位置を手に入れてしまった。

（サイモンは男の僕が見てもいいやつだ。僕だったら人前に出るのも嫌がるような大きな傷なのに全然気にしていない。僕とは人間の器が違うんだな。アイリスは、サイモンの器が大きいところが好きになったのだろうか）

自分の頭脳に強い誇りを持つ一方で、男としての自信がないオリバーは複雑だ。

（面白いな。サイモンを否定したい気持ちと、いいやつだと認める気持ちがある）

自分の内面を冷静に観察したオリバーは、帰り道はサイモンのフェザーに乗ることにした。

「サイモン、帰りは僕をフェザーに乗せてくれる？　疲れが出るまでのところでいいから」

「もちろんいいよ。乗ってくれたら嬉しいよ」

「じゃあ、よろしくお願いするね」

王都までの数時間、オリバーは複雑な気持ちを抱えながらサイモンの背中にしがみついた。

（いいんだ。アイリスが僕の気持ちに気づかずに終わってよかったんだ。気づかれなければ、これからも僕とアイリスは生まれながらの仲のいいイトコ同士。今までと何も変わらない。それでいい）

オリバーは少し成長した。今まで他人の感情に頓着せずに生きてきたが、自分の中の気持ちを観察することで、気がついた。

（思考が理路整然としている僕でさえ、こんな感情の揺れや相反する感情を同時に抱えるんだ。他の人たちの心には、もっと複雑で本人にも整理のしようがない、自覚もされていない感情が渦を巻いているんじゃないか？　うん、面白いかも。今度、人の感情について観察と考察をしてみよう）

上から目線ではあったが、オリバーが他人の感情に興味を持ったのは大きな進歩だ。

一方、王都に帰る王空騎士団の空気は重い。広大な穀倉地帯で超大型バッタが増えれば、小麦を輸出するどころか国民が飢える。それが来年になるのか再来年になるのかもわからない。

空賊の被害がほとんど出ないまま九月に入った。

「そろそろ渡りの季節だな。アイリスは白首に会うのが楽しみなんじゃないのか？」

「ケインさん、別に楽しみにしているわけじゃありませんよ」

からかってくるケインにそう言い返したが、本心では少し楽しみにしている。自分だけに懐いている白首には愛着がある。だが、白首だって場合によっては人を襲うだろうと思うと、人前で堂々と「白首が可愛い」とは言いにくい。


九月の下旬になり、渡りが始まった。

王城の一番高い塔にいた当番が狼煙《のろし》を確認し、最初の鐘を鳴らした。その鐘の音をはじめとして、いつものように王都中の鐘が鳴らされる。

国の北の海岸からスタートする鐘の音と狼煙は、水面に落としたインクのように素早く国中に広がって危険を知らせる。王都の人々は早々と巨大鳥《ダリオン》対策を施していたが、それでも新鮮な野菜や果物、肉を買い出しに走り回っている。

捧げもの担当の役人たちは農家を指揮して、用意されている家畜を広場に集めているはずだ。

王空騎士団の建物内に、全員が集合している。

「ようアイリス、さすがに落ち着いているな」

「ギャズ小隊長。まだ緊張しますが、もう恐怖で固まることはありません」

「そのくらいのときは逆に注意しろよ。油断は禁物だ」

「はい。気を引き締めます」

やがて北の空に黒い集団が見えた。巨大鳥《ダリオン》の群れだ。王空騎士団の面々は、すでに広場の周囲に浮かんで待っている。

「来た！」

リーダーを先頭に、腹を減らした巨大鳥《ダリオン》たちが、広場の上空を回り始めた。「ギャッギャ」「ギイエェェェ」と鳴き交わしている。

「あれ？　あのリーダーって……」

巨大な集団の中でもはっきりと大きさの違いがわかるほど大きい個体。首を一周する白く長い羽。

「あれはルル？　もうリーダーになったの？」

「そうらしいね」

「あら？　マイケルさん。こんなところに来ていていいんですか？」

「トップファイターの仕事は彼らが地上付近に来てからさ。白首はいずれリーダーになるとは思っていたけど、早かったねえ」

「早いですね」

「あの体格なら余裕だったのかな。白首はリーダーになって、もしかしたら母親にもなって、気性が変わっているかもしれないよ。気をつけてね」

それだけ言ってマイケルが下がっていく。見ていると、かなり上空を回っていた巨大鳥《ダリオン》たちの高度が下がってきていた。捕食の時間が始まるのだ。最初に下りてきたのは白首。

　空中に浮かんでいるファイターたち全員が驚いているのがアイリスにもわかった。通常の巨大鳥《ダリオン》より、余裕で二回りは大きい。白首はヤギを素早く捕まえると軽々と持ち上げ、王都の隣に広がる巨大鳥《ダリオン》の森へと飛び去った。

　そこから先は目まぐるしかった。次々と家畜が運び去られ、初めて王都に来た若い個体が散らばっていきそうになるのを、ファイターや囮役《デコイ》たちが誘導し続けた。

　日が暮れてウィルが「撤収！」と声をかけるまで、飛翔能力者たちは飛び続けた。仕事を終えて、皆ぐったりしている。

「疲れたな」

「ああ、今日は忙しかった。今年は雛の数が多くなかったか？」

「俺もそう思った。よほど餌が豊富だったのかもな」

「冬が暖かかったから、終末島《エンドランド》でも餌になる動物が増えたんだろう」

　しゃべりながら騎士団の建物に向かう声を聞きながら、アイリスは考え込んでいた。

（終末島《エンドランド》で、彼らは何を食べているんだろう。北にある終末島《エンドランド》も、巨大鳥島《ダリオン》みたいに生き物が豊富なんだろうか。終末島《エンドランド》にも行ってみたい。飛べるうちに行きたい。巨大鳥《ダリオン》の真実を知りたい）

　二羽の若い個体が空中で絡まり合うようにして戦い始めた。十分な数が差し出されている状況で、餌の奪い合いは珍しいことだ。大きな羽が飛び散り、二羽の争いは到底人間が手を出しようがないほど激しい。ファイターも囮役《デコイ》も、巻き添えを食わないように距離を置いている。

するとと上空を飛んでいた白首が急降下し、空中で激しく戦っている二羽の間に突っ込むように割り込んだ。三羽の巨大鳥《ダリオン》は「ギエエエ！」「キイイイ！」と叫び声をあげて空中で蹴り合い、翼で叩き合いを繰り返している。

（これ、どうしたらいいの？）

アイリスが下で浮かんでいるギャズを見ると、ギャズはアイリスを見上げて首を振る。

（やめておけってことね）

戦いの激しさにハラハラする。しかしすぐに白首は自分より若い二羽を蹴散らし、餌の奪い合いから発展した喧嘩をやめさせた。若い二羽はいったん上空に戻っていく。白首が見張るように若い個体の後方を飛んでいる。

喧嘩を見ていた別の巨大鳥《ダリオン》が悠々と家畜を捕まえて飛び去ってから、若い巨大鳥《ダリオン》たちが一羽ずつ下降し、自分の獲物をつかんで飛び去った。


その日の終わり、騎士団員たちは建物に引き揚げながら「あんなことをする巨大鳥《ダリオン》を初めて見た。人間のリーダーみたいだった」と口々に言い合った。

珍しく起きた餌の奪い合い事件以外、巨大鳥《ダリオン》の誘導は順調だ。人的被害はゼロという日々が続く。王空騎士団の活躍のおかげで、巨大鳥《ダリオン》たちは渡りを終えて南の巨大鳥《ダリオン》島へと帰っていった。

巨大バッタの報告はちらほら出ていたが、いまだ大きな被害にはいたっていない。

『巨大バッタを見つけ次第、殺処分すること』というお触れは周知され、守られている。

第七章

新しい王空騎士団

月日が流れ、渡りは繰り返された。

ヒロは三十八歳になって退団し、王都で両親と共に飲食店で働いている。ケインもその後三十八歳になった年に退団し、故郷に戻った。今は自分が育った保護施設で働いている。ケインは同じ施設出身の女性と結婚した。ウィルは団長を退き相談役へ。今はカミーユが団長だ。

王空騎士団の顔ぶれは変わったが、ファイターも囮役《デコイ》もマスターたちも粛々と空を飛んで巨大鳥《ダリオン》を誘導していることは変わらない。

アイリスとサイモンは共に十八歳になった。早春の今日、サイモンが王空騎士団に入団する。

アイリスの同期は少ない。飛び級でアイリスが抜けていたし、マリオが国境空域警備隊の預かりからそのまま警備隊員になっている。今年の新人はわずか四人。

カミーユ騎士団長が能力者たちの前に立ち、入団式で四人を紹介している。

「本日からこの四人が王空騎士団に加わる。私の望みは君たちが死なずに生きて、飛んで、国民を守ることだ。以上」

入団式が終わり、隊員たちが散っていく。制服に身を包んだサイモンは騎士団のロビーでアイリスと会話していた。サイモンの表情が晴れ晴れと明るい。傷の赤みは消えて白くなっている。

「やっと僕も王空騎士団だ。よろしくね、アイリス」

「よろしくね、サイモン。一緒に働ける日が来て、嬉しいわ」

「同じ第三小隊になれなかったのは少し残念だけどね」

「私は一緒に飛べるだけで嬉しい」

「いいねえ、幸せそうで羨ましいよ」

二人に近寄ってきて冷やかしているのはマイケルだ。

「マイケルさんは、まだ婚約もしていないんですよね」

「まあね。気楽な立場を楽しんでいるよ。親も僕がトップファイターとして飛んでいることに満足していることだし、慌てて結婚する理由は何もないよ」

「いやいや、結婚はいいものだぞ、マイケル」

そこに参加したのは通りがかりのギャズ小隊長。

「よお、サイモン、騎士団の制服がよく似合うな」

「ありがとうございます。ギャズ小隊長、結婚はいいものですか？」

「ああ、いいぞ。すこぶるいい。アイリスとサイモンはまだ結婚しないのか？」

「そうだよ、マウロワ王国からの横やりがなくなったら、すぐ結婚するんだと思っていたのに」

マイケルだけでなく騎士団員たちは皆、「なんで結婚しないんだ？」と不思議がっている。

「僕がお願いしたんです。王空騎士団員になってから結婚したかったから」

「私たちまだ若いから急がなくてもいいかなと。でも今年中には結婚することになりました」

ニコニコとマイケルに答えるアイリスはすっかり美しい女性に成長している。少し日焼けしているのは、毎日空を飛んでいるからだ。

「おおい、そろそろ出発する時間だぞ」

笑顔で声をかけてきたのは、副団長に昇進したファイターのアイザックだ。

短く刈り上げた黒髪。日に焼けた肌。青い瞳。百九十センチ近い高身長で細身のアイザックは三十四歳だ。トップファイターではなかったにもかかわらず副団長に選ばれた。アイザックを指名したのはウィル。人望が厚く真面目で責任感が強いアイザックの副団長指名に、皆が納得したものだ。

「今行きます！」

マイケルが返事をする。アイザックの言葉で団員たちはフェザーを抱えて外へと出て行く。

「今回はマイケルさんもバッタ探しに行くんですね」

「気は進まないけどね。僕、虫が嫌いなんだよ。アイリスは平気なの？」

「好きではありませんけど、あそこまで大きいと虫って感じがしないので逆に平気です」

「虫は虫だよ。僕は嫌いだ。大発生するかと思っていた超大型バッタ、全然話題にならないね」

「この国の気候が合わなかったのかもしれませんね」

わいわいとしゃべりながらロビーから外に出た。団員たちが一斉にスウッと浮上する。

「よぉし！　東海岸に向かって、出発！」

カミーユの掛け声で、王空騎士団が東海岸に向かって飛んだ。東海岸に向かって飛ぶこと数時間。カミーユが徐々にスピードを落としながら地面を指さした。休憩時間という合図だ。

「うぉーい、よく飛んだなぁ」

ギャズが地面に降りてピョンピョンとジャンプしながら手足を動かし、冷え固まった筋肉をほぐしている。その隣でマイケルがゆっくりとストレッチしている。サイモンはのんびりと草むらを歩き、アイリスは地面にすわって身体をひねりながらほぐしている。副団長のアイザックはそんな団員たちを眺めていたが、一人の少年に目を留めた。十八歳の新人チャーリーだ。

「チャーリー、疲れたか？」

「いえ、大丈夫です」

チャーリーは陽気な若者で、今は地面に腰を下ろしてぼんやりしている。本当は先輩たちに合わせてかなりの速度で飛び続けるのに疲れていたが、（ここで疲れたと正直に言って、騎士団全体のペースを落とさせるのは申し訳ない）と考えていた。

「お前が途中で落下したりすれば、長い時間休憩しなければならないんだ。力尽きる前に、必ず申告しなさい。いいな？」

「はい」

（俺の見栄なんて、最初からお見通しだったか）

そう申し訳なく思っていると、サイモンが突然地面に伏せ、地表に耳をつけてから立ち上がった。

「団長、誰か走ってきます」

「うん？　そうか？」

「はい。複数の馬が走る足音がします。確認します」

そう言ってサイモンはフェザーに乗り、上空高く浮かび上がった。すぐに下りてきてカミーユに報告した。

「東から軍人が二名、こちらに向かっています。全速力ですね」

「よし、みんなで出迎えるぞ」

全員が素早くフェザーで浮かび上がり、東へ飛ぶ。すぐに二頭の馬を見つけて手前に着地した。軍人たちは馬を止めて飛び降り、先頭のカミーユに走り寄る。

「超大型バッタが大量に発生し、小麦を食い荒らしています！」

騎士団員の間にザワッとした空気が流れる。アイリスは（ついに現れたんだ……）と大量の超大型バッタが小麦畑に群がっている様子を思い浮かべる。全身に鳥肌が立った。

「本日は王空騎士団が到着する予定でしたので、一刻も早くお知らせしようと馬を急がせました」

「わかった。現場に案内してくれ。どちらか一人、乗ってくれるか？」

三十代の男性がカミーユのフェザーに乗ることになり、二十代の若者は彼の馬を引いて戻ることになった。

「出発！」

カミーユの号令で全員が高速で飛び出した。

やがて「最初にやられたのはあそこです！」と軍人が指さした。一斉にフェザーが停止する。

「これは……酷い！」

思わず声を出したアイリスの声に、皆が無言でうなずく。上空からでも被害の酷さがわかる。

青々とした麦畑が広がっているはずの今、見えるのは土の茶色だ。見渡す限り、周辺の小麦畑はどこもかしこも茶色一色。壊滅的だ。

「軍はどこだ？」

「ここはもう食べ尽くされましたので、被害の前線で戦っております。そして、お気をつけください、ほとんどの軍人がバッタによる怪我をしております」

カミーユの上下左右に浮かんでいる騎士団員たちが「バッタで怪我？」という表情。

「バッタどもは我々の衣類も食います。植物から作られる木綿の服は確実に食われます。そして服を食べる際に、一緒に皮膚や肉も嚙んでしまうのです。肉を食うわけではありませんが、肉を嚙みちぎられます。全身を嚙まれ、出血が多い者は命に関わる状況です」

「剣で叩き斬ればいいのではないのか？」

「一人の人間に数十匹もあいつらが群がってくると、なかなか……」

そう言われて見ると、彼の軍服はあちこちが破れている。破れ具合からバッタの口の大きさが想像できた。マイケルが「ううう」と声を漏らして両腕を自分でさすっている。

カミーユが若手の団員に背負わせてきたリュックを見る。リュックの中身は細い縄で編んだ網だ。落下する仲間を素早く空中で救うために使われているもので、アイリスが以前にケインに捕えられたときのあの網である。

「我々なら飛びながら網で一網打尽にできると考えて、麻で編んだ網を持ってきているのだが。麻では食われるか……」

「はい。間違いなく」

皆が静まり返る。団長カミーユが副団長のアイザックに向かって「革の服が必要か」と言うと、アイザックは「革手袋もすべきでしょう。しかし今からでは……」と答える。マイケルがアイザックにスウッと近寄った。

「今までも少しはバッタが見つかって処分されてきたはずなのに、嚙みつかれたなんて話は全く聞いていませんよ」

するとと伝令役の軍人もうなずく。

「今まではそうでした。しかし、突然大量のバッタが姿を現した後、人間の衣類も狙うようになったのです。おそらく、生えている草や作物だけでは足りず、空腹のあまりに植物由来の物であればなんでも見境なく食べようとしているのだろうというのが軍の判断です。木造の家も被害に遭っています」

カミーユが静かに軍人に問う。

「君、前線はどこだ？」

「現在の前線は、ここを通り過ぎ、もう少し東に向かった場所です。海沿いの穀倉地帯です」

「よし、急ごう！」

王空騎士団が速度を上げて飛び始めた。アイリスは飛びながら考え込んでいる。

（どうすれば私が役に立てる？　空賊のときみたいに飛び回って……私の剣の腕で飛び回るバッタをどれだけ殺せる？）

アイリスの様子に気づいたらしいサイモンがフェザーを近づけてきた。

「アイリス、大丈夫か？」

「もちろんよ。飛びながらバッタを叩き斬るわ。ここ三年間、先輩たちと一緒に剣の訓練をしてきたんだもの」

サイモンが心配そうな表情だ。アイリスはサイモンが何を考えているか、想像がついた。

「いくら私が速く飛べるからって、私は逃げたりしない。私は女だからなんて言わないでね。私は王空騎士団員なんだから」

軍隊と超大型バッタとの戦いは苦戦を強いられていた。

軍人たちは片っ端からバッタを斬り伏せるが、数が違いすぎた。皆、軍服をあちこち噛みちぎられていて、全身に血が滲んでいる。

軍人たちはバッタの発生を交代で見回りに来た中隊だ。まさか自分たちの当番のときにこんなことになるとは思っていなかった。全員が終わりのない戦いに疲弊している。

「西の穀倉地帯にこいつらが侵入する前に、ここで抑えるぞ！」

「おうっ！」

声に力がない。少しでも気を抜けば、服越しに肉を噛まれるという状況で、朝から休みなしにずっと戦い続けているのだ。軍人の一人が空を見上げて叫んだ。

「王空騎士団が来たぞ！」

空を見上げた軍人たちの顔に安堵と希望が浮かぶ。

王空騎士団全員がフェザーに乗ったまま剣を抜いて構え、一気に降下して軍人たちに合流した。

アイリスもバッタが多そうな場所に突っ込んだ。麦畑にも草原にも巨大なバッタがいる。全長三十センチもある大きなバッタは羽を広げるとぎょっとするほど大きい。まるで鳥並みだ。

「ひいいいい！　気持ち悪いいいいい！」

悲鳴をあげながら猛烈な勢いでバッタを斬り伏せているのはマイケルだ。アイリスも（くっ！大きい。飛ぶといっそう大きく見える！）と心の中で叫びながら剣を振る。手のひらの剣ダコは伊達じゃない。そんなアイリスたちに軍人たちが声をかける。

「羽を斬れ！　落ちたところでとどめを刺すんだ！」

「卵を産ませるな！」

飛翔能力者たちはフェザーに乗ったまま、斬って斬って斬りまくる。飛び立ったバッタを追いかけて叩き斬る。あちこちに巨大なバッタの死骸が落ちていく。だが動いて麦や野菜を食べているバッタは無数にいる。

やがて日が落ちて暗くなった。

「撤収！　撤収だ！　もう暗い。これ以上は危険だ！」

軍も王空騎士団も、全員が肩で息をしながら休憩に入った。カミーユが軍人たちに声をかけた。

「農民たちは？」

「農具でバッタを退治しています。相打ちにならないよう、我々とは別行動で別の地区の畑にいます。合流しますか？」

「ああ。話し合う必要がある」

合流した農民たちはバッタに噛まれてあちこちから流血していた。

「明日も明後日も、俺たちは戦います。バッタに食い尽くされたら、子供たちが飢えちまう」

「そうか。今日はもう終わりにしよう。明日、我々も全力でバッタを始末する」

カミーユはそれだけを言うと黙り込んだ。農民たちがそれぞれの家に引き揚げてから、アイザックがカミーユに声をかけた。アイリスとサイモンを含めた騎士団員たちは、携帯食の硬いパンを齧りながら二人の会話を聞いている。

「団長、どうお思いになりますか」

「おそらく、奴らは生き延びて卵を産む。一匹残らず殺すのは無理だ。いずれは西の穀倉地帯まで被害が広がる可能性は高い」

薄々そうじゃないかと思っていたアイリスたちは黙り込んだ。

「だが、俺の中には希望がある。そもそも超大型バッタはどこから来た？　南の巨大鳥《ダリオン》島では一匹も見かけなかった。昆虫は大きかったがこんな大きさじゃなかった。我が国でもなく、巨大鳥《ダリオン》島でもなく、嵐のあとに東海岸に吹き寄せられていた」

「終末島《エンドランド》から来たってことでしょうか？」

アイザックの言葉にカミーユがうなずいた。

「俺はそう思う。終末島《エンドランド》は巨大鳥《ダリオン》の繁殖地だ。繁殖期は巨大鳥《ダリオン》もことさら気が立っているだろうから誰も終末島《エンドランド》には近寄らない。それ以外の時期も千キロの距離を越えて行く価値がないと思われてきた。バッタはその終末島《エンドランド》から来たのではないか。アイリス、お前はどう思う？」

「巨大鳥《ダリオン》はあのバッタを食べるために終末島《エンドランド》に行くのでは？」

「そんな気がするんだ。例えば鶏はバッタを喜んで食べる。野の鳥も好んで食べる。巨大鳥《ダリオン》たちは大きくて栄養たっぷりのバッタを食べて卵を産み、雛を育てているのかもしれない。これは終末島《エンドランド》をこの目で見るまでは推測だがな」

アイリスが考え込む。

自分はなぜ飛翔力を開花できたのか。なぜ白首が自分に懐いたのか。なぜ聖アンジェリーナは巨大鳥《ダリオン》を殺せばこの国は滅ぶと言ったのか。全ては、ひとつの答えにつながるのではないか。考え込んでいるアイリスにサイモンが話しかけた。

「アイリス、どうかした？」

「巨大鳥《ダリオン》が超大型バッタを好んで食べるかどうかを調べる価値はあると思う。もしあのバッタを好んで食べるなら、巨大鳥《ダリオン》を我が国のバッタのいるところまで誘導すればいいんじゃない？　私なら白首を誘導して、群れ全体を連れて移動できる」

考え込んでいる先輩たちに向かって、アイリスは自分の考えを説明した。

「それが簡単なことじゃないのはわかっています。巨大鳥《ダリオン》が広場から離れれば人間が狙われやすくなるでしょう。でも、小麦や野菜が食いつくされたら、結局は飢え死にする人がたくさん出てくるのでは。どっちを取るか、になりますが」

カミーユが何度もうなずきながら同意する。

「もうすぐ巨大鳥《ダリオン》たちが今年巣立った若い仲間を率いてこの国に来る。巨大鳥《ダリオン》をバッタのいる地区まで誘導するのもひとつの考えだと思う。俺から報告を上げる。巨大鳥《ダリオン》を王都以外に誘導するとなれば、陛下のご判断を仰がねばならん」

朝が来た。

軍人も王空騎士団員も、疲労感が貼りつく身体で起き上がる。全員が野営だ。火をおこし、朝のお茶を淹れて配る者、硬い携帯食をお茶に浸して食べる者。無言で食べている男たちの耳に、馬車の音が聞こえてきた。

「誰だ？　軍の人間じゃないな」

「ありゃ貴族の馬車だ」

携帯食のパンを食べていたアイリスが立ち上がった。馬車をひと目見るなりハッとした顔をして、すぐにフェザーで馬車に向かって飛んでいく。サイモンが護衛騎士のように素早く続く。アイリスは馬車の窓の位置に並んで飛ぶと、窓が開いて見知った顔が現れた。

「やあ、アイリス。おはよう」

「オリバー！　なんでここに来たの？　ここはもう戦場みたいな状況なのよ？」

「だから来たんだ。超大型バッタが大量に出現したんだろう？　詳しいことは着いてから」

突如現れたオリバーを見て、カミーユとマイケルが驚いた。

「オリバー、どうした？」

「カミーユ団長。お久しぶりです。いいものを持ってきましたよ。超大型バッタ用の忌避剤です」

本来なら六人が座れそうな馬車のドアが開けられる。座席を取り払った場所に置かれているのは、樽《たる》だ。ぎっしりと詰め込まれた樽を御者と従者がウンウン言いながら下ろしている。

「オリバー、忌避剤とは？　有毒なものなら麦畑では使うわけには……」

「そんな間抜けなことをしません。普通のバッタで効果は確認済みです。これを薄めて撒けば、バッタは作物に近寄りません。すでにそこにいたバッタは慌てて逃げ出しました」

「ほう。材料は何だい？」

「木酢液です。炭を焼いたときの煙を集めて冷やして液体にしたものです。原液を運んできました。これを五百倍に薄めた物を散布してください。超大型バッタが発見されて以来、僕は普通の虫でずっと実験してきました。効果は保証します」

「君の保証なら間違いないな。ではすぐに使えるよう、準備をしよう。効果を確認し次第、上にも報告をする」

ファイターたちが近隣から水樽を集めて回り、木酢液の希釈液が完成した。

「よし、これを皆で麦畑に撒こう。人海戦術だ」

ファイターたちがずっしりと重い樽を荒縄でフェザーにくくりつけ、麦畑まで運ぶ。軍人や村人がそれを柄杓《ひしゃく》やマグカップで撒く。話を聞いた村人たちの意気は高い。

「これでこの麦畑が襲われないなら、俺らは頑張りますんで！」

王空騎士団は樽を配置し終えて集合し、カミーユが全員の前に立った。

「ここでの散布作業は軍と村の人間にやってもらう。我々は他の被害地に行き、バッタの始末と木酢液の散布を進める。そのうち巨大鳥《ダリオン》の渡りが始まる。それまでにできる限りの手を打つ。今いる民のためと、これから生まれる子供たちのため、つまり、この国の未来のためだ」

騎士団員たちはカミーユの言葉で再び気力を奮い立たせる。オリバーがカミーユに訴えた。

「僕も行かせてください。少しでも役に立ちたいんです」

「助かるよ。君の頭脳は武器になる」

「ありがとうございます！」

王空騎士団と行動するようになってから、オリバーは変わった。己ができることを全力で行う能力者たちの姿に学んだのだ。自分の頭脳の優秀さが心の支えだった頃は鼻持ちならない物言いをしていたのに、今は謙虚だ。オリバーは誰かを見下すのをやめていた。

（僕は僕にできることをやればいい。僕はアイリスやサイモンみたいに飛べないけれど、この頭脳で役に立ってみせる）

オリバーが加わった王空騎士団は次の被害地区を目指す。オリバーを乗せるのはギャズだ。

「アイリスほど速く飛べないが、落ちる心配はないから安心して乗ってくれ」

「安心しています。もうすぐ結婚するアイリスに抱きついて飛ぶのはサイモンに悪いですし」

「ふふふ。確かにな」

次の目的地は、住民に聞かなくてもわかる。本来なら小麦の穂が重く実っている場所が、土の茶色になっているところが被害地だ。カミーユが飛びながらアイリスに声をかけた。

「アイリス、みんなが樽一個ずつなのに、お前だけ樽四個はさすがに重くないか？」

「いいえ。問題ありません。八個でも大丈夫ですが、綱が切れたら困るので四個にしただけです」

「そうか。お前には余計な心配だったな」

アイリスは樽を前後に二個ずつ、合計四個もぶら下げながら、平然と飛んでいる。やがて、無残に食い荒らされた麦畑が見えてきた。小麦以外の作物も食い荒らされている。

「よし、あの近くの集落で撒き手を集めてこよう」

カミーユの号令で王空騎士団は麦畑の近くにある集落に降りた。だが、そこはほとんどの人々が怪我をしていた。対応に出てきた村長も、手足のあちこちに止血のために布を巻いている。

「王空騎士団様ではありませんか」

「この村も襲われたのだな。我々が忌避剤を持ってきた。散布の人手は出せるか？」

「それが……数名は出せますが、とりあえずご覧になってください」

村長に案内されて入った家々は、男たちだけでなく、女性や子供たちまで怪我をしていた。

「服を食べようとしたバッタが全身に群がり、このありさまです。巨大鳥《ダリオン》は夜になれば人を襲いませんが、バッタどもは夜も食べ続けます。近寄れば木綿や麻の服に飛びついてくるのです。安普請の家は壁に穴を開けられ、もう、我々は畑に出ることもできず……」

話を聞いていたオリバーがサイモンに話しかけた。

「高い位置から木酢液を撒けばいい。雨みたいにね。樽に穴を開けて飛びながら散布できる？」

「できる。団長、その方法で散布させてください」

こうして飛翔能力者たちはいくつかの樽に複数の小さな穴を開け、かなりの高さから木酢液を撒いた。風に影響されながらもどうにか撒き終えたものの、やってみてわかった。

「これは根本的な解決にはならないな。やつらが飛んで逃げるから被害が広がってしまう」

苦い顔をするカミーユたちに、村長は首を振った。

「いいえ！　助かります！　とりあえず畑に出ることはできます。これで飢えて死ぬことはなくなりました。ありがとうございます！」

感謝して頭を下げる村長。副団長のアイザックがカミーユに進言した。

「団長、王都から薬品と包帯、医師の手配を要請しましょう」

「そうだな。アイリス、お前、王都までの往復を頼む。全速力だ。帰りは物資と医者を載せてきてほしい。その他に五名、同行。アイリスに引き離されてもかまわん。物資を運んでもらいたい」

すぐに五名が立候補してチームが編成された。マイケルとサイモンも参加している。

「では行ってきます！」

そう言うなりアイリスはすっ飛んで消えた。文字通り、慌てて他の五人が飛び立った。

「速い」

「速いですね。まあ、アイリスですから」

見送った者たちは高所から木酢液を散布し続けつつアイリスたちの帰りを待った。

王城に到着したアイリスの報告と要請を聞き、宰相のルーベンが国王の下へと走った。制服のあちこちをバッタに噛まれ、血を滲ませているアイリスを見て、ルーベンは焦った。ヴァランタン国王は急いでアイリスの謁見を許可し、話を聞いた。

「服や家まで？　被害はこちらの予想をはるかに超えているのだな。医者と助手を乗せられるだけ派遣する。薬品と包帯も運べるだけたっぷりと持たせよう」

「ありがとうございます！」

（一刻も早く被害地区に戻らなきゃ。こうしている間にも、畑の作物が食べられてしまう）

ヴァランタン国王の指示で、ホールに人と物資が集められた。残っていた王空騎士団、待機していた軍も東へと進むべく集結する。荷物を木箱に収め、太い縄でフェザーにぶら下げる準備が終わった頃、他の五人が到着した。

「アイリス、悪い！　遅くなった！」

「気にしないでください。私は先に現場に戻ります。少し休んでから来てください。荷物は全部私が運びます。皆さんはお医者さんを乗せてきてください。じゃ、お先に！」

大量の荷物をぶら下げ、医者も乗せて飛んでいくアイリス。それを見送りながら到着したばかりの五人が絶句する。全員が考えていることは同じだ。

（アイリスの飛翔力は、尽きることがないのか？）

茫然と見送る五人を取り囲んでいる王空騎士団の仲間たちが苦笑している。

「なるべく早く戻れるといいな。もう少しで渡りが始まる。空賊退治は俺たちに任せて、超大型バッタを一匹でも多く退治してくれよ」

「お前はあの恐ろしさを知らないから。服に貼りついて噛んでくるときの気持ち悪さと痛さといったら、思い出すだけで鳥肌が立つよ」

「俺は空賊相手でよかった。虫は嫌いだ」

そんなやり取りのあとで、長距離派の五人は物資や医者と共に東へと飛び立った。


アイリスたち王空騎士団が超大型バッタの駆除と怪我人の手当に奔走している頃。終末島《エンドランド》では渡りの準備が始まっていた。親鳥に見守られながら、この春生まれた雛たちは飛ぶ練習を繰り返していた。雛たちは日々着実に飛翔距離を伸ばしている。親鳥たちは我が子を見守り、励ましながら渡りに備えた。

気温の変化、日照時間の変化、雛たちの成長、風の動き、餌の数。さまざまな条件を総括して渡りの開始を決めるのは彼らの本能だ。

白首は群れ全体のリーダーだ。闘争で白首に勝てる個体も戦いを挑む相手もいない。圧倒的な強者にして判断能力に優れる白首は今日、何度も上空高く舞い上がり、風の動きを調べている。

雛たちは十分に育った。気温が下がり、豊富だった餌は少なくなってきた。餌が足りなくなる前に飛び立つのだ。命があふれる南の島を目指して。

澄んだ青空をゆったりと滑空しながら、白首はアイリスを思い出す。仲間でもなく、雛でもない。自分たちの邪魔ばかりする『飛ぶ人間』は気に入らないが、アイリスのことだけは気に入っている。

自分と同じ速さで同じ高さまで飛べる人間。今まで見てきた『飛ぶ人間』たちよりずっと小さい人間。最初は（人間の雛か？）と思ったが、どうやら雛ではない。最初はアイリスのことも嫌っていたが、一緒に飛ぶ時間が増えるにつれて、次第に親愛の情が湧いた。

アイリスの声を聞き、その小さな手に触れられることは気持ちがいい。思う存分一緒に飛んで遊ぶのが楽しくて、思い出すと今すぐ会いたくなる。休憩地は食べ物が豊富だ。餌が集まっていて尽きることがない。その場所は若い頃から記憶に刻まれている。

白首は一番小さな個体が十分飛べるようになるのを待った。言葉はなくても意思は伝わる。

その日、白首が渡りの前の儀式を始めた。

巨大鳥《ダリオン》島でも終末島《エンドランド》でも、そこで命が尽きた仲間の骨を咥えて飛び立つ。肉は皆で食べた。命果てた仲間の肉は生きている仲間の血肉となる。骨に残っていた肉は虫たちが食べ、大地に横たわる骨は洗ったように白い。

白首が骨を一本咥え、飛び立った。それが渡りの開始の合図だ。すぐに仲間が後に続く。

巨大鳥《ダリオン》が一羽また一羽と仲間の骨を咥えて上空に集まってくる。小さな骨も残されることはない。

白首は大きな円を描きながら、仲間が合流するのを待った。

『南の島へ帰ろう』

集団の意思がひとつになり、全ての巨大鳥《ダリオン》が白首の後ろに続いた。

巨大鳥《ダリオン》たちは海の上を飛びながら骨を落としていく。それが最初の渡りで見た親たちの姿だ。自分たちも同じように骨を咥えて渡りを始め、海の上で骨を落とすのだ。

骨は深い海の底へと沈んでいく。海に消える骨の行方を見届けることもなく、集団は飛び続ける。

『南の島へ』

『暖かいあの土地へ』

巨大鳥《ダリオン》の集団は南を目指して飛び続ける。最初の目的地であり休憩地点のグラスフィールド島を目指して南下していた。

巨大バッタと人間のイタチごっこは続いている。東の農村地帯からバッタが現れたという報告が上がるたびに王空騎士団と陸軍の部隊が駆け付けて忌避剤を散布しているが、一匹残らず始末するまでには至っていない。

オリバー、アイリス、サイモンが携帯食を齧りながらしゃべっていた。周囲の王空騎士団員たちもパンと干し肉を食べつつ耳を傾けている。

「もうこの国からバッタがいなくなることはないと思う。生き物は生息域を広げて子孫を残す、これが使命だからね。僕らは超巨大バッタとの共存を考えたほうがいいと思う」

「私が巨大鳥《ダリオン》をバッタのところまで誘導する案はどうなったのかな」

巨大鳥《ダリオン》を誘導してバッタを食べさせたらどうかという案は、かなり前に国王まで上げられていた。だが返事が来ない。新しい試みを好まない人間は多い。何百年もかけて王都の広場に巨大鳥《ダリオン》を集めてきた歴史が枷《かせ》となっていた。

「広場以外で餌を食べさせたりして、巨大鳥《ダリオン》たちが自由気ままに散らばって餌を食べるようになったらどうする。そもそも巨大鳥《ダリオン》がバッタを食べるかどうかもわからないのに」

だが、そんな心配や反対を全て打ち消す出来事が起きた。

「穀倉地帯に超巨大バッタの群れが現れました！　空を覆うほどの数が畑に飛んできたそうです」

「空を覆う？……いったいどこでそんなに増えたのだ？」

自然はいつでも人間の予想を超え、想像しない形でやってくる。

報告を受けた宰相は青ざめた。超巨大バッタがいつか穀倉地帯に現れるにしても、年単位で徐々に被害が増えるのだろうと思っていた。それがいきなり空を覆う数の出現だ。

「マウロワに輸出する分を減らすのは難しいな」

グラスフィールド王国の西部で育てられている小麦は、ほとんどが大陸のマウロワ王国に輸出される。その小麦の生産量が減ったからと言って、マウロワ王国が大人しく輸出量の減少を受け入れるとは思えない。

グラスフィールド王国の小麦は大陸では高級品だ。味も香りも大陸とは比較にならないほど上等なのだ。高級品を食べ慣れていた裕福な人間が、食のレベルを落とすのはむずかしい。大国の力を振りかざして「いつも通りに輸出しろ」と言ってくるだろう。そうなれば自国の民が飢える。

こっちは麦も野菜も被害を受けているのだ。

「なんとしてもバッタを退治しろ。この際、手段は問わない」

「陛下、それは巨大鳥《ダリオン》の誘導を含むのでしょうか」

「巨大鳥《ダリオン》に襲われるか、バッタで民が飢えるか、戦争になって民が死ぬか。より被害の少ない道を選ぶしかない。巨大鳥《ダリオン》がこの国にいるのはせいぜい三週間。バッタに小麦を食われ、残りをマウロワに持って行かれてしまえば、我が国の被害はそんなものでは済まない」

　ヴァランタン国王は並んでいる重鎮たちに命を下した。

「渡りが始まるまでは人海戦術。渡り以降は巨大鳥《ダリオン》がバッタを食べる可能性に懸けよう。アイリスに巨大鳥《ダリオン》を誘導させよ」

　王命により、王国軍と王空騎士団は西の穀倉地帯へと移動した。国を横断する移動は飛翔能力者であってもさすがに一日では済まず、二日がかりとなった。その夜、焚火を囲みながらオリバーが自分の研究と観察について語った。

「子供の頃、普通のバッタを箱で飼い、餌を豊富に与え、どんどん増やしたことがあるんだ」

「オリバーは子供の頃から鳥や魚や昆虫のことを研究していたわよね」

「うん。その結果、わかったことがある。餌が豊富でも箱の中でバッタが増えすぎるとね、数年で羽が大きくて飛ぶ力に優れたバッタが生まれたんだ。過密状態で育って卵を産むと、子孫が空を飛んで遠くへ移動する仕組みが組み込まれているとしか思えなかった」

　サイモンが考えながらオリバーに質問する。

「つまり、あの超大型バッタはこの国のどこかで増え続け、過密状態になったから長距離を飛んで穀倉地帯にやって来た、ということ?」

「僕はそう思ってる。つまり、超巨大バッタは海岸に打ち上げられているのを発見される前に、すでにこの国に根を下ろして静かに増え続けていたんじゃないかな。だとしたら、むしろこの国は幸運だった」

隣で聞いていたマイケルが納得いかない調子で口を挟む。

「待てよ。どこが幸運なんだい?」

「マイケルさん、アイリスは七百年ぶりに誕生した女性の飛翔能力者です。特別な能力者なのは能力だけじゃない。白首と親しくなって誘導できる能力者です。そのアイリスがいるときにこの事態が起きました。僕は幸運だと思っています」

サイモンがうなずく。

「僕も幸運だと思う。バッタを過密状態にしなければ、やつらは遠くまで飛ばないのなら、斬って斬って斬りまくって、数を減らせばいい。被害は限定的になるはずだ」

「そう、僕もそう思うんだ。サイモンは案外……」

案外頭がいいんだねと言いかけてオリバーは口を閉じた。人を見下すようなことを言うのは自分に自信がない人間がすることだ。オリバーはもう、自分の頭脳をひけらかして他人を馬鹿にするのをやめていた。

カミーユもアイザックも、他の騎士団員も、オリバーとサイモンのやり取りを聞いていた。

(数を減らす。それしかない)

いたちごっこに疲れていた皆の覚悟が固まる。穀倉地帯での人間対超大型バッタの戦いは二週間以上にもなっていた。超大型バッタに食われ、人間に踏み荒らされ、今年の輸出用小麦の収穫量はかなり減る。これを毎年繰り返すわけにはいかない。

王空騎士団と軍の人間が疲弊し始め、過労で倒れる者が出始めた頃、北の鐘が鳴り、巨大鳥《ダリオン》の飛来を知らせる鐘が打ち鳴らされた。

「渡りが始まったな」

カミーユが疲労の滲む顔で空を見上げる。

「巨大鳥《ダリオン》が超大型バッタを食べてくれることを祈ろうか。それにはまず、アイリスに巨大鳥《ダリオン》を誘導してもらわないとならない。アイリス、頼むぞ」

「任せてください。白首がリーダーである今こそ、私の出番です。必ず群れをこの穀倉地帯に誘導してみせます。私が女性なのに飛翔能力を開花させたのは、きっとこの日のため。この役目を担うために私は生まれてきたんです」

アイリスが巨大鳥《ダリオン》の群れを迎えに飛び立ったあとのこと。空賊退治に回っていた少数の騎士団員と、東で超大型バッタ退治をしていた騎士団員が合流した。およそ百名の能力者たちが集結しているのは西の穀倉地帯。

「団長、巨大鳥《ダリオン》たち、無事にこっちに来ますかね」

「来てくれることを祈ることしかできないのが歯がゆいよ。アイリスは今、どの辺りを飛んでいるんだろうな」

カミーユに声をかけたのはギャズ。いつもは陽気なギャズ第三小隊長が珍しく緊張している。答えているカミーユも落ち着かない雰囲気だ。

穀倉地帯の農家にはすでに巨大鳥《ダリオン》を誘導していることを周知済みで、騎士団員以外の人の姿はない。

木造家屋の農家は巨大鳥《ダリオン》が本気になれば壊されてしまうから、農民たちは今、ドアや窓を板で塞ぎ、一室に集まって自分たちの無事を祈っていた。


その頃アイリスは国の北まで群れを迎えに行き、無事に出会えた群れを誘導している。アイリスと白首が並び飛ぶ背後には、七百羽から八百羽の巨大鳥《ダリオン》の集団が続いている。

「ルル！　こっちよ！　王都じゃないの！　西の麦畑！」

「クルルルル」

高速で飛びながら叫ぶと白首が応える。背後の巨大鳥《ダリオン》たちはいつもとコースが違うことに違和感を抱えながら飛んでいる。全ての巨大鳥《ダリオン》は巣立った年から毎年二回ずつ通っていた広場の位置を覚えているから、別の場所を目指していることにいら立っていた。特に白首よりも年上の個体ほど強い違和感を抱えている。

だが、白首の後に続く巨大鳥《ダリオン》たちの中では、目指す場所が違っていることへの不満より、白首に対する信頼感のほうが大きい。白首は圧倒的な強者。それが群れを引っ張っていた。

白首もまた仲間の不安や不満を感じ取っているらしく、何度も振り返って、「ギャッギャッ」と鳴く。『自分について来い』と言っているように聞こえる。

白首を誘導しているアイリスは今、自信が半分、不安が半分だ。白首を誘導することには自信がある。残り半分の不安は……。

（巨大鳥《ダリオン》たちはあのバッタを食べるかしら。見向きもしないかもしれない。もし何匹か食べてから『やっぱり広場の家畜のほうが美味しい』って思ったらどうなるんだろう）

巨大鳥《ダリオン》がバッタの味を気に入らずにイラついて攻撃してきたら、どんな事態になるのか想像がつかなかった。彼らは胃袋を空っぽにして渡りを始める。強い空腹感を抱えて到着するのだ。

（女神様！　私に力を与えてくださった女神様！　どうか巨大鳥《ダリオン》たちがバッタを食べてくれるよう、お導きください！）

気を抜くと自分が背負っている責任の大きさに震えてしまう。そのたびに不安を振り払い、白首に声をかけながら飛んだ。やがて打ち合わせをしていた西の穀倉地帯が見えてきた。広大な小麦畑のあちこちが、バッタに襲われて土の色に変わっている。

「ルル！　こっちよ！」

高度を下げながら背後の集団を振り返る。今のところ集団から外れる個体はいない。アイリスの心を重くしていた不安がどんどん消えていく。王空騎士団の面々が群れに気づいて一斉に飛び立った。相変わらず連携の取れた動きが美しい。先輩たちは小麦畑の一画を取り囲むように宙に浮かんでいる。この輪の中に誘導しろということだ。

アイリスが高度を下げると群れも下げる。そして巨大鳥《ダリオン》の群れは小麦畑の中に着地した。

(お願い！　バッタを食べて！)

アイリスが両手を握りしめて見守っていると、巨大鳥《ダリオン》たちは着地した瞬間からバッタを捕まえて食べ始めた。おそらく上空にいるときからバッタに気づいていたのだろう。老いた巨大鳥《ダリオン》も若い巨大鳥《ダリオン》も、猛烈な勢いでバッタをむさぼっている。飛んで逃げようとするバッタがいても羽ばたいて飛び上がり、素早く捕まえて食べる。

地上に降りて食べるときは羽や脚を食べない。バッタの体だけをバリバリと音を立てて食べ、食べている最中に次のバッタを狙っている。だが数十匹のバッタが飛んで逃げようとしたときは五羽ほどの巨大鳥《ダリオン》が全て空中で捕まえて、ほぼ丸飲みにした。

「おおおお！」

アイリス同様に手に汗を握りながら見ていた騎士団員たちが控え目な声をあげる。巨大鳥《ダリオン》たちの食べっぷりを見ているファイターも囮役《デコイ》もマスターも表情が明るい。するするとフェザーごと麦畑に降りたアイリスは、力が抜けていた。

「よかったあ……」

「アイリス、大丈夫か？」

「サイモン。大丈夫なんだけど、安心したら力が抜けちゃって」

「たった一人で誘導するのは心細かっただろう？　ありがとう。お疲れ様。見守るだけで申し訳なかった」

「そう言ってくれるだけで嬉しい」

いきなり大粒の涙をこぼし始めたアイリスの背中に手を当てて、サイモンが慰める。

巨大鳥《ダリオン》たちは家畜を食べるときより食いつきがいい。延々と食べ続けているのは家畜に比べて腹に溜まらないからか。

やがて巨大鳥《ダリオン》たちは最初に降りた麦畑の超大型バッタを食べつくし、隣の麦畑へと移動する。満腹するまで食べた個体は、周囲の木に止まったり農家の屋根の上で休憩したりしている。

白首は腹を満たすとアイリスと遊ぶ。一緒に飛んだり、地面に降りてアイリスに撫でられたりしている。白首とアイリスの距離が近い。

「ルル、バッタは美味しかった？　あなたたちがあれを食べてくれて、本当に助かったわ。仲間を連れて来てくれてありがとう」

白首は「クルルルル」と鳴いてアイリスに撫でさせている。時々目を閉じて、気持ちよさそうだ。今回はトップファイターの出番はなく、マイケルがフェザーごとサイモンに近寄ってきた。

「ねえサイモン、小麦畑の周囲に木を植えたほうがいいと思わない？」

「僕もそう思いました。巨大鳥《ダリオン》は地面で眠ることはないから、農家の屋根の上で休憩していますからね。あれはあれで遊び半分に屋根を剝がされたら危険です」

「提案してみるよ。木が育つまでは巨大鳥《ダリオン》用に止まり木を立ててもいいね」

「来年もバッタが現れるようなら、それがいいかもしれませんね」

カミーユの隣にはアイザックがスーッと寄ってきた。

「団長、なんだか豚やヤギより食いつきがいいですよね」

「こんなにバッタを喜んで食べるとは驚きだったよ。食べ慣れているように見える」

「終末島《エンドランド》で食べているんじゃないですかね。バッタを見つけて食いつくまでに迷いがありませんでした。渡りのあとで終末島《エンドランド》に行くなら、自分も参加します。アイリス鉱も拾いたいですし」

巨大鳥《ダリオン》島で収集したアイリス鉱は大変な高値で輸出され、国内にも金と同じ値段で出回っている。「現地で割れたアイリス鉱のかけらをもらった」とマイケルが口を滑らして以降、団員たちの多くは次の探検があるなら自分も参加したいと思っている。訓練や巨大鳥《ダリオン》の誘導で怪我が多いファイターたちは、アイリス鉱を携帯して飛びたいと願っている。

夜になり、穀倉地帯の農民たちが恐る恐る外に出た。「念のために灯りはつけないように」とカミーユたちに言われているから、農民たちは月明かりを頼りに麦畑を見に出てきた。麦畑は踏み荒らされてはいたが、バッタが麦を食べるシャクシャクという音は消えていた。

「ありがたい。あいつらが卵を産んだら、来年も再来年も麦の収穫は望めなかった。倒れた麦は手間がかかるが収穫はできる。なんてありがたい」

農民たちは野営している騎士団員たちに汁物を振る舞いながら、そう繰り返し礼を述べた。こうして巨大鳥《ダリオン》たちは二週間で麦畑の超大型バッタを食べ尽くすと、上空を集団で回り始めた。アイリスがそれを見上げながら、近くにいるサイモンに話しかけた。

「王都の広場にも念のために家畜を用意してあるそうだけど、ルルたちはこのまま旅立つみたいね」

「そうしてくれるとありがたいよね」

「農家の人たちは、やっと外に出られるわね」

「不自由だったろうけど、誰も襲われなかった。それが一番よかったよ。これで農家の人に被害があったら、現場を見ていない偉い人たちがまた文句を言っただろうし」

「うん。私もそう思う」

そこにギャズが寄ってきた。

「アイリスとサイモンは終末島《エンドランド》に行くのか？　俺は行くつもりだが」

「もう行くことは決まったんですか？」

「団長の実家の伯爵家が中心になって、船団を作って探検に行くらしいぞ」

「私も行きたいです。どんな島なのか見てみたいです」

「僕も行きたいです」

二週間と数日が過ぎた朝、巨大鳥《ダリオン》の集団が南を目指して飛び始めた。

「ああ、どうやらこのまま故郷に帰るようだな」

「麦畑は散々な有様ですけど、バッタは見なくなりましたね。ギャズさん、私たちが必死に斬り伏せるより、巨大鳥《ダリオン》が食べてくれるほうがずっと効率的でしたね」

「全くだ」

王空騎士団が見守る中、巨大鳥《ダリオン》の群れは南を目指して消えていった。

渡りが終わってすぐ、終末島《エンドランド》探検隊が結成された。前回、飛翔能力者の参加はわずか四人だったが、今回はなんと王空騎士団の全員が参加だ。船も四隻。王国軍の軍船が三隻とカミーユの実家のガルソン伯爵家の船が一隻。軍人は立候補して参加する者が三百人。物資も豊富に用意されて、前回の巨大鳥島《ダリオン》探検とは大違いだ。

「みんなアイリス鉱の効果を知っているからね。なにしろ金と同じ値段だから」

マイケルが苦笑している。

船旅が続き、やがて前方に終末島《エンドランド》が見えてきた。甲板の上でカミーユが団員たちの前で声を張り上げる。

「王空騎士団はここから飛んで向かう。現地の安全を確認し、野営地を探すぞ。今回は一ヶ月の長逗留だ。慌てずに調査をしよう」

「おうっ！」

アイリスがニコニコしている。子供の頃からの夢である「空を飛んで遠くの景色を見てみたい」が巨大鳥島《ダリオン》に続いてまた叶うのが嬉しくてたまらない。

「出発！」

カミーユの号令で約百名の飛翔能力者が一斉に浮上した。空を飛ぶ男たちの中に混じって、アイリスが笑顔で飛んでいる。

終末島《エンドランド》は森と草原の島だった。

そう高くはない山が連なり、山肌は木々に覆われている。木々の背は巨大鳥島《ダリオン》より低く、種類は少なめだ。そのすそ野に広がる見渡す限りの草原。

巨大鳥島《ダリオン》と違っているのは、森のあちこちに巨大鳥《ダリオン》の巣が残っていることだ。木の枝を組み合わせ、その中に枯草や羽毛、動物の毛が敷かれている巨大な巣。

アイリスのフェザーの後ろにアルトが乗り、サイモンの後ろにオリバーが乗って、ゆっくり森の上を飛んでいるところだ。動物学者のアルトがオリバーに声をかけた。

「よくまあこんな巨大な巣を維持できるものだ。しかもこれ、巣を何回も使い回しているな」

「そのようですね。下のほうの枝がかなり古いです。でも、巣の周囲に動物の骨が少ない」

「ふむ。それはあれが理由じゃないかな」

アルトが指さすほうを見れば、地面の上を超大型バッタの羽と脚が行列を作って動いている。運んでいるのは蟻《あり》だ。

「ひたすらバッタを食べていたのかもしれないよ。子育て中の親も、成長期の雛も」

阿吽の呼吸でフェザーが地面近くまで下がる。じっくり辺りを見れば、色褪せて土と見分けがつかない状態の羽や脚が転がっている。その数は膨大で、脚と羽が、降り積もったように地面を覆っている。それをせっせと運んでいる蟻の大きさは中指ほどもある。

「巨大鳥《ダリオン》が好んで食べるほどに、超大型バッタは栄養があるのかもしれないな」

「その可能性は高いですね。飢饉のときは人間も……いや、僕は飢えなくて済む農法に頭を使いたいです」

「私もだよ、オリバー」

学者と天才が会話している間も三百人の軍人と約百人の騎士団員が森に散らばり、アイリス鉱を探している。

「あったぞ！」

「こっちにもあった！」

アイリス鉱は水に溶けるから、古い物は残らないらしい。見つけられたアイリス鉱はどれも新しい。アイリス鉱は、初日だけで四十数個も見つかった。

「これが全て金と同じ価値があるのかと思うと、怖いようですね」

洗われ、拭かれ、箱に詰め込まれたアイリス鉱。それを見ながらマイケルがそう言うと、周囲にいた王空騎士団員が全員うなずく。サイモンがオリバーに話しかけた。

「ねえ、オリバー。君は『バッタを過密状態にして飼育すると羽が大きい個体が生まれる』って言っていたよね。てことはだよ、終末島《エンドランド》の超大型バッタを巨大鳥《ダリオン》が食べて減らしてくれなかったら、毎年のようにやつらがグラスフィールド島まで飛んできていたのかもしれないよね？」

「あ」

アイリス鉱を手に取って眺めていたオリバーが顔を上げた。眼鏡がずり落ちている。

「確かにそうだ。グラスフィールドまでかなりの距離があるけれど、季節風に乗って毎年少しずつでも我が国までたどり着いていたかもしれない」

「聖アンジェリーナが『巨大鳥《ダリオン》を殺すな。殺せばこの国が亡ぶ』と言い残したのは、このことを示していたんじゃないかな?」

「そうだよサイモン。うん、きっとそうだ。聖アンジェリーナは七百年前にはもう、超大型バッタと巨大鳥《ダリオン》の関係に気づいていたんだ」

オリバーの言葉に、周囲が静まり返る。それまで黙っていたアイリスが「そういうことか……」とつぶやいた。

「実は私、巨大鳥島《ダリオン》への探検隊が作られる前は、『私なら飛んで巨大鳥島《ダリオン》に行ける。終末島《エンドランド》にも行ってみたい』と思っていたの。王空騎士団の仕事があるからなかなか実現できなかったけど、七百年前の聖アンジェリーナは一人でそれをやり遂げたんじゃないかしら。この島で超大型のバッタを見て、巨大鳥《ダリオン》が繁殖期に何を食べているかを知って、だから巨大鳥《ダリオン》を殺すなと言い残したのでは?」

そこにカミーユが参加した。

「これは父から聞いた話なんだが、巨大鳥《ダリオン》討伐が行われた六十数年前、代々の国王が管理している重要な文献が、当時の王の手によって燃やされたんだ。聖アンジェリーナに関するものだったから、当時文官の長だった曽祖父は繰り返し嘆いていたらしい」

「燃やした？　貴重な文献を？　なんて愚かな！」

「オリバー、言葉を慎みなさいよ」

「だってアイリス、その文献があったら巨大鳥《ダリオン》討伐なんて考えはとっくに消えていたはずじゃないか」

それまで黙っていたアルトが会話に参加してきた。

「きっとこの島のバッタには巨大鳥《ダリオン》が育つのに必要なだけの栄養があるんだろう。動物たちはいつだって繁殖の効率化を進むものだ。超大型バッタがたくさんいるから渡りをするのかも。全ては推測だが」

サイモンがアルトの言葉に続く。

「でも、『特別な能力者が生まれるとき、特別な巨大鳥《ダリオン》もまた生まれる』っていう言い伝えは推測ではなく事実でしたよね。アイリスがいて、白首がいて、そこで初めて僕らは『なぜ巨大鳥《ダリオン》を殺してはいけないか』に気づくことができた」

「その言い伝え、僕は常々疑問なんだけど」

オリバーが眼鏡を指で持ち上げながら話す。

「この国の人たちはその言い伝えを一人の予言者の言葉みたいに思っているけど、僕はそんな人物はいないと思う。特別な能力者と特別な巨大鳥《ダリオン》の組み合わせは、太古の昔から定期的に繰り返されているんだと推測している。定期的に繰り返されている事実なら、言い伝えが消えることなく語り継がれてきたのも納得だからね」

マイケルがそこに加わった。

「僕は今、すごく腑に落ちる思いで聞いているけど、特別な存在の組み合わせが繰り返されていたかもっていう考えは検証しようがないよね？　何しろ今回は前回から七百年もたっている。間隔が長すぎて誰も確かめようがない」

「僕が書き残す。いつかまた特別な存在の組み合わせが繰り返されることを予想して、ちゃんと文章が受け継がれるような仕組みを作るよ。うん、これはやりがいのある研究だな」

アルトがしみじみした口調で最後を締めた。

「何万年、何十万年と繰り返されている生き物の世界に比べたら、人間の寿命はわずか五十年か六十年だ。自分の代だけで解明できることなんて、たかが知れている。次の世代へと知恵や知識を受け継いでいけばいい。焦ることはないよ。どんなに小さなことでも、真実をひとつ解明できたら、それはとんでもなく素晴らしいことさ」

その夜、各テントの前には焚火が焚かれ、交代で見張り番がついた。何十もの焚火が広い範囲で辺りを照らす中、アイリスはサイモンと二人で焚火の番をしている。

「サイモン、私今、私一人で巨大鳥島《ダリオン》や終末島《エンドランド》まで飛んで行こうと思っていたことをとても反省しているわ。私一人じゃ、今夜の話し合いの内容には絶対にたどり着けなかった」

「ああ……オリバーやアルトさんの知識や意見が必要だったよね。団長の曽祖父の話とかね」

「サイモンの意見もすごく重要だったわよ。私が遠くまで飛べたとしても、私一人の経験だけじゃだめで、大勢の仲間と知恵を合わせたほうが、ずっと早く真実にたどり着けるんだわ」

サイモンが焚火に枯れ枝を足し、それからアイリスを見た。

「飛翔能力者の力は二十代後半に最高になる。アイリスも座学で聞いただろう？　アイリスは別格だろうけど、僕はあと十年だ。多く見積もっても、飛翔力が衰え始めるまで十五年かな。十五年の間に、僕は君と一緒に遠くまで飛ぶよ。巨大鳥《ダリオン》のこと、三つの島のどこへでも、確かめたいことを片っ端から飛んで行って確かめようよ」

「二人で？」

「と、言いたいけど、仲間とだ。二人で飛ぶのは海や、山や、地方の街にお楽しみで出かけるときにしようか」

「炭鉱の町、牧畜の町、海辺の町！　美味しい物を食べて、お土産を買いましょう！」

「う、うん」

フェザーに大量の買い物をぶら下げて飛んでいるアイリスを思い出し、サイモンが苦笑する。

「その前に結婚式を挙げないとね。父も母も楽しみにしているんだ」

「私もよ」

「僕たちはまだ若い。遠い場所へ旅をする時間はたっぷりある」

「私が年を取って飛べなくなったら、二人でのんびり暮らしましょうか」

「そうだね。それがいい」

サイモンは（自分が飛べなくなったら、見栄を張らずにアイリスのフェザーに乗せてもらおう）と思う。焚火に照らされたアイリスの横顔が楽しそうで、サイモンは『聖アンジェリーナの近くにいてその偉業を書き記した人物』とは、自分のような存在なんだろうな、と静かに思う。

アイリスたちの活躍から数百年が過ぎたある日。グラスフィールドの漁村で、一人の少女が「うわあ！　なんで私、飛べるわけ？」と叫ぶのだが、それはまた別のお話である。

番外編

それからの日々

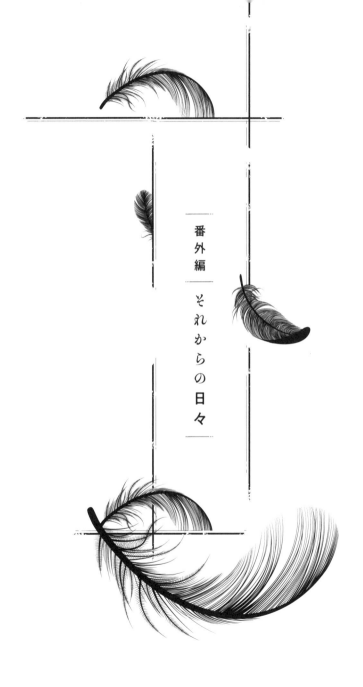

アイリスは今日も巨大鳥《ダリオン》のリーダーであるルルと共に、巨大鳥《ダリオン》の群れを率いて国中を飛んでいる。周期的に大発生するバッタの大群に立ち向かうのは大切な任務だ。アイリスと巨大鳥《ダリオン》たちのおかげで、グラスフィールド王国の穀倉地帯は豊かに実り続けている。

アイリスが登場する以前は、国民のほとんどが「巨大鳥《ダリオン》なんて滅びればいい」と思っていたものだが、今は違う。「もはやこの国は巨大鳥《ダリオン》なしでは立ち行かない」と、国民の考えは変わっている。

『巨大鳥《ダリオン》を殺すな。巨大鳥《ダリオン》を殺せばこの国が亡ぶ』という聖アンジェリーナの言葉の意味が、正しく理解されている。

アイリスの活躍は巨大鳥《ダリオン》の誘導だけにとどまらない。アイリスの希望で実行された終末島《エンドランド》の調査では、終末島《エンドランド》にはアイリス鉱だけでなく、豊かな炭鉱が発見された。

「グラスフィールドの炭鉱はいずれ掘りつくされる」と思われていたこともあり、終末島《エンドランド》の炭鉱発見は国中に明るい希望をもたらした。その終末島《エンドランド》での石炭の採掘で活躍したのが元空賊の囚人たちである。

「空を飛びたい」と願い続ける囚人たちのために、オリバーがアイデアを出した。

「終末島《エンドランド》からはどこへも逃げようがないんだから、そこで採掘された石炭を船まで運ぶ仕事を与えればいいんじゃない？　あの島から飛んでどこかへたどり着けるのは、今のところアイリスだけなんでしょう？」

「確かにそうだな」

オリバーの提案にポン！　と手を打ったのはカミーユだ。年齢差のある二人だが、最近はすっかり親しくなっている。オリバーの並外れた頭脳が、王空騎士団のために度々よいアイデアを出していることがきっかけだ。

「終末島《エンドランド》に巨大島《ダリオン》が渡っていない期間だけ炭鉱で働かせればいい。彼らは本来なら死刑のところ、強制労働で済んでいる。しっかり働いてもらおう」

終末島《エンドランド》の海岸線は切り立った崖がぐるりと一周している。船を横づけしても炭鉱まで崖をよじ登るしかない。重い石炭を船まで運ぶ手段がない。そこで元空賊たちの出番、というわけだ。

「これは強制ではない。希望者を募る形をとる。終末島《エンドランド》で採掘された石炭を運搬船まで運ぶ仕事をする者には、この炭鉱での強制労働を含めた十年の労働の後に恩赦を与える。恩赦後は労働者として賃金を払う用意がある。ただし、恩赦後に空賊に戻った場合、王空騎士団によって速やかに海に沈められることを忘れないように」

グラスフィールドの炭鉱にやって来た文官の言葉を聞いて、元空賊たちは表情を明るくした。このまま死ぬまで強制労働をするのだろうと、もう二度と空は飛べないのだと、暗く諦めていた男たちは競うように運搬役に立候補した。

王空騎士団は「フェザーに飛翔力を流して空賊を落とす」戦法を確立していた。もともと武器を使っての戦闘では王空騎士団が空賊を圧倒していたこともあり、囚人で空賊に戻ろうと考える者はいない。真面目に働き続ければいずれは真っ当な仕事と報酬を得られるのだから。

文官は「運搬作業で疲弊して落下するほどの無理な作業はさせない。石炭を運び出す働き手の健康管理もする」と明言した。

さらに、オリバーが囚人たちのために効率的な石炭運搬の仕組みを考え出した。

「六人から八人で石炭を運ぶ方法なんだ。今まで石炭は木箱に詰めて運ばれていたけれど、木箱だとその分の重さが加わるから無駄。王空騎士団が使う網を使えばいい。もっと網の目を細かくして、縄が切れない重量を僕が実験と計算で出すよ」

オリバーは網の目の大きさ、縄の材料と強度、一度に運べる石炭の重量を計算し、何度も実験し、答えを出した。

こうして囚人たちはオリバーが考案した石炭運搬用の網を使い、終末島《エンドランド》で運搬作業に就いた。その囚人たちを率いて仕事を滞りなく進めているのは、元首領のギヨムだ。ギヨムは脱走を図ってあっさりアイリスに負けて以来、王空騎士団に逆らうことを諦めている。

「俺たちはまだ若い。飛べる間に力いっぱい飛んで、働いて、真っ当で自由な人間になろうぜ」

囚人たちはそう言い合っている。国民の尊敬はアイリスに注がれているが、ギヨムをはじめとする囚人たちの尊敬と感謝の念は終末島《エンドランド》での労働を実現させてくれたオリバーに向けられている。

アイリスとサイモンの二人は、超大型バッタへの対策が成功してから結婚した。女神の申し子として国民に愛されているアイリスの結婚式は盛大で、国王の指示により国中に祝福の鐘が打ち鳴らされた。

くした。

『女神の申し子であるアイリス様の結婚』に、超大型バッタの被害に憂いていた国民の心を明るくした。

「あのアイリス様が結婚とはめでたい。お子様が生まれるまでは長生きしなければ」

「アイリス様がいてくれるからこの国は安泰だ。お子様もきっと、この国を救ってくださるに違いない」

国民は皆、自分のことのように喜び、この国の平和が長く続くことを期待している。

国を挙げて祝福された結婚から二年。アイリスのおめでたがわかってからサイモンが願っているのは、我が子が無事に生まれてくることだけだ。「子が元気ならそれでいい」と子の能力については何も言わない。

「一家揃って空を飛べたら楽しいだろうとは思うけれど、飛翔能力は受け継がれない能力ですものね。そんなことを夢見ても仕方ないわね」

アイリスはそう笑ってのんびりお産に備えて過ごしている。

月が満ちて生まれたのは元気な男児。ジュール侯爵によってヘンリーと名付けられた。誰が音頭を取ったわけでもなかったが、男児誕生の知らせに、王都はお祭り騒ぎになった。

「アイリス様のお子様が生まれた」

「我が国はこれで当分は安泰だ」

「ヘンリー様もきっと、この国を守ってくださるに違いない」

サイモンは浮かれている国民の声を聞いて心配を募らせていた。

「飛翔能力は受け継がれないものなのに、今から巨大鳥《ダリオン》の誘導まで期待されるなんて。ヘンリーの負担になるじゃないか」

アイリスは穏やかに微笑んでサイモンを慰める。

「みんな将来に希望を持ちたいだけよ。うちのヘンリーが飛べなくても、巨大鳥《ダリオン》を導けなかったとしても、そのときはそのとき。みんな本気で言っているわけじゃないだろうし、ヘンリーが飛べないからって怒ったりしないわ。景気のいい話がしたいだけなんだと思う」

「君は相変わらず前向きだなあ」

心配性のサイモンは苦笑する。

「能力者の両親を持つ子の能力の有無は」という国中の期待が高まる中、ヘンリーは三歳になる少し前に熱を出し、散々にぐずった。

「夜だけ熱が出ているの。もしかしたら開花する前の熱かもよ?」

そうサイモンに話しかけるアイリスのおなかが大きい。もうすぐ二度目のお産が控えている。

サイモンは「そんなことがあるだろうか」と懐疑的だ。

数日して無事に熱が下がり、ヘンリーはいつものように出産祝いに侯爵から贈られた子供用のフェザーで遊んでいたのだが……。

遊んでいるヘンリーを見守っていたアイリスとサイモンの目の前で、子供用のフェザーがふわりと浮かび上がった。

「見て！　見て！　ボク、飛んでる！」

三歳のヘンリーは、フェザーの上でフラフラとバランスを取りながら笑っている。そして引き留める暇もなく開け放たれた窓から外に飛び出した。子供用のフェザーは正しく制御されない状態で空高く飛び上がり、三階建ての屋敷の屋根より高い位置でふらつきながら浮かんでいる。

「ヘンリー！」

我が子を呼び戻そうと声を張り上げるアイリスは身重で素早く動けない。サイモンが無言で自分のフェザーに飛び乗り、ヘンリーに近寄った。

「ヘンリー、父さんと一緒に下りようか」

「やあよ。やあよ」

飛び始めの子の飛翔力はすぐに尽きてしまう。それを知っているサイモンは、ヘンリーがいつ落下しても大丈夫なように少し下に浮かんでいる。

「お母さんが心配しているよ。さあ、父さんと一緒にお母さんのところに戻ろう」

ヘンリーは嫌がっていたが、やはり突然飛翔力が尽きた。落下し始めたところでサイモンはサッとヘンリーを受け止めて無事に着陸する。

二人目のお産を控えていたアイリスは、上空から降りて来たヘンリーを無事に抱きしめられたときには、安堵のあまり庭に座り込んだ。

「飛翔能力者の親の苦労を身をもって理解したわ。もう、一瞬だって目が離せないじゃないの。心臓が止まるかと思った」

「そうだな。今思えば、俺の母はどれほど心配しながら働いていたことか。そして一人で飛んで遊んでいた俺は、よく無事に生きていたものだよ」

幼い我が子が落下して命を落としたかもしれないという恐怖を二人とも忘れられない。サイモンは「あのときほど寿命が縮んだことはない」とその後も繰り返した。

その事件からほどなくして、二人目の男の子が生まれた。名前はジョイス。名付け親はアイリスの父ハリーだ。

奇跡はもう起きないと思われていたが、その次男もまた、三歳になる頃に熱を出した。結果から言うと、それは開花熱だった。

二人の能力者の母となり、今やアイリスは「特別な飛翔能力者」であり「聖アイリス」であり、「二人の能力者を産んだ奇跡の女性」である。アイリスは次男ジョイスを産んでから一年後には王空騎士団に復帰し、救国の飛翔能力者としてますます国中の尊敬と信頼を集めている。

そんなアイリスも家に帰れば二児の母で、息子たちの寝顔を眺めながらしみじみとサイモンに心の内を漏らす。

「不思議ね。親から子へ飛翔能力は受け継がれないというのが常識なのに。そうだったらいいのにと願ったことが現実になったわ」

「君は七百年ぶりに誕生した女性の能力者だからね。君自身がすでに例外だもの。この子たちだって例外的な存在だよ」

グラスフィールド王国で王空騎士団は活躍を続け、大きな災害が起きないまま平和に月日は流れた。

現在この国で一番人気の書物は五巻まで発行されている『聖アイリスの物語』だ。

聖アンジェリーナの記録を描き続けた人物は不明だが、聖アイリスの偉業を記録し続けているのは、サイモン・ジュール。サイモンは三十八歳までトップファイターとして飛び続け、巨大鳥《ダリオン》を誘導した。

三十八歳でトップファイターを引退してからは救助専門のマスターになった。マザーを操って落下する騎士団員を救う日々の中で、サイモンはアイリスの活躍を記録し続けた。アイリスは三十八歳を超えても衰えない飛翔力で王空騎士団に貢献している。


ヘンリーが成長し、十七歳でファイターになってからもアイリスは飛び続けた。そして五十歳になったある春の日に笑顔でサイモンに告げた。

「サイモン、どうやら私は引退すべきときが来たようだわ。もう若いときのようには飛べないの。それを感じるのよ。ルルも年を取ってリーダーが交代したし、潮時ね」

それを聞いたサイモンは目尻にシワを作って笑顔になった。

「君は十分国に尽くしたよ。今はヘンリーとジョイスがトップファイターとして活躍しているんだ。僕たちはこれから二人の時間を楽しもう」

「そうね。これからは毎日一緒に過ごせるのね。楽しみだわ」

サイモンは四十五歳でマスターも引退している。

王太子ディランは国王となった。新国王の最初の仕事は、サイモンとアイリスの夫婦に伯爵位を授けたことだ。「国のために多大な貢献をした」という理由に異議を唱える者はいない。サイモンたちはジュール侯爵家から独立し、侯爵家はオーギュスト・ジュールの長女の子が引き継いだ。

アイリスたちの活躍からさらに数百年の月日が流れた。

今、グラスフィールド王国は教育における能力主義が更に徹底されている。王立学院も十ヶ所以上に増え、学び舎に通う平民の生徒が増えている。

その平民の生徒の一人、マリアは十四歳。海辺の街の学院の生徒だ。今は歴史の授業を受けているのだが、連夜の具合の悪さを思い出して困惑している。

（風邪でもひいたのかしら。もう三日も続けて夜に熱が出ている。母さんは学院を休めって言うけど、この授業は大好きだから休みたくなかったのよね）

マリアが大好きな授業とは、サイモン・ジュールが書き続けた『聖アイリスの記録』を教材にしている授業だ。教師の声が教室内に響いている。

「聖アイリスは五十歳になるまで囮役《デコイ》として飛び続けただけでなく、巨大鳥《ダリオン》を誘導できる貴重な存在として活躍しました。その子ヘンリーとジョイスもトップファイターとして活躍し、特に次男のジョイスは巨大鳥《ダリオン》のリーダーを導くことができる素晴らしい才能を発揮しました」

教師の話を聞きながら、心の中でマリアがつぶやく。

（女性の飛翔能力者って、すごくかっこいい。しかも王空騎士団の誰よりも速く、遠くまで飛べたんですものね。聖アイリス以降、女性の能力者は生まれていないけど、もう生まれないのかしら）

そう思いながら窓の外を何げなく見た。上空高く、王空騎士団が集団で飛んでいた。マリアは知らないことだったが、王空騎士団の「歓迎の儀式」が行われているところだった。最年長の訓練生たちが先輩騎士団員のフェザーに乗せてもらい、この国の全貌を眺められるまで高く飛ぶあの儀式だ。

（渡り鳥の群れみたい。いいなあ。私も飛びたかった。さぞかし気持ちがいいのでしょうね）

空飛ぶ男たちの姿に目を奪われているうちに授業が終わり、（しまった。先生の話を聞き逃しちゃった）と後悔しながら帰宅した。出迎えてくれた母親が心配してさっそくマリアの額に手を当てる。

「お帰り。熱は……出なかったみたいね」

「大丈夫だった。今はすっかり下がっているみたい」

母親にそう返事をして自分の部屋に入り、ベッドに腰を下ろす。祖父母から贈られた子供用フェザーは白地に青い花が大きくひとつ描かれている。お気に入りのデザインだ。

「このフェザーで飛べたらよかったのにね」

そう独り言をつぶやきながら壁からフェザーを外し、床に置く。十歳のときの判定試験は何事もなく終わった。それが悔しくて、何度これに乗ってジャンプしたことだろう。

「飛べないのはわかっているけど」

そう言ってマリアはフェザーの上で深く沈み込み、跳び上がった。

ふわり。

子供用フェザーはマリアを乗せて浮かび上がり、マリアは転げ落ちた。

「うわあ！　なんで？」

そこからの騒動は、アイリスのときと似ている。ただ、少しだけ違うのは、王空騎士団は女性の飛翔能力者の誕生を心待ちにしてきたことだ。マリアの能力開花が報告され、すぐに役人がマリアの家を訪れる。飛翔能力のレベルを調べるためである。

その結果、マリアは飛び抜けた飛翔能力の持ち主であることが確認された。さらには本人が入団を希望していることも確認された。今は大陸の飛翔能力者も王空騎士団に入団できるため、グラスフィールド王国の能力者は、入団が推奨されるものの強制されない。

マリアの能力と入団の意思が伝えられた翌日、王空騎士団は団長以下、ファイターたちが勢ぞろいでマリアの家まで迎えに来た。間近で見る王空騎士団の姿にマリアの家族は緊張を隠せない。

そんな一家と騎士団員たちを、近所の人々が大勢集まって見守っている。

一人の体格のいい男性が一歩前に出て笑顔でマリアに声をかけた。

「王空騎士団へようこそ。我々王空騎士団は、君が現れるのをずっと待っていたんだ」

あとがき

本書をお手に取ってくださり、ありがとうございます。守雨です。

空を飛ぶ人々と巨大な鳥たちの物語を書きたいと思い立って一年余り。

主人公のアイリスは幼い頃から「飛べるようになりたい」と望んではいました。一巻で能力が開花し、王空騎士団で大活躍するのがこの二巻です。

飛べるだけでも珍しい存在なのに、女性としては七百年ぶりという大変に稀な存在になったアイリスは、多くの思惑に振り回されます。時に怒り、時に泣き、親を思って苦しむアイリスは、「それでもやっぱり飛ぶことはやめられない」と自覚します。

そんなアイリスはサイモンと互いに思い合い、絆を深めていきます。

一方オリバーは初恋の相手であるアイリスを諦める切ない思いを経験します。長かった初恋は実らなかったけれど、オリバーは人間として成長します。半ば引きこもりのようだった生き方から、その頭脳を他人のために役立てようと考え方が変わっていきます。オリバーもまた、広い世界へと羽ばたくのです。

空を飛ぶ能力や天才的頭脳という、特殊な能力をもつ人々の成長を書き進めました。

アイリスの活躍だけではなく、王空騎士団という特殊能力を持つ男たちの連帯や思惑も書きました。努力ではどうしようもない能力の差を目の当たりにしたとき、登場人物たちは何を思い、どう行動するか。書くのはとても楽しい作業でした。

アイリスは誰よりも速く、高く、遠くへと飛びますが、それは楽しいだけではなく、恐怖や不安も感じます。役目を遂行するためには、その恐怖や不安を乗り越えなければなりません。『選ばれし者』の苦悩も書いていて胸躍る時間でした。

巨大鳥《ダリオン》の若きリーダー白首ことルルを従え、どんどん皆の尊敬と憧れを集めていくアイリス。彼女はどう年齢を重ねるのだろう、どう経験を積むのだろうと想像しながら書きました。

本書では、七百年前の聖アンジェリーナの話から、アイリスたちの時代の話、そこから数百年後の新たな女性能力者誕生の話まで、非常に長い年月に起きた物語を一冊にまとめました。

人間の世界は歴史と共に変わっていきますが、変わることなく続いていくのが巨大鳥《ダリオン》の渡りです。何千年何万年と繰り返される自然界の約束ごとを背景に展開される物語を、どうぞゆっくりとお楽しみいただければと願っております。